Björn Springorum

Kinder des Windes

Thienemann

Für Charlotte

1

Was wäre ich nur ohne Katzen?

Etwas war hinter mir her. Ich wusste nicht wer, ich wusste nicht was. Ich wusste nur, dass es nicht menschlich war.

Der Wind hatte es mir verraten.

Ich versuchte, mir nichts anmerken zu lassen, und lief einfach weiter.

Das war nicht gerade leicht. Ich war total aufgewühlt, konnte mich kaum konzentrieren. Auch der Wind blies heute ungewöhnlich laut durch die Gassen. Er rüttelte wütend an Fensterläden, wirbelte Laub und Plastiktüten auf. Mich störte das nicht. Im Gegenteil: Ohne den Wind hätte ich wahrscheinlich immer noch nicht gemerkt, dass jemand hinter mir her war. In gewisser Weise sprach er zu mir. Irgendwie.

Ich verfluchte mich. Santiagos Geschichten hatten mich mal wieder so abgelenkt, dass ich vollkommen die Zeit vergessen hatte. Um mir zu Hause nicht noch größeren Ärger einzuhandeln, hatte ich vom Hafen den Weg durch die Altstadt gewählt. Er war deutlich schlechter beleuchtet und zu dieser Jahreszeit nach Anbruch der Dunkelheit praktisch menschenleer. Aber er war eben deutlich kürzer.

Tolle Entscheidung, Lola!

Ich beschleunigte vorsichtig, um keinen Verdacht zu erregen. Jetzt spürte ich meinen Verfolger nicht nur. Ich hörte ihn auch. Er wurde ebenfalls schneller.

Mein Herz begann zu rasen. Es klopfte so laut, dass ich meine Schritte auf dem Kopfsteinpflaster fast nicht mehr hörte. Normalerweise mochte ich den Herbst mit seinen Stürmen, mit dem aufgewühlten Meer und diesem ganz besonderen Geruch. Jetzt hätte ich echt nichts gegen ein wenig Gesellschaft gehabt.

Stattdessen war da nur Stille und Leere. Und dieses Ding, das hinter mir her war. Auf dem Platz mit der verfallenen kleinen Kirche hielt ich es nicht mehr aus. Ich rannte los, versuchte vergeblich, die aufsteigende Panik in mir herunterzuschlucken. Sie saß in meinem Hals wie ein Kloß. Dunkel ragten die krummen alten Häuser links und rechts der engen Gasse über mir auf. Ich fühlte mich wie ein Tier, das man in die Enge treibt.

Irgendwann muss ich die Kontrolle verloren haben. Wild schlug ich Haken, rannte mal in diese, mal in jene Richtung.

Diese Gassen waren mein Zuhause. Ich kannte sie wie meinen eigenen Kleiderschrank. Ach was, besser! Dennoch schaffte ich es in dieser Nacht, mich hoffnungslos zu verirren. In einem Moment rannte ich noch an dem Eisladen vorbei, in dem ich letzten Sommer die Kombination aus Mandel und Apfel zu meinem neuen Liebling erklärt hatte. Im nächsten hatte ich mich verlaufen.

Das war doch jetzt nicht wahr! Ich wusste nicht, wo ich war, hatte komplett die Orientierung verloren. Weiter, immer weiter über das Kopfsteinpflaster floh ich, tiefer und tiefer hinein in das Herz dieser uralten Stadt.

Ich bog um eine Ecke, schlitterte und prallte beinahe mit einem dunklen Schaufenster zusammen, erschrak kurz über mein verzerrtes Spiegelbild, fand mein Gleichgewicht gerade noch so wieder, beschleunigte. Und kam ruckartig vor einer Mauer zum Stehen. Eine Sackgasse!

Ich schnellte herum. Noch war niemand hinter mir. Wieder blickte ich auf die Wand vor mir. Erst da sah ich, dass das gar keine Wand war. Direkt vor meinen Augen befand sich ein gusseisernes Tor. Dahinter klaffte ein pechschwarzer Hauseingang, der in einen Innenhof und von dort auf eine andere Straße führte. Hoffte ich zumindest.

Mit einiger Mühe drückte ich das knarrende Tor auf, flitzte hinein, presste mich nach einigen Metern an die feuchte Steinmauer. Und wartete atemlos.

Als ich meinen Herzschlag einigermaßen unter Kontrolle gebracht hatte, konnte ich endlich wieder auf den Wind hören. Das tat ich schon immer. Und hatte lange nicht gewusst, dass das nicht gerade normal war.

Ja, der Verfolger war immer noch da draußen. Irgendwo. Leider kam er näher. Sehr schnell näher. Ich eilte weiter und rannte fast gegen eine Mauer. Kein Tor, keine Tür, kein Ausgang. Mein Versteck hatte sich im Handumdrehen in eine Falle verwandelt.

Seltsam war nur: Der Wind sagte mir nichts Genaues über meinen Verfolger. Als wäre er von irgendwas geschützt. Das hatte ich zuvor nur ein einziges Mal erlebt. Konnte es sein, dass … nein, das war unmöglich.

Oder?

Jetzt hörte ich Geräusche. Es waren keine menschlichen Schritte, die sich dem Hauseingang näherten. Erst ertönte ein Schnuppern, dann ein unangenehmes Kratzen und Scharren. Es klang wie ein Hund. Ein sehr großer Hund, um genau zu sein. Gab es hier Wölfe?

Ich schloss die Augen und versuchte verzweifelt, noch mehr aus dem Wind herauszuhören. Nichts. Da war nichts. Mein Verfolger blieb so unbekannt wie ein Geheimagent. »Mist!«, fluchte ich leise und presste mich noch fester an die feuchte Wand.

Kurz darauf tauchte er im Hauseingang auf. Obwohl es draußen dunkel war, zeichnete sich seine Silhouette deutlich gegen die Mauer dahinter ab. Ein Wolf war es nicht, immerhin.

Das Blut rauschte laut in meinen Ohren. Mich überlief ein eiskalter Schauer. Ein Mensch sah aber auch anders aus. Es war eine gebückte, seltsam humpelnde Figur, deren Umrisse nicht sofort zuzuordnen waren. Ging sie auf allen vieren? Oder hatte sie nur den Kopf so weit gesenkt, bis er fast den Boden berührte? Ich fürchtete, dass ich es sehr bald herausfinden würde.

Die Gestalt schnupperte und schnüffelte, hielt urplötzlich inne und zuckte mit dem Kopf in meine Richtung.

Es hat mich gewittert.

Langsam kam dieses … dieses Ding näher.

Als mein Verfolger ganz nah war, fühlte ich seinen Blick auf mir ruhen. Ich stieß einen spitzen Schrei aus. Statt aus zwei Augen wurde ich aus zwei rot glimmenden Kohlen angestarrt. Jetzt war alles egal. Ich wollte schon losrennen, als das Etwas vor mir in Lauerstellung ging wie ein Raubtier.

Dann geschah das Unerwartete. Über, unter und neben mir schossen laut fauchende und miauende Katzen aus ihren Verstecken hervor. Ich konnte sie nicht zählen, so schnell huschten ihre dunkel schimmernden Körper an mir vorbei. Sie stürzten sich auf dieses Ding, das laut aufjaulte und zurückprallte.

Ich blieb nicht, um mir diesen Kampf anzusehen. Mit einem Satz war ich auf den Beinen, rannte aus der Gasse heraus, schlug einen letzten Haken. Dann war ich in der *Calle de la Luz,* die zum alten Stadttor führte. Ich stürmte sie hinauf, achtete jetzt nicht mehr darauf, leise zu sein. Meine Schuhe klatschten hart auf das Kopfsteinpflaster, das Echo dröhnte laut in meinen Ohren.

Ich verließ die Altstadt durch das große Tor, hörte nicht auf zu rennen, bis ich keine Luft mehr bekam. Ich verzog das Gesicht und hielt mir die Rippen. In Topform war ich nicht gerade!

Sofort blickte ich mich um. Nichts, da war niemand.

Ich gönnte mir einen Moment der Ruhe. In der Ferne, über den Dächern Tarifas, sah ich die dunkle Straße von Gibraltar. Dahinter leuchteten die Lichter Afrikas. Ich wusste nicht, weshalb, doch dieser Anblick hatte mich schon immer beruhigt.

Ich schnaufte noch ein paarmal tief durch, strich mir die schweißnassen Haare aus der Stirn – und legte die letzten Meter nach Hause zurück. Es war Zeit für das eine Donnerwetter, dem ich heute Nacht nicht mehr davonlaufen konnte.

2

Die Katzen von Tarifa

»Aufwachen, du Schlafmütze!« Mama pochte laut gegen die Tür. »Wer so spät nach Hause kommt, kann auch früh zur Schule gehen!«

Ich stöhnte und rollte mich zur Seite. Schule. Eines der schlimmsten Wörter der Welt. Ob es nicht besser gewesen wäre, wenn ich mich von diesem Verfolger hätte erwischen lassen? Nie wieder Mathe-Unterricht. Nie wieder Mitschüler, die mich ansahen, als hätte ich einen Arm zu viel oder ein Gehirn zu wenig. Oder schlimmer noch: als würde ich sie jeden Moment in eine Kröte verwandeln.

Ich wünschte mir manchmal, ich könnte es!

»Noch fünf Minuten«, murmelte ich in mein Kissen, obwohl mir schon klar war, dass ich an diesem Morgen noch weniger Mitgefühl erwarten konnte als sonst. Das Pochen wurde lauter.

»Nichts da! In fünf Minuten sitzt du angezogen am Frühstückstisch!«

Ich stöhnte noch mal, diesmal lauter und hingebungsvoller. Die Ereignisse der letzten Nacht zogen an mir vorbei. Natürlich würde ich Mama und Papa nichts davon erzählen. Glauben würden sie mir die Geschichte eh nicht. Doch sie würden sie zum Anlass nehmen, Santiago für meine blühende Fantasie verantwortlich zu machen und mir vielleicht sogar verbieten, ihn in seiner Fischerhütte zu besuchen. Das durfte auf keinen Fall passieren!

Und überhaupt: War das gestern wirklich alles genauso geschehen?

Es kam mir schon jetzt irgendwie unglaubwürdig vor – und klang tatsächlich wie aus einer von Santiagos Geschichten.

Etwas kratzte an der Fensterscheibe. Kurz darauf miaute es vorwurfsvoll. Ich lächelte das erste Mal seit vielen Stunden, sprang auf und öffnete das Fenster komplett. Die kleine Margarita drückte sich hinein, sobald der Spalt groß genug war. Mit einem Satz sprang sie auf den Boden und strich mir schnurrend um die Beine.

»Guten Morgen, Margarita«, begrüßte ich sie. Ob sie zu meinen Rettern der letzten Nacht gehörte?

Ich holte eine kleine Box aus ihrem Versteck hinter dem Vorhang, und fütterte die kleine schwarze Katze mit ein paar Leckereien. Wenn meine Eltern das wüssten, würden sie wahrscheinlich Gitter vor meinem Fenster anbringen. Sie hielten nichts von den vielen Straßenkatzen und meinem Plan, sie früher oder später alle bei mir aufzunehmen.

Verstand ich nicht. Irgendjemand musste sich schließlich um sie kümmern, oder?

Margarita sprang aufs Bett und blickte mich aus ihren gelben Augen an. Mit ihren riesigen Ohren und ihrem schwarz glänzenden Fell sah sie aus wie eine Fledermaus. Oder eben wie eine Fledermaus mit drei Zähnen und einem großen Loch im Ohr. Sie drehte sich ein paarmal im Kreis, wie Katzen es aus ihren schwer verständlichen Gründen immer tun, und ließ sich dann zufrieden schnurrend in die Decke sinken. Wieder musterte sie mich erwartungsvoll.

»Heute leider nicht«, flüsterte ich ihr zu und hob sie hoch. Sie protestierte und blickte mich regelrecht entrüstet an, als ich sie vor dem Fenster absetzte. Ich verstreute noch ein paar Knabbereien auf dem Sims und schloss das Fenster bis auf einen kleinen Spalt. Ich ertrug es nur sehr schwer, in Räumen ohne geöffnete Türen oder Fenster zu sein. Gerade im Winter brachte das meinen Vater regelmäßig auf die Palme. Die Heizkosten, die Umwelt …

In der Schule war es sogar noch schlimmer. Der Unterricht in der Sporthalle brachte mich regelmäßig an meine Grenzen, weil ich das Gefühl hatte, keine Luft mehr zu bekommen. Und das hatte ausnahmsweise nichts mit meinen sportlichen Leistungen zu tun. Laufen und springen konnte ich eigentlich besser als die meisten.

Ich streckte mich ausgiebig und stellte mich unter die Dusche. Leider musste ich feststellen, dass diese beiden glühenden Pupillen vor mir in der Dunkelheit auftauchten, sobald ich die Augen schloss.

Dann eben heute ohne Haarewaschen!

Ähnlich fürchterlich war mal wieder die Schule. Wenn ich gewusst hätte, dass Vorfälle in der Grundschule selbst in der Mittelschule Gesprächsthema blieben, hätte ich meine Eltern wahrscheinlich angefleht, mich auf ein Internat zu schicken. Jetzt war ich mittendrin im neuen Schuljahr – und immer noch das komische Mädchen, das vor vielen Jahren am Strand mal irgendwas Unerklärliches getan hatte, das Antonio fast das Leben gekostet hätte.

Das wurde alles übertrieben aufgeblasen. Der Rest der Welt sah das natürlich anders. Selbst Francisca, meine einzig verbliebene Freundin, hatte irgendwann dem Druck der anderen nachgegeben und ging mir seit ein paar Wochen aus dem Weg.

Sollten sie doch! Solche Freunde brauchte wirklich keiner! Mal ganz abgesehen davon, dass es bestimmt anders gelaufen wäre, wenn meine Eltern ein großes Haus mit Pool und allem Drum und Dran gehabt hätten. Aber Papa arbeitete als Vertreter für die große Thunfischfabrik am Hafen und Mama gab Spanischunterricht. Da war nicht mehr als eine kleine Wohnung drin. Immerhin sah ich das Meer aus meinem Fenster – und damit auch bis nach Afrika. Es hatte was Gutes, in der südlichsten Stadt Europas zu wohnen.

Das Bimmeln der Schulglocke nach der letzten Stunde war auch an diesem Tag eine Erlösung. Ich packte eilig meine Sachen zusammen, zog meinen Mantel über und stapfte mit gesenktem Kopf vom Schulhof. Wenn sie schon hinter meinem Rücken über mich lästerten oder auf mich zeigten, wollte ich es nicht öfter mitbekommen als unbedingt nötig.

Auf dem Weg zu Santiago besserte sich meine Laune mit jedem Meter. Ich lief meine übliche Route an der Stadtmauer entlang, deponierte hier und da ein wenig Futter für die Straßenkatzen. Die meisten dösten um diese Zeit faul unter den schattigen Palmen, doch die eine oder andere begrüßte mich mit einem hungrigen Miauen.

Seit ich denken konnte, hatten es mir diese kleinen Fellknäuel angetan. Und andersherum genauso. Es war ein bisschen so, als wüssten die Katzen, dass sie in mir eine Verbündete hatten. Und wie ich gestern Nacht gesehen hatte, waren sie ebenfalls für mich da, wenn ich sie brauchte. Wie auch immer das möglich war.

Meine Eltern erlaubten mir kein Haustier, weil sie der unfassbar unlogischen Ansicht waren, dass ich erst mal lernen musste, für mich Verantwortung zu übernehmen, ehe ich mich um ein anderes Lebewesen kümmern konnte. Absolut lächerlich! Ich war zwölf und praktisch allein für all die streunenden Katzen von Tarifa verantwortlich!

Wie zum Beweis gurrte Bella, die kleine getigerte mit den grünen Augen, und stupste mich mit ihrem Köpfchen an. Ich streichelte sie, versorgte sie noch schnell mit einer Extraladung und schlug dann den Weg zum Hafen ein.

Der Wind war immer etwas stärker hier. Ich öffnete meine geflochtenen Haare und genoss das Gefühl, wie sich der Wind in ihnen verfing. Es fühlte sich fast so an, als würde er mich streicheln. Einen Moment lang stand ich einfach auf der Mole, schloss die Augen, spürte die frische Brise und schmeckte das Salz des Meeres auf meinen Lippen.

In diesen seltenen Momenten fühlte ich mich sorgenfrei und gut.

Nach sechs Stunden Schule – zwei davon Mathe! – war das eine Art Soforttherapie, die mich davor bewahrte, durchzudrehen.

Santiago trug natürlich auch seinen Teil dazu bei. Ich glaube, meine Eltern sagten nur deswegen nichts gegen meine vielen Besuche bei ihm, weil sie spürten, dass er wichtiger für mich war als mein eigener Großvater. Mal ganz abgesehen davon, dass er besser wusste, wie man sich als Opa zu verhalten hatte und nicht nur zu meinem Geburtstag eine Karte schickte, auf der er meinen Namen regelmäßig falsch schrieb. Ich meine … Lola, was kann man da schon falsch machen?

Der Wind folgte mir, als ich mich der schiefen Hütte am Hafen näherte. Er flüsterte mir zu und ich grinste. Heute würde es gegrillte Sardinen geben!

3

Der alte Mann und das Meer

»Und, was hast du heute Nacht geträumt?«, stellte Santiago seine gewohnte Begrüßungsfrage. Allein dafür mochte ich ihn. Kein »Na, wie war die Schule?«, »Lief der Test gut?« oder sonstiger blöder Small Talk.

»Heute mal nichts Bestimmtes«, sagte ich, als ich mich an den kleinen Esstisch setzte und den Blick durch den Raum streifen ließ. Immer wieder wunderte ich mich darüber, wie Santiago so viel Zeug auf so engem Raum unterbringen konnte. Um die Hütte herum hatte er seine Fischernetze, die Angeln, Haken und Köder abgestellt, in der Hütte hatte er es geschafft, neben Schlafecke, Esszimmertisch und Küche unzählige Regale und Truhen unterzubringen.

Ganz zu schweigen von all den Büchern. Die wunderten mich am meisten: Santiago kannte so viele Geschichten und Märchen, dass er die ganzen Bücher eigentlich gar nicht brauchte. Es verging kein Tag, an dem er mir nicht ein arabisches Märchen, eine andalusische Legende oder irgendetwas über die Bewohner des Meeres erzählte. In letzter Zeit hatten es ihm Legenden über die Winde besonders angetan.

Zum Beispiel die vom Levante und dem Poniente, dem Ost- und Westwind, die die besten Freunde waren und dennoch nur sehr selten zusammentrafen, weil sie in entgegengesetzte Richtung wehten. »Sie sagen sich Hallo wie zwei einander passierende Schiffe in der Nacht«, sagte er dann mit ernster Miene. Oder die von der sagenhaften Kathedrale der Winde, in der die Hüter der Winde alles dafür taten, um das Gleichgewicht der Winde zu erhalten und die Welt davor bewahrten, ins Chaos zu stürzen. Märchen eben, aber unterhaltsame.

Santiago murmelte etwas und wendete den Fisch in der alten Grillpfanne, die er seit ungefähr 100 Jahren benutzte. Obwohl er mit dem Rücken zu mir stand, wusste ich, dass sich jetzt ein Ausdruck der Vorfreude auf seinem runzligen alten Gesicht ausbreitete. Ich kannte keinen Menschen, der so gern und so viel Fisch verdrückte wie Santiago. Gut, er war Fischer, aber wenn jeder andere Fischer auch nur ansatzweise so viel von seinem eigenen Fang verputzen würde, würde nichts mehr für die Restaurants übrig bleiben.

»Wie war der Fang?«, stellte dann ich meine Standardfrage. Es war wichtig, sich an gewisse Traditionen zu halten, das hatte ich von ihm gelernt.

»War schon mal besser. Die Fische waren nervös. Außerdem hat eins der Netze ein Loch. Hilfst du mir, es zu stopfen?«

Er erwartete keine Antwort. In vielen Dingen verstanden wir uns blind. Bei ihm hatte ich nie das Gefühl, dass er mich für bekloppt hielt. Santiago war der Einzige, dem ich diesen einen Traum anvertraut hatte, von dem ich bis heute nicht wusste, ob es überhaupt ein Traum war. Ich meine, wenn man alle paar Nächte Besuch von einem dunkelhäutigen Jungen erhielt, der einfach durchs Fenster hereinstieg und mir unerklärlich vertraut war wie ein verschollener Bruder, konnte man schon mal an seiner geistigen Gesundheit zweifeln.

»Träume sind dazu da, dass man ihnen zuhört«, hatte Santiago damals nur gesagt, ohne von dem Fischernetz auf seinem Schoß aufzusehen. »Also tu ihnen bitte diesen Gefallen, *Coquinera.*«

Coquinera, so nannte er mich immer. Es bedeutete so viel wie Krabbenfischerin. Das machte mich seltsam stolz, denn bis auf die eine oder andere kleine Ausfahrt mit Santiago, bei der ich mit seiner Hilfe ein paar mickrige Fische aus dem Atlantik gezogen hatte, hatte ich nichts mit der Fischerei zu tun. Gut, mein Vater arbeitete für die Thunfischfabrik, aber irgendwie war das nicht dasselbe, fand ich. Er war zum Beispiel in einem Auto unterwegs und nicht in einem Boot. Obwohl es auch ziemlich nach Fisch roch …

Santiago richtete die Sardinen auf kleinen Tellern an, träufelte etwas Zitrone und Olivenöl darüber, schnitt Brot von einem großen Laib und stellte alles vor mir ab. Es duftete herrlich und ich schlug wie ausgehungert zu. Zu Hause aß ich nie Fisch. Nicht, dass ich Vegetarierin war oder so. Ich fand nur, dass es ehrlicher war, wenn man sich sein Essen selbst besorgte.

»Ich glaube, ich wurde gestern Nacht verfolgt«, sagte ich wie beiläufig, als ich das letzte Öl mit einem Stück Brot vom Teller gewischt hatte.

Santiago versteinerte einen Moment und tat dann so, als wäre nichts geschehen. »Bist du dir sicher?«, fragte er und goss sich einen kleinen Sherry ein. Seine Hand zitterte ein wenig dabei. Er war beunruhigt!

»Ziemlich sicher, ja. Ein echt gruseliger Typ. Aber ich konnte ihn abschütteln, weil plötzlich einige Katzen auf ihn losgingen.« Als ich es aussprach, merkte ich, wie verrückt das alles klang. War das wirklich so passiert?

Vor der geöffneten Tür hatten sich einige Möwen postiert. Sie beäugten unsere Teller argwöhnisch und schienen einen Schlachtplan auszuhecken.

Santiago betrachtete mich nachdenklich und strich sich über seinen struppigen Bart. Ich hatte ihn noch nie gefragt, wie alt er war. Aber fragte man das alte Menschen? Oder fanden die das unhöflich? »Es ist immer gut, Freunde zu haben.«

Damit war das Gespräch fürs Erste beendet. Und das war okay, denn er nahm mich ernst und stellte nichts von dem infrage, was ich von mir gab. Ich spülte ab, während er einige frisch gefangene Fische ausnahm und in einem großen mit Eis gefüllten Behälter legte. Das eine oder andere Restaurant in Tarifa kaufte ihm noch Fische ab, die meisten hatten mittlerweile aber andere Händler. Mit seinem klapprigen alten Boot war er vielen einfach zu altmodisch und zu seltsam. Man machte sich über ihn lustig. So wie über mich.

Er stand mit einem Ächzen auf und bedeutete mir mit einer Kopfbewegung, ihm nach draußen zu folgen. Dann schnappte er sich ein Fischernetz und setzte sich auf einen Schemel. Eine Fähre verließ gerade den Hafen und steuerte die afrikanische Küste an. Verträumt blickte ich ihr hinterher. An der engsten Stelle waren Europa und Afrika nur eine Handvoll Kilometer entfernt. Ich fand den Gedanken faszinierend, dass ein riesiger und fremder Kontinent näher war als meine Großeltern.

»Warum höre ich Stimmen im Wind, Santiago?«, fragte ich ihn, als er sich ans Flicken machte. »Warum sagt mir der Wind manchmal, was passieren wird?«

Erst ließ er sich nicht von seiner Arbeit abbringen. »Hier, halt das mal«, sagte er nach einer Weile und streckte mir ein Stück Netz hin.

Ich nahm es entgegen, ohne zu grummeln. Zu Hause hätte ich schon die Nerven verloren. Bei Santiago wusste ich, dass er mich nicht hinhielt. Er wollte nur die nötige Ruhe haben, um mir zu antworten.

»Dies hier ist ein altes Land, ein magisches Land«, nuschelte er undeutlich, weil er eine riesige Nadel im Mund hatte. Er nahm sie heraus, führte ein paar geschickte Stiche aus und blickte mich an. »Hier prallen zwei Meere aufeinander. Hier prallen zwei Winde aufeinander. Und diese seltsame Stadt«, er deutete grob in eine Richtung, »ist die Hauptstadt der Winde. Wem die Winde etwas anvertrauen, von dem ist Großes zu erwarten.« Er machte eine beiläufige Geste. Ich kaufte sie ihm nicht ab. »Was … was sagt er dir denn so?«

»Oh, dies und das. Was es zu essen gibt. Oder dass es später noch Regen geben wird.«

»Das sagt die Wettervorhersage auch.«

»Aber nicht so. Ich glaube, du solltest morgen nicht rausfahren. Es wird sehr stürmisch und … ich weiß nicht, irgendwas liegt in der Luft.«

»Ich pass schon auf mich auf.« Er hielt inne und blickte mich an. »Höre dem Wind immer zu, *Coquinera*. Er spricht nicht zu jedem. Du bist etwas Besonderes.«

»Wäre schön, wenn die anderen das auch so sehen würden«, gab ich mit düsterer Miene zurück und holte mir noch eine Fanta aus der kleinen Kühlbox, die zwischen uns stand. Es lagerten immer auch einige Fischköpfe darin, doch daran hatte ich mich längst gewöhnt.

»Die anderen«, meinte er verächtlich.

Als wir mit dem Netz fertig waren, ging Santiago zu seinem Kassettenrekorder und legte eine Kassette ein. Ich meine, ein Kassettenrekorder … so alt war er!

Ich mochte Flamenco nicht sonderlich, dieser *Camaron de la Isla*, den Santiago immer nach dem Essen hörte, hatte allerdings was. Er klang so furchtbar traurig und schien es irgendwie sogar zu genießen.

»Musst du morgen rausfahren? Ich hab kein gutes Gefühl dabei.«

»Das ist mein Leben, *Coquinera*. Was hat man denn sonst, wenn man sein Leben nicht mehr hat? Es wird alles gut gehen, beruhige dich.«

Das war schon unter normalen Umständen keine leichte Übung für mich. Als ich mich verabschiedet hatte, spazierte ich noch eine Weile am Strand entlang.

Die Wolken hatten sich zu seltsamen Formen aufgetürmt und der Wind war stärker geworden. Kälter. Ich blieb einen Moment stehen und blickte auf die Straße von Gibraltar. Die großen Containerschiffe zogen in der Ferne dahin wie riesenhafte Wesen aus einer grauen Vorzeit. Afrika war hinter einem dichten Nebelschleier verborgen. Das gefiel mir nicht. Aber wie so oft wusste ich nicht, warum.

Mit einem flauen Gefühl im Magen ging ich nach Hause.

4

Eine ziemlich leere Hütte

Weil das flaue Gefühl bis zum Anbruch der Dunkelheit nicht nachgelassen hatte, ging ich ohne Abendessen zu Bett. Meine Eltern schoben es natürlich auf die kurze letzte Nacht und verdächtigten Santiago, mich mit *Churros* vollgestopft zu haben. Als ob! Meine ungesunden Knabbereien musste ich mir schön selbst kaufen! Doch ein Leben ohne dieses herrlich fettige Gebäck war nun mal sehr schwer vorstellbar.

»Schlaf dich mal richtig aus, mein Schatz«, meinte mein Vater fachmännisch und strich mir über die Haare. »Morgen wird's dir sicherlich besser gehen.«

Es war schon erstaunlich, wie wenig Eltern manchmal mitbekamen. Wie sollte es mir morgen besser gehen? Es war doch immer noch Schule, oder?

Nicht, dass ich nicht mit ihnen klarkam oder das Gefühl hatte, sie würden mich nicht verstehen. Aber manche Dinge *konnten* sie einfach nicht begreifen.

Ich seufzte irgendetwas Versöhnliches, gab ihnen einen Kuss und verzog mich in mein Zimmer. Als ich mir die Haare am geöffneten Fenster kämmte, überkam mich wieder dieses flaue Gefühl im Bauch. Irgendwas fühlte sich nicht richtig an. Als würde etwas Schlimmes passieren.

Oder war es nur der Bio-Test am nächsten Tag?

Natürlich half auch in dieser Nacht der Schlaf nicht. Er machte alles nur noch schlimmer. Wenn ich nicht von zwei glühenden Augen durch ein Labyrinth gejagt wurde, sah ich Santiago vor mir, wie er in seinem alten Boot kenterte. Oder wie er von einem schwarzen Strudel in die Tiefe gezogen wurde. Oder wie er gegen die Felsen geschleudert wurde. Oder …

Als es gegen vier an meinem Fenster kratzte, war ich regelrecht dankbar für die Störung. Ich ließ Margarita herein. Ihr war es wohl auch zu kalt und windig da draußen. Ich sank zurück in das herrlich warme Bett und klopfte mit einer Hand auf die Bettdecke. Keine fünf Sekunden später hatte sie sich schnurrend neben mir eingerollt.

An Schlaf war dennoch nicht zu denken. Ich war hellwach und meine Gedanken rasten. Die letzte Nacht erinnerte mich leider sehr an diesen einen Tag bei dem verfallenen Haus am Strand.

Wir waren zum Spielen draußen am Meer gewesen. An dieser abgelegenen Stelle unter den Klippen, wo sonst eigentlich niemand ist außer dem einen oder anderen knutschenden Liebespaar. Damals ließ man mich sogar noch mitspielen. Es war kurz vor dem Vorfall mit Antonio und man fand mich also »nur« merkwürdig. Das lag daran, dass ich oft unbemerkt auftauchte und die Leute zu Tode erschreckte. Unabsichtlich, versteht sich! Aber immerhin war ich so gut im Sport, dass mich jeder in der Mannschaft haben wollte. Eine Zeit lang zumindest.

Jedenfalls spielten wir Verstecken oder so und ich suchte mir dieses total verfallene Haus direkt am Strand aus. Seit ich denken kann, erzählte man sich die wildesten Spukgeschichten um dieses Gebäude, und ich hatte es gemieden wie jeder andere auch.

Wahrscheinlich wollte ich an diesem Tag einfach mutig sein, um die anderen zu beeindrucken.

Ich versteckte mich also in der feuchten Ruine, obwohl irgendwas in mir sagte, dass das keine gute Idee war. Der Wind strich mir um die

Nase, als wollte er auf sich aufmerksam machen. Als wollte er sagen, ich solle es mir noch mal überlegen. Doch ich hörte nicht zu. Es war glitschig und überall voller Moos, außerdem roch es ziemlich übel. Ich suchte gerade nach einem guten Versteck, als ich es spürte.

Ganz langsam drehte ich mich um, blickte durch eine Türöffnung in einen dunklen Raum ohne Fenster. Einer der Schatten löste sich von der Wand und kroch auf mich zu.

Ich schoss aus der Ruine heraus und muss dabei wohl so laut geschrien haben, dass die anderen aus ihren Verstecken kamen. Dann machte ich den Fehler, ihnen davon zu erzählen. Sie hörten nicht mehr auf zu lachen. Und auch wenn sich niemand von ihnen traute, die Ruine nach mir noch mal zu betreten, befand ich mich ab diesem Tag auf dem Abstellgleis. Dann kam die Sache mit Antonio. Und alles wurde noch schlimmer.

Hellwach lag ich in meinem Bett. Ich hörte eine Weile dem Wind zu. Lauschte, wie er Fensterläden zum Klappern brachte, durch Öffnungen pfiff und die Stadt einnahm wie ein flüsterndes Heer, während der Regen gleichmäßig prasselte. Selbst das beruhigte mich nicht. Es klang so, als würde sich heute etwas anderes in das Lied des Windes mischen. Etwas Schrilles, Wütendes.

Ich war vor Sonnenaufgang wach und lernte ein wenig Bio. Nur weil ich die Schule nicht leiden konnte, musste ich ja nicht zur Versagerin werden. Margarita hatte sich auf meinem Schoß eingerollt und schlief weiterhin beneidenswert tief. Katze müsste man sein!

Immerhin ging es in Bio diesmal auch um die Bewohner der Straße von Gibraltar und den Aufbau der Nahrungskette. Und da wusste ich von Santiago mehr, als es zu wissen gab. Es war nur nicht immer ganz so einfach, Fakten von Geschichten zu unterscheiden. Ich fand es zum Beispiel lange schwer zu glauben, dass ein riesiges Tier wie der Pottwal regelmäßig durch diese Meerenge schwamm. Und doch hatte ich erst im Frühling einen gesehen, als meine Eltern eine Ausfahrt mit mir gemacht hatten. Es schien also, dass an Geschichten oft mehr Wahres dran war, als man glaubte.

Als es endlich hell war, duschte ich und zog mich an. Heute saß ich sogar mal als Erste am Frühstückstisch.

Der Test in der ersten Stunde lief ganz okay. Das war aber auch schon das einzig Gute an diesem Schultag. Ab der zweiten Stunde rutschte ich unruhig auf meinem Stuhl hin und her, konnte kaum zuhören und wäre am liebsten sofort zu Santiago gerannt. Der Wind schlüpfte durch einen kleinen Fensterspalt ins Klassenzimmer. Er war aufgewühlt, schien mir etwas mitteilen zu wollen. Ich hatte mittlerweile ein richtig mieses Gefühl.

In der großen Pause hielt ich es nicht mehr aus, packte meine Sachen und huschte unbemerkt vom Schulhof. Ich konnte mich ebenso gut aus dem Staub machen wie plötzlich irgendwo auftauchen. Meine Eltern fanden das natürlich gar nicht lustig und selbst den armen Santiago hatte ich so mal fürchterlich erschreckt. Ich hielt es für ganz nützlich, regelrecht verschwinden zu können. Es machte viele Dinge einfacher.

Der Regen hatte ein wenig nachgelassen, doch der Wind fauchte immer noch schlecht gelaunt durch die Straßen. Ich fand sowieso, dass der Wind ziemlich viel Menschliches hatte. Ich konnte spüren, wo er herkam, wie es ihm ging und was ihm so zu schaffen machte. Und gerade war er ähnlich nervös wie ich.

So schnell ich konnte, rannte ich zum Hafen. Auf dem Weg versuchte ich mir immer wieder einzureden, dass bestimmt alles in Ordnung sei und Santiago schon längst am Herd stand. Er würde sein Boot vertäut und abgespritzt haben, würde einen Teil seiner Fische ausgenommen und an die kleine Markthalle geliefert haben. Wahrscheinlich brutzelte schon wieder einer in der Pfanne, ein Thunfisch vielleicht. Auf einen solchen Fang war er immer besonders stolz. Der Thunfisch, sagte er stets, hat dieses Land geformt und ihm seinen Charakter gegeben.

Ich rannte über die Mole und blieb noch nicht mal für mein kleines Ritual stehen. Vor mir sah ich seine Hütte. Netze lagen keine davor.

»Wie war der Fang?«, rief ich atemlos, als ich die Tür aufstieß und in die Hütte platzte. Sie war leer.

Ich zwang mich dazu, Ruhe zu bewahren, stürzte hinaus und rannte die Mole entlang. Ich wusste, wo Santiago sein Boot vertäute, und fand mich mittlerweile gut in diesem Wirrwarr an Segeln, Masten, Netzen und Tauen zurecht.

An einem Boot holten gerade einige Fischer das Netz ein und befreiten es von Algen und Schlick. Vielleicht waren ja heute alle wegen des Regens etwas später rausgefahren? Ja, das war es bestimmt.

Ich eilte weiter und kam schnaufend an Santiagos Anlegeplatz zum Stehen. Ich starrte wie gelähmt auf eine leere Fläche, wo normalerweise sein blaues Boot auf den Wellen schaukelte.

Als ich mich umsah, sank mein Herz noch weiter in die Knie. Santiagos Anlegeplatz war der einzige, der um diese Uhrzeit noch leer war. Und das Schlimmste war: Diesmal belächelten mich die anderen Fischer an der Mole nicht mal. Irgendetwas war passiert. Und obwohl ich es schon vorher gespürt hatte, hatte ich es nicht verhindern können.

5

Der schon wieder!

Ich weiß nicht, wie lange ich am Hafenbecken saß und auf Santiagos Rückkehr wartete.

Irgendwann ging die Sonne unter und ich merkte es nicht mal. Erst als mich eine Hand sanft an der Schulter berührte, kam ich zu mir.

»Hier bist du also«, sagte meine Mutter und sah mich besorgt an. Ich wollte nicht weinen, aber manchmal konnte man eben nicht anders.

An den restlichen Tag kann ich mich kaum erinnern. Ich weiß nur noch, dass ich mich dagegen wehrte, vom Hafen weggebracht zu werden, dass ich heulte und brüllte.

Irgendwann lag ich im Bett und blickte in die ernsten Augen meiner Eltern. Sie saßen auf meiner Bettkante und überlegten wahrscheinlich gerade, was sie jetzt sagen sollten. Was konnten sie schon sagen? Santiago war etwas zugestoßen und ich hatte es bereits vorher gewusst. Warum hatte ich nichts getan? Warum hatte ich nur nichts getan?

»Das Meer kann sehr tückisch sein«, begann mein Vater unbeholfen, doch meine Mutter brachte ihn mit einem ihrer Blicke zum Schweigen. Solche Dinge regelte eigentlich immer sie.

»Wer weiß«, begann sie dann auch, »vielleicht ist Santiago abgetrieben worden und woanders an Land gegangen.«

Klar, das war zumindest nicht unmöglich. Es fühlte sich aber nicht so an.

Meine Mutter strich mir die Haare aus der Stirn. »Jetzt schlaf erst mal. Vielleicht hat sich morgen schon alles aufgeklärt.«

Hatte es natürlich nicht. Ich schwänzte die Schule und hing den ganzen Tag am Hafen rum. Ich suchte in seiner Hütte nach Hinweisen auf sein Verschwinden. Ich sprach mit jedem am Hafen, den ich finden konnte. Ich suchte den Horizont ab. Ich ging den Strand auf und ab, um nach dem blauen Boot mit der abblätternden Farbe Ausschau zu halten. *Esmeralda* hatte Santiago mit weißer Farbe daraufgeschrieben. Und ich hatte keine Ahnung, weshalb. Ich wusste so vieles nicht über meinen besten Freund. Und jetzt war er vielleicht vom Meer verschluckt worden.

Meine Verzweiflung wuchs und ich konnte nichts dagegen tun. Meine Schuldgefühle auch. Ich wusste nicht, was schlimmer war.

Als der Abend heraufzog, machte ich die schreckliche Entdeckung. Ich war gerade ein Stück am Steinstrand unter der Altstadt entlanggewandert, als ich etwas zwischen den Felsen aufblitzen sah.

Ein Schauer überlief mich und ich rannte los. Ich stürzte und schlug mir das Knie an einem Stein auf, doch ich stand sofort wieder auf und rannte weiter. Das durfte nicht sein! Das durfte einfach nicht sein!

Aber als ich die Stelle erreicht hatte und mir Tränen über die Wangen flossen, musste ich es mir eingestehen: Das war Santiagos Boot, das da zwischen den Felsen lag.

Oder besser gesagt das, was davon übrig war.

Ich schleppte mich nach Hause und legte mich ins Bett. Irgendwann musste ich eingeschlafen sein. Zumindest war ich mir relativ sicher, denn als ich das letzte Mal die Augen geöffnet hatte, saß noch kein dunkelhäutiger Junge auf meiner Fensterbank.

Ich richtete mich schläfrig auf und blinzelte ins Halbdunkel. Och nee, dieser Traum wieder?

»Was bildest du dir eigentlich ein?«, fragte ich nicht sonderlich nett. Konnte ich nicht einmal von irgendwas Vernünftigem träumen? Brennende Schulen oder entlassene Mathelehrer vielleicht?

»Du glaubst immer noch, das ist ein Traum, oder?«, fragte er in gebrochenem Spanisch und grinste ziemlich frech. Was für ein Affe!

»Wer würde das denn nicht?«

»Gute Frage. Aber du bist nicht wie die anderen, oder, Lola?«

»Woher kennst du meinen Namen?«

»Wieso sollte ich nicht? Das soll doch ein Traum sein, oder?«

»Sehr witzig.« Ich setzte mich auf und zog mir die Bettdecke bis zum Hals hoch. »Wenn das kein Traum ist, ist es so ziemlich das Letzte, einfach so in das Zimmer eines Mädchens zu klettern und es beim Schlafen zu beobachten. Bist du ein Stalker?«

Er stieß sich von der Fensterbank ab und machte ein paar Schritte in mein Zimmer hinein. Immerhin schaute er jetzt ein bisschen schuldbewusst. »Natürlich nicht«, sagte er schnell. »Bitte entschuldige, dass ich hier einfach so reinplatze. Aber es ist wichtig.«

»Was soll denn bitte schön *so* wichtig sein?«

»Der Fischer, Santiago … er ist nicht tot.«

Mein Herz setzte einen Schlag aus. »Wovon sprichst du?«

»Ich habe dich beobachtet, Lola.« Er machte eine Pause und wurde jetzt so richtig verlegen, wie ich zufrieden feststellte. »Nein, nicht so, wie du denkst. Ich …« Er pausierte. »Ich weiß, wer du bist. Ich weiß, *was* du bist.«

Ich war so kurz davor, nach meinen Eltern zu rufen! Und ich wäre so gern wütend auf ihn gewesen, aber … da war sie wieder, diese komische Vertrautheit zwischen uns. Als würden wir uns schon sehr lange kennen. Aber wir kannten uns nicht, oder? Und überhaupt – eigentlich schlief ich ja tief und fest.

Ich blickte ihn verstohlen an. Er war ungefähr so alt wie ich, hatte wuscheliges schwarzes Haar und ziemlich dunkle Haut. Er trug ein helles Hemd und eine kurze Hose, beides ziemlich dünn für diese Jahreszeit.

»Und was bin ich?«, fragte ich mit trockener Stimme.

Unauffällig kniff ich mir in den Arm. Autsch, das tat weh! Ich schluckte. Was, wenn das wirklich kein Traum war?

»Du bist wie ich«, sagte er.

Wie er ... War das jetzt gut oder schlecht?

Ich atmete tief durch und schlang die Arme um die Knie. Warum ich keine Angst vor diesem Fremden hatte, wusste ich nicht. Vielleicht ja, weil er schon längst kein Fremder mehr war?

»Fangen wir doch mal damit an, dass du mir sagst, wer du bist«, sagte ich möglichst bestimmt, zwang mich dazu, aufzustehen und verschränkte die Arme vor der Brust. Dann merkte ich, dass ich nur meinen Pyjama trug, schnappte mir meinen Bademantel und zog ihn mir hastig über. »Ich meine, du scheinst ja ziemlich viel über mich zu wissen, aber ich weiß nicht mal, wie du heißt.«

»Ich heiße Pablo, aber das weißt du wahrscheinlich«, meinte er mit einem Lächeln.

Aber ja, irgendwie hatte ich das tatsächlich die ganze Zeit über gewusst. Ich hatte es nur wieder vergessen oder so.

Ich musste einen entsprechenden Gesichtsausdruck gemacht haben, denn Pablo lächelte nur. »Siehst du«, sagte er. Und dann erzählte er eine Geschichte, die mein Leben für immer verändern sollte.

6

Windgeboren

Santiago hatte mir so viele Sagen und Geschichten erzählt, dass ich gern glaubte, schon alles gehört zu haben. Er hatte mir von lebenden Bäumen, von wandernden Wäldern und von Menschen erzählt, die zu Pinien wurden und immer nur in Richtung des Windes wuchsen. Windflüchter nannte er sie.

Doch was mir Pablo in dieser Nacht erzählte, übertraf alles, was ich je gehört hatte.

»Du und ich, wir sind Kinder des Windes«, begann er, als er sich falsch herum auf meinen Schreibtischstuhl gesetzt hatte.

Ich wurde sofort hellhörig und wollte ihn unterbrechen, aber er hob die Hand, als hätte er meinen Einwand erwartet. »Bitte lass mich zuerst ausreden. Danach beantworte ich alle deine Fragen, okay?«

Ich stimmte widerwillig zu, setzte mich, klemmte mir ein Kissen zwischen die Knie und lauschte Pablos unglaublicher Geschichte.

»Wir sind Kinder des Windes«, wiederholte er und versicherte sich mit einem Seitenblick, dass ich diesmal auch wirklich zuhörte. Meinetwegen! »Irgendwann vor langer Zeit müssen die Winde der Welt einen Pakt geschlossen haben. Sie wollten ihre uralte Kraft nutzen, um den Menschen ein Kind zu schenken, die sonst keines bekommen können. Wir sind diese Kinder: Wir sind die Windgeborenen.«

Was erzählte er da nur?

»Du wirst selbst bemerkt haben, dass du anders bist. Anders als die anderen Kinder.«

Natürlich hatte ich das gemerkt! Mein ganzes Leben drehte sich darum, anders zu sein.

»Das liegt daran, dass wir besondere Fähigkeiten haben. Ich weiß, dass das jetzt klingt wie aus einem Superheldenfilm, aber besser kann ich es nicht erklären. Jeder von uns ist anders. Der eine kann scheinbar fliegen, eine andere durch geschlossene Türen gehen. Was du kannst, weiß ich nicht. Ich weiß nur, dass es dich gibt. Ich habe dich gespürt. Und ich glaube, dass du mich auch gespürt hast.«

Er machte eine bedeutungsvolle Pause, doch ich signalisierte ihm ungeduldig, fortzufahren. Mein Kopf schwirrte schon jetzt.

»Dass es uns gibt, ist nur das eine. Das andere ist, dass das nicht jedem gefällt. Es gibt einen Wind, der bei dieser ganzen Sache nicht mitmachen wollte und die anderen Winde dafür verurteilte. Mistral, der kalte Nordwind. Er fand das alles nicht so toll.«

Mistral. Mich überlief ein Frösteln, als ich diesen Namen hörte. Ich blickte zum geöffneten Fenster. War es plötzlich kälter geworden?

»Mistral hasste die Menschen dafür, den Wind ausnutzen zu wollen. Die Legende sagt, dass er die Gemeinschaft der Winde verließ und sich weit in den kalten Norden zurückzog. Was er dort machte, weiß niemand, man sagt, dass er da bis heute über seiner Rache brütet.«

Pablo schwieg und blickte mich lang an. Erwartete er, dass ich etwas sagte? Und vor allem: Was?

»Doch jetzt kommt das Spannende«, fuhr er irgendwann fort und rollte auf meinem Stuhl durch den Raum. »Mistral brütet nicht mehr über seiner Rache. Er hat längst seine Netze ausgeworfen.«

Ich fand meine Sprache wieder. »Was meinst du damit?«

»Sind dir in letzter Zeit gruselige Typen begegnet? Typen mit Augen, die im Dunklen rot leuchten?«

Ich starrte ihr nur an.

»Ich nehme das mal als Ja. Und dann die Sache mit Santiago. Lola …« Er rollte ans Bett und sah mir ernst in die Augen. »Er ist nicht gekentert oder so was. Er wurde entführt!«

»Was? Was hat er denn mit der ganzen Sache zu tun?«

»Nichts. Oder sagen wir: Fast nichts. Mistral hat ihn entführt, um dich anzulocken. Er will dich finden, Lola. Und wenn er dich gefunden hat, dann …« Er wirkte plötzlich wie eingefroren.

Dann was?

»Pablo, was …«, sagte ich gerade, als ich es auch merkte. Da war es wieder, dieses seltsame Ziehen in meinem Magen, das ich schon vorhin gespürt hatte. Irgendwas stimmte nicht. Irgendwas … war da draußen.

Pablo legte sich den Finger an die Lippen.

Ich hielt die Luft an und lauschte. Der Wind wehte eine eisige Kälte herein. Und da war noch etwas. Etwas … Böses.

Ich schluckte. Das hatte ich schon mal gespürt. Das letzte Mal hatte es mich durch die Gassen gejagt. Jetzt kroch dieses Etwas also auf mein Fenster zu? Es wusste, wo ich wohnte?

Pablo drehte sich zum Schreibtisch um und kritzelte hastig etwas auf einen Fetzen Papier. *Weg vom Fenster!* Er hatte es mehrfach unterstrichen.

Er presste sich mit dem Rücken an die Wand und riskierte einen kurzen Blick nach draußen. Sofort zuckte er zurück. Als ich die Angst in seinen Augen sah, wusste ich, dass vor dem Fenster irgendetwas lauerte. Und ich hatte mehr als eine ungefähre Idee, dass es rot glühende Pupillen haben könnte.

Pablo schlich zum Schreibtisch zurück, während das Schaben langsam näher kam und ich immer noch erstarrt neben dem Bett stand wie ein Ausstellungsstück in einem Museum. *Lola Martinez – Das Mädchen, das sich vor Angst nicht mehr bewegen konnte.*

Der Wind zerrte an mir. Mir wurde klar, dass er mich dazu bringen wollte, wegzulaufen. Doch ich rührte mich nicht. Atmete nicht. Versuchte nicht, an das zu denken, was gleich durch mein Fenster krabbeln würde.

Pablo kritzelte wieder etwas auf ein Stück Papier und hob es zu mir hoch.

Parfum?, konnte ich mit einiger Schwierigkeit entziffern. Ich sah ihn verständnislos an und formte ein lautloses »Was?!?« mit meinen Lippen. Er verdrehte die Augen und stach mit dem Finger wieder und wieder auf das Wort ein, als wolle er es an die Wand hämmern.

Parfum? Wozu zum Teufel wollte er denn jetzt gut riechen? Ich deutete auf die kleine Kommode neben meinem Schreibtisch. Darin befand sich seit Kurzem tatsächlich ein Parfum. »Pink Passion« hieß es, glaube ich. Es roch scheußlich und war ein Geschenk meiner Tante Eva-Mariangela. Das ergab irgendwie Sinn, denn auch Tante Eva-Mariangela roch immer scheußlich.

Pablo zog vorsichtig die kleine Schublade auf, holte das pinke Fläschchen raus – und parfümierte sich kräftig ein. Ich sah ungläubig zu, bis er mir das Parfum zuwarf und mir signalisierte, es ihm nachzumachen.

In dem Moment beschloss ich, mir über gar nichts mehr Gedanken zu machen. Und sprühte mich so richtig voll. Um ein Haar hätte ich losgehustet. Ekliges Zeug! Wer trug so was freiwillig?

Pablo schien zufrieden zu sein. Er bedeutete mir, weiterhin ganz ruhig stehen zu bleiben. Da merkte ich es. Das Kratzen hatte aufgehört. Und irgendwie waren auch diese Misstöne im Wind verstummt.

Nach einigen Augenblicken pirschte sich Pablo wieder an das Fenster heran. Es schien alles ruhig zu sein, denn er machte ein erleichtertes Gesicht. Mir fiel auf, dass auch er das Fenster nicht ganz schloss. Dann ließ er sich mit einem erleichterten »Das war knapp!« auf mein Bett fallen.

»Was war denn das?«, fragte ich lauter als beabsichtigt.

»Das«, begann er und streckte alle viere von sich, »war der Grund, weshalb ich hier bin.«

»Ist das dein Ernst?«, fragte ich wieder ziemlich schrill und hielt mir sofort die Hand vor den Mund. Wenn meine Eltern das hörten, würden sie im Nullkommanichts in meinem Zimmer stehen. Und das war dann auch nicht viel besser als das, was gerade passiert war.

Ich setzte mich auf die Bettkante. Pablo hatte die Augen geschlossen und schnaufte ziemlich. Als mein Herzschlag wieder ein ungefährliches Tempo erreicht hatte, konnte ich nicht länger warten. »Pablo, du sagst mir jetzt sofort, was das –«, begann ich, als er schon »Ein Windhund« gesagt hatte.

Ich schüttelte verwirrt den Kopf. »Ein *was*? Ein Windhund? Machst du Witze? Hast du schon mal einen Windhund gesehen?«

»Ja. Nein. Also, auf Bildern natürlich. Diese Viecher heißen nur so. Ich weiß nicht, was sie wirklich sind, aber alle nennen sie Windhunde.«

Ich zog eine Augenbraue hoch. »Alle?«, wiederholte ich betont langsam.

Er setzte sich auf und winkte müde ab. »Das dauert jetzt zu lang. Wichtig ist nur, dass die Windhunde böse sind. So richtig, richtig megaschurkenböse. Sie gehorchen Mistral und schnüffeln überall für ihn herum. Nenn sie, wie du willst: Seine Spione, seine Diener, seine Sklaven. Mit denen willst du dich nicht anlegen.«

Ich lachte kurz auf. »Natürlich nicht! Aber hab ich denn eine Wahl?«

»Nein.« Pablo schüttelte traurig den Kopf. »Ich denke nicht.«

Ich wurde schlagartig wieder ernst. Das war kein Traum. Das hier war kein Traum. Und wenn ich nicht den Verstand verloren hatte, dann …

Ich sprang auf, lief eine Weile umher. Betont lässig lehnte ich mich an die Fensterbank und verschränkte wieder die Arme vor der Brust. »Das ist alles Unsinn!«, platzte es dann aus mir heraus. Es musste Unsinn sein, oder? »Winde, die Kinder schenken und Jagd auf Menschen machen? Ganz im Ernst, du erwartest doch nicht, dass ich den Quatsch glaube.«

»Natürlich nicht.« Pablo war auch aufgestanden und betrachtete einige Poster an meiner Wand. »Du magst Katzen, was?«, fragte er beiläufig.

Ja, da hingen einige Katzenposter, für die ich vielleicht zu alt war.

»Na und?«, schnappte ich. »Hat das jetzt etwa auch etwas damit zu tun, dass ich ein – wie war das – Kind des Windes bin?«

Er schürzte die Lippen. »Vielleicht. Das ist jetzt egal. Hör mal, ich weiß, wie das alles klingen muss. War für mich nicht anders, als ich es erfahren habe. Aber, wenn du wirklich ehrlich zu dir selbst bist, ergibt das doch alles einen Sinn. Der Wind redet mit dir, oder?«

Ich schwieg, was Pablo mal wieder als Zustimmung deutete.

»Du hast schon mal gemerkt, dass du Dinge kannst, die nicht unbedingt normal sind? Du fühlst dich geborgen im Wind? Wie zu Hause?«

»Mann, ja, das stimmt alles. Aber … aber …« Ich spürte, dass mir die Argumente ausgingen. »Aber warum erzählst du mir das überhaupt?«

Jetzt wurde Pablo sehr ernst. »Weil du dich vorbereiten musst. Weil er kommen wird, um dich zu holen.«

»Mich? Warum denn nur mich? Was ist mit dir? Oder den anderen?«

»Er wird uns alle holen. Doch irgendwas sagt mir, dass er es auf dich besonders abgesehen hat.«

»Hat dir das auch dein Wind erzählt?«

»Du solltest dem Wind einfach mal richtig zuhören«, gab er patzig zurück. »Dann müsste ich nicht immer windreiten, um bei dir nach dem Rechten zu sehen.«

»Wind-was?«

Pablo schüttelte den Kopf. »Eins nach dem anderen. Ich muss jetzt gehen. Bitte denk darüber nach, was ich dir erzählt habe. Du schwebst in großer Gefahr. Wir alle tun das – auch Santiago. Wir müssen uns verbünden, sonst sind wir verloren.«

»Du meinst wir beide?«

Jetzt grinste Pablo. »Wir und die anderen. Kinder des Windes – du musst zugeben, das klingt ziemlich cool.«

»Sag Bescheid, wenn es das als Buch gibt«, gab ich zurück und ertappte mich dabei, wie sich auch meine Mundwinkel hochzogen.

»Lass es dir durch den Kopf gehen«, sagte er eindringlich, als er mir einen warmen Gegenstand in die Hand drückte und auf die Fensterbank kletterte. »Damit findest du uns in Tanger. Afrika wolltest du ja schon immer mal besuchen, hab ich nicht recht?«

Verdammt noch mal. Auch damit hatte er recht.

7

Eine eher unangenehme Erinnerung

Ich erinnere mich noch genau an diesen einen Tag am Strand. Meinen Eltern, den Lehrern und Psychologen hatte ich natürlich etwas anderes erzählt, damit sie mich in Ruhe ließen. Doch ich weiß genau, was ich getan habe.

Es war der Tag, an dem endgültig eine Außenseiterin aus mir wurde.

Ich weiß bis heute nicht, wie ich es getan habe. Aber das spielt keine Rolle. Ich weiß, dass ich es war. Und dass mein Leben danach nicht mehr dasselbe war.

Wir waren am Strand. Wie eigentlich immer nach der Schule. Die anderen spielten irgendein dämliches Spiel, bei dem ich mal wieder nicht mitmachen durfte.

Normalerweise störte mich das nicht. Normalerweise erzählte Antonio aber auch nicht überall an der Schule herum, dass meine Eltern mir nur Katzenfutter zu essen gaben.

Ich erinnere mich daran, dass es sehr windig war. Die anderen fanden das immer blöd, mich störte es nicht. Es war eher so, dass ich mich stärker und sicherer fühlte, wenn es so richtig stürmte.

Als Antonio auf mich zukam, um mir irgendeine weitere Gemeinheit anzutun, spürte ich plötzlich etwas in mir. Ein Rumpeln ganz tief in meinem Inneren, als würde mein Magen knurren. Nein, nicht mein Magen. Mein ganzer Körper.

Wut. Plötzlich war da diese Wut in mir. So stark, dass ich sie fast schmecken konnte.

Ich erinnere mich auch an diese Macht, die ich in mir fühlte. An dieses Brausen in meinen Ohren, als hätte ich einen Orkan in mir. Und an diesen schrecklichen Moment, in dem das alles aus mir herausbrach. Ich habe im Internet mal Bilder von einem Damm gesehen, der nicht mehr gegen das Wasser ankommt und einfach auseinanderbricht.

Genau so habe ich mich an diesem einen Tag am Strand gefühlt.

Ich sehe Antonios Gesichtsausdruck, als würde er jetzt noch direkt vor mir stehen. Ich sehe bis heute, wie sein Grinsen verschwand und von etwas anderem ersetzt wurde.

In einem Moment sah ich Antonio, wie er am Strand vor mir zurückwich. Dann wurde meine Welt schwarz.

Als ich die Schreie hörte, öffnete ich die Augen wieder. Und sah Antonio in der Luft schweben. Wie ein Drache hing er da, die Arme schlaff, den Kopf nach hinten geworfen.

Ich drehte mich um und ging fort. Einfach so. Ich sah nicht mal dann zurück, als ich ihn auf dem Wasser aufprallen hörte. Konnte er schwimmen? Keine Ahnung. Ich rannte einfach davon.

8

Ich glänze doch noch im Volleyball

Die nächsten Tage waren die seltsamsten, die ich je erlebt hatte. Ich verbrachte sie wie in Watte verpackt, war unfähig, einen klaren Gedanken zu fassen und bekam nichts vom Unterricht mit. Es war mir vollkommen egal. Ich hatte nichts anderes mehr im Kopf als meine Begegnung mit Pablo.

Seit ich denken konnte, hatte ich irgendwie gespürt, dass da draußen jemand war wie ich. Jemand, der mich verstand und mich nicht freakig oder bescheuert fand. Ein echter Freund eben. Santiago war zwar ein Spitzentyp. Er war aber eben nicht gerade, sagen wir, gleichaltrig.

Dann kletterte dieser Pablo einfach in mein Zimmer. Und plötzlich fragte ich mich, ob er nicht vielleicht dieser Jemand sein könnte.

Ich schaute viel im Internet nach, ging einmal sogar in die Bibliothek. Gut, so selten war das nicht. Ab und zu las ich gern mal ein Buch. Ich war eben nur alles andere als ein Bücherwurm oder eine Leseratte.

Vor allem lag diese gewisse Abneigung aber natürlich an Señora Immaculata, die die Bibliothek führte wie ein verbissener alter General.

Viel brachte es nicht. Ich fand zwar einige Bücher über die Straße von Gibraltar und die Windsysteme hier. Aber die waren in etwa so spannend wie Señor Amardillos Sozialkundeunterricht.

Ich lebte also irgendwie vor mich hin. Oft stand ich einfach nur am geöffneten Fenster, am Strand oder in den engen Gassen und fühlte den Wind auf meinem Gesicht. Ich wollte ihm zuhören, doch fürs Erste blieb er stumm. Natürlich würde sich meine mehr als sonderbare Beziehung zum Wind mit Pablos verrückter Geschichte ganz wunderbar erklären lassen. Aber war sie deswegen auch wahr?

Noch am Morgen nach Pablos Besuch hatte ich gedacht, alles geträumt zu haben. Dann fand ich das kleine Holzamulett, das er mir zugesteckt hatte. Es hing an einem rissigen Lederband und zeigte seltsame geschwungene Linien. Ich hatte keine Ahnung, was sie zu bedeuten hatten.

Meine Eltern schoben meine schwierige Stimmung auf Santiagos Verschwinden. Sie ließen mich in Ruhe und beschränkten sich darauf, sich vielsagende und besorgte Blicke zuzuwerfen. Noch.

Immerhin hatte ich eine gute Ausrede, weshalb ich die Gedichtinterpretation in Spanisch mit großer Wahrscheinlichkeit verhauen hatte. Aber wer würde sich auch schon auf das Werk des angeblich so großen Dichters Rafael Alberti konzentrieren können, wenn er gerade erfahren hatte, dass es der Nordwind auf einen abgesehen hatte? Blöd war nur, dass ich das Señora Cruz wohl kaum erzählen konnte.

Dann stolperte ich über eine Stelle in seinem Gedicht »Meer und Land«.

Über dem Herzen ein Anker
und über dem Anker ein Stern
und über dem Stern der Wind
und über dem Wind das Segel.

Etwas rührte sich in mir. Es war schwer zu beschreiben, doch es fühlte sich an, als wolle irgendwas erwachen, habe es sich aber im letzten Moment noch mal anders überlegt und weitergeschlafen.

Dennoch. Da war etwas. Ich konnte es ignorieren, so viel ich wollte: Seit Pablo bei mir gewesen war, hatte sich etwas verändert.

In den letzten beiden Stunden stand Sport auf dem Stundenplan. Ausgerechnet in der Halle, weil es draußen angeblich zu windig war! Ich hatte mir mittlerweile angewöhnt, immer einige Fenster in den Umkleidekabinen zu öffnen, bevor ich in die Halle ging. Wirklich viel half das nicht. Auch heute war dieses beklemmende Gefühl, das ich in geschlossenen Räumen hatte, sofort da.

Es lief wie erwartet schlecht. Nicht, dass ich nicht spielen konnte. Ich bekam einfach nie den Ball. Und als wir dann auch noch haushoch verloren, schob man es natürlich auf mein angeblich mieses Spiel. Schönen Dank auch!

In der Umkleidekabine ließ ich mir extra viel Zeit. Ich wollte allein duschen und endlich mal meine Ruhe haben. Meine Gedanken waren noch immer das reinste Chaos. Es gab nichts Neues von Santiago, Pablo hatte sich seither nicht mehr blicken lassen und wie zum Teufel ich nach Afrika kommen sollte, wusste ich natürlich auch nicht.

Ich stand in der Dusche und musste mit meinen Gedanken abgeschweift sein. Erst als das Wasser eiskalt wurde, merkte ich, wie lange ich schon darunterstand. Ich trocknete mich ab und zog mich ohne Eile an.

Dann hörte ich eine Tür knallen. Und noch eine. Und noch eine.

Jedes Türknallen war lauter als das davor. Näher. Ich packte hastig meine Sachen und verließ die Kabine. Der Gang war leer. Ich eilte ihn entlang, hatte den Ausgang fast erreicht.

Mit einem Krachen schlug auch diese Tür zu.

Der Wind? Vielleicht. Aber wenn, dann war das nicht der Wind, den ich kannte.

Oh … nein. Da war es wieder. Dieses Gefühl.

Langsam drehte ich mich um und versuchte dabei, einen möglichst gelassenen Eindruck zu machen. Nicht leicht, wenn man am ganzen Körper zitterte.

Señora Sanchez stand am anderen Ende des Ganges. Sie hatte ein Netz voller Volleybälle unter dem Arm und blickte mich gierig an. Das klingt vielleicht albern, war aber tatsächlich so. Unsere Sportlehrerin musterte mich wie mein pummeliger Cousin Hugo ein großes Stück Sahnetorte.

»Nicht dein Tag heute, was?«, sagte sie spöttisch, als sie langsam auf mich zukam.

Ich wich bis zur Tür zurück, um dort festzustellen, was ich insgeheim eh schon wusste: Sie war verschlossen.

»Du willst doch nicht etwa schon gehen.« Wieder machte sie einige Schritte auf mich zu. Irgendwas stimmte nicht mit ihrem Gang. »Nach deiner miesen Leistung heute muss ich mich wohl ganz besonders um dich kümmern.«

»Äh, vielen Dank«, begann ich langsam, um Zeit zu gewinnen. Was wollte die Sanchez nur von mir? Und wieso bewegte sie sich so wie eine Marionette an unsichtbaren Fäden? »Aber ich denke, für heute hab ich genug. Außerdem hab ich eine Menge Hausaufgaben.«

Die Sportlehrerin machte ein abfälliges Geräusch. Es klang echt unangenehm. »Um Hausaufgaben würde ich mir im Moment keine Sorgen machen, wenn ich du wäre.«

Plötzlich hielt sie einen Volleyball in der Hand. Sie ließ ihn einmal auf dem Boden aufprallen. Dann noch mal. Und noch mal. Der Ball bewegte sich immer schneller. Ich konnte die Augen nicht von ihm lassen, merkte aber zu spät, was sie vorhatte.

Der Ball traf mich mit voller Wucht in den Bauch. Ich krümmte mich und stöhnte auf. Es war, als wäre alle Luft aus meinem Körper gepresst worden.

Bumm!

Der nächste erwischte mich an der Schulter und wirbelte mich einmal um die eigene Achse. Señora Sanchez lachte schrill.

Oder das, was bis gerade eben noch Señora Sanchez gewesen war. Am anderen Ende des Gangs stand, nein, waberte jetzt etwas, das so aussah wie meine Sportlehrerin, die man unnatürlich in die Länge gezogen hatte. Ihre Gliedmaßen, ihr Hals und sogar ihr Gesicht waren grässlich verzerrt.

Ihre Arme ruderten ungelenk hin und her. Sie sah ein bisschen so aus wie die aufblasbaren Männchen vor einem Autohaus.

Wie konnte sie damit nur so schnell …

Bumm!

Diesmal erwischte der Ball mich am Kopf. Alles drehte sich und ich sah Sterne. Als das Fiepen in meinen Ohren verschwunden war, sah ich, dass sie nur noch wenige Meter entfernt war. Volleybälle kreisten um sie wie kleine weiße Monde.

»Was wollen Sie?«, schrie ich und schüttelte den Kopf, um wieder klar denken zu können.

»Das weißt du eigentlich«, antwortete sie und ihre Stimme knarrte wie ein Scheunentor.

Ich fasste mit der Hand hinter meinen Rücken und rüttelte panisch an der Tür. Nichts. Ich hatte sogar das Gefühl, dass irgendwas von der anderen Seite dagegendrückte. Auch wenn da niemand war.

»Du mischst dich in Angelegenheiten ein, die dich nichts angehen«, knurrte Señora Sanchez weiter. Ein Teil von mir weigerte sich bislang recht erfolgreich, das zu akzeptieren, was ich da sah. Doch je länger ich auf dieses Ding starrte, das die Sportklamotten meiner Sportlehrerin trug und sogar noch diese dämliche Pfeife um den Hals baumeln hatte, desto kleiner wurde dieser Teil.

»Ich weiß nicht, wovon Sie sprechen.« Meine Stimme klang panisch. »Wirklich nicht!«

»Halt dich von diesem dreckigen Jungen fern!«, fauchte sie.

»Und wenn nicht?«, schnappte ich, bevor ich mich stoppen konnte.

Das Ding, das meine Sportlehrerin gewesen war, stutzte kurz. »Wenn nicht, besuche ich als Nächstes deine Eltern! Sie denken, sie können dich beschützen, aber das können sie nicht. Das kann niemand!«

Ich konnte ihren Zorn förmlich spüren. Das Gute war: meinen mittlerweile auch. Das mit Santiago war ja schon schlimm genug. Jetzt noch meine Eltern mit in diese Sache reinzuziehen, war einfach zu viel.

»Lass meine Eltern aus dem Spiel«, sagte ich in meiner gefährlichen leisen Stimme.

»Ooooh«, krochen mir ihre Worte entgegen. Obwohl mir Señora Sanchez eine Mordsangst einjagte, wurde meine Wut größer. »Soll ich jetzt Angst haben?«

Ich fühlte dieses Brausen in mir, vor dem ich mich immer gefürchtet hatte, seit ich ein kleines Kind war. Heute genoss ich es zum ersten Mal. Ich spürte den Wind in mir. Er fühlte sich anders an als der Wind, der Señora Sanchez umgab. Na klar, das hatte Pablo ja gesagt! Es gab verschiedene Winde. Und offensichtlich auch gute und böse.

Mit einem Mal gab der Druck gegen die Tür nach. Die Sanchez verzog verwirrt das Gesicht, dann ging sie zum Angriff über. Ihr krummer Körper zuckte nach vorn, ihre langen Arme griffen nach mir.

Sie griffen ins Leere.

Die Volleybälle, die sie gerade noch umkreist hatten, prasselten auf sie ein wie sehr große Hagelkörner.

Ich blieb nicht, um meinen Triumph auszukosten, stieß die Tür auf und rannte mit ihrem Jaulen in den Ohren an die frische Luft hinaus. Der Wind, der mich draußen begrüßte, wehte mir erfreut um die Nase. Ja, das hier war mein Wind!

Irgendwie hatte ich es ja schon immer geahnt: Lehrer sind Monster!

9

Mein Vater versucht sich an einem ernsten Gespräch

Als ich nach Hause kam, stand mein Vater am Herd. Das war ziemlich ungewöhnlich, doch meine Eltern schienen es sich in den Kopf gesetzt zu haben, *in dieser schwierigen Zeit* für mich da zu sein. So sagten sie es zumindest. Ich fand es süß und auch ein wenig rührend.

»Mama ist noch kurz was einkaufen«, begrüßte er mich.

Ich nickte nur, presste mir einen Saft aus drei Orangen und setzte mich an den Küchentisch. »Was gibt's denn?«, fragte ich, obwohl es mir der Wind schon auf dem Heimweg zugeflüstert hatte.

»Oh, das wird dir gefallen«, meinte er strahlend und schnalzte mit der Zunge. »Ich hab Bohneneintopf mit Chorizo gemacht, wie früher immer. Den magst du doch so sehr!«

Äh, ja. Vor fünf Jahren.

Etwas, das Pablo gesagt hatte, fiel mir ein. *Irgendwann vor langer Zeit müssen die Winde der Welt einen Pakt geschlossen haben. Sie wollten ihre uralte Kraft nutzen, um den Menschen ein Kind zu schenken, die sonst keines bekommen können.*

»Wieso habe ich eigentlich keine Geschwister?«, fragte ich beiläufig, während ich an meinem Saft schlürfte. Ich bemerkte, wie mein Vater sich regelrecht versteifte. Solche Themen überließ er liebend gern meiner Mutter.

»Das hat sich wohl einfach nicht ergeben«, murmelte er und war plötzlich ziemlich stark mit dem Hacken von Petersilie beschäftigt. Himmel, wollte er sie pulverisieren? »Wir wollten unbedingt ein Kind haben und könnten nicht glücklicher sein, dich zu haben«, schickte er dann ein wenig unbeholfen hinterher.

Da hatten wir also das nächste Puzzleteil, das zu Pablos Geschichte passte. Irgendwie wusste ich selbst nicht, wieso ich noch immer nicht überzeugt davon war. Vielleicht weil ich nicht die geringste Lust hatte, auf der Abschussliste des Nordwinds zu stehen.

»Du … du bist unser größtes Geschenk, Lola«, sagte er dann. »Und wir tun alles, um dich zu beschützen.« Er hielt mit dem Gemetzel inne und blickte mich ernst an. Das Messer in seiner Hand zitterte leicht. »Alles.«

»Äh. Danke?«

Er lächelte leicht. »Dir geht es doch gut, oder?«

»Klar.«

»Es geschehen keine merkwürdigen Dinge?«

Ich schluckte und versuchte mich an einem Lächeln. »Bis auf die Tatsache, dass du kochst? Nee, Papa.«

Dann fischte ich mir ein Stück Chorizo aus dem Topf und verschwand aus der Küche.

10

Und in der Ferne leuchtet Afrika

Am dritten Tag wurde die Suche nach Santiago offiziell eingestellt. In der Kirche von San Mateo gab es eine kleine Trauerfeier, die vor allem eines zeigte: Niemand hatte Santiago wirklich gekannt. Er hielt nichts von Kirchen und hatte immer gesagt, seine Kathedrale sei das Meer.

Ich ging natürlich trotzdem hin und war baff, wie viele Menschen erschienen waren. Unter den Gästen waren zahlreiche Fischer, die betreten auf den Boden starrten und ihre Mützen oder Hüte zwischen den Händen zerknautschten. In einer Reihe entdeckte ich die seltsame Flamenco-Lady, die im Sommer für die Touristen tanzte. Sogar die Möwen vor der Kirche besaßen den Anstand, zu schweigen. Wahrscheinlich spürten sie, dass es von nun an deutlich weniger Fischköpfe für sie geben würde.

Nach der kurzen und unpersönlichen Ansprache des Priesters, in der er es sich nicht nehmen ließ, auf Santiagos Fernbleiben vom Gottesdienst hinzuweisen, mischte ich mich vor der Kirche unter die Fischer. Viele drückten meine Hand oder schenkten mir ein trauriges Lächeln. Weinen konnte ich nicht. Ich klammerte mich viel zu sehr an Pablos Worte. Ich wollte, dass sie wahr waren – selbst wenn es bedeutete, dass der Nordwind einen Krieg gegen uns vorbereitete.

»Ohne Santiago wird das Leben hier nicht mehr dasselbe sein«, sagte Carlos leise zu mir und wischte sich eine Träne aus dem Auge. Ich traute meinen Augen kaum. Carlos, der 150-Kilo-Seebär mit Armen wie Baumstämme, weinte!

»Wisst ihr noch, wie er mal diesen riesigen Thunfisch zurück ins Meer geschmissen hat, weil er ihn so schön fand?«, begann ein anderer Fischer und kurz darauf waren alle versunken in ihren Anekdoten und Erinnerungen an Santiago.

Es war verrückt, aber er war wohl nicht so unbeliebt, wie er immer dachte. Was er wohl dazu sagen würde, wenn er das jetzt sehen könnte? Wahrscheinlich so was wie »Elende Schleimer. Die wollen ja nur meine Netze!« oder so ähnlich.

Gerade als ich den Weg nach Haus einschlagen wollte, stutzte ich. Der Wind … er zog an mir. Er flüsterte mir etwas zu. Es war, als ob ich eine Stimme in mir hörte. Und diese sagte, dass ich stattdessen lieber mal zum Strand gehen sollte. Na ja. Ich hatte ja eh nichts Besseres zu tun.

Zu dieser Jahreszeit war der Strand abends so verlassen, wie man das nur von irgendwelchen Postkarten kannte. Wo im Sommer Tausende Kite-Surfer mit ihren bunten Segeln den Strand belagerten, gab es jetzt nur eine endlose Weite aus Sand, Meer und den Wolken darüber. Es war echt schwer, die Grenzen dazwischen zu erkennen.

Ich zog die Schuhe aus und genoss das Gefühl, barfuß durch den Sand zu spazieren. Ich lief eine Weile am Wasser entlang und setzte mich irgendwann auf einen Felsen, an dem ich mit meinen Eltern manchmal ein Picknick gemacht hatte. War schon eine Weile her, dass wir das letzte Mal etwas zusammen unternommen hatten. Gut, meistens wollte Papa mich zu irgendeinem Hügel schleifen, auf dem irgendeine besondere Vogelart nistete, aber irgendwie fand ich selbst diesen Gedanken jetzt schön. Er erinnerte mich an eine Zeit vor all diesem … diesem Mist!

Ich wartete. Ohne zu wissen worauf. Ich hob einige Muscheln auf und betrachtete sie im glänzenden Licht, ließ Sand durch meine Hände rieseln, fühlte den Wind auf meinem Gesicht.

Einige Menschen ritten auf Pferden vorüber. Die Tiere trabten vergnügt durch die Wellen, schienen die Erfrischung offensichtlich sehr zu genießen. Das erste Pferd, ein großes braunes mit schwarzer Mähne, wurde langsamer und kam auf mich zu. Es musterte mich aufmerksam mit aufgestellten Ohren. Kam noch einen Schritt näher, obwohl sein Reiter eigentlich etwas anderes vorzuhaben schien. Ich mochte diese Tiere, fand immer schon, dass kein anderes Lebewesen so stolz war. Allerdings hielt ich einen respektvollen Abstand zu ihnen, seit ich als Kind mal von einem zickigen dicken Pony geplumpst war. Eigentlich ungerecht gegenüber den Pferden im Allgemeinen.

Schien das hier auch zu denken. Es schnaubte, sah mich aus seinen wunderschönen Augen an und stellte die Ohren auf, als höre es mir zu. Aber ich sagte doch gar nichts, oder?

Irgendwann schüttelte es sich und trabte mit seinem verwirrten Reiter davon. Seltsam – aber bei Weitem nicht das Seltsamste der letzten Tage.

Ich blickte auf die Wolken, auf die Küste Afrikas. Die Sonne ging unter und tauchte alles in dieses Licht, das der Küste hier ihren Namen gab. *Costa de la Luz,* Küste des Lichts. Früher hatten die Fischer in einer Höhle genau auf dieses Licht gewartet, hatte Santiago mal erzählt. Sobald die Sonne im Frühling eine gewisse Höhe erreicht hatte, um in die Höhle zu scheinen, wussten sie, dass die Thunfische aus dem Atlantik kamen. Dann fuhren sie ihnen mit ihren Harpunen entgegen.

Als die Sonne fast untergegangen war, merkte ich, dass ich unbeweglich in die Ferne starrte. Mit jedem weiteren Licht, das an der Küste Afrikas anging, erwachte etwas in mir. Und diesmal ließ es sich nicht aufhalten.

Der Wind umspielte mich. Lockte mich. Schien mir nur eines sagen zu wollen. Er trug einen seltsam faszinierenden Geruch mit sich. Es roch warm, nach fremden Gewürzen und Fell. Es roch nach Abenteuer.

Ich hörte dem Wind zu.

Und noch vor Anbruch der Dunkelheit hatte ich mich entschieden.

Afrika. Ich würde nach Afrika gehen.

11

Im Labyrinth

Das Problem war: Für ein zwölfjähriges Mädchen war es so gut wie unmöglich, allein nach Afrika zu kommen.

Ich brauchte meinen Pass, ein Ticket für die Fährüberfahrt und natürlich die schriftliche Erlaubnis meiner Eltern. Mir war sonnenklar, woran es am ehesten scheitern würde.

Also begnügte ich mich fürs Erste damit, die Fahrpläne der Fähren zu studieren und das Kommen und Gehen am Hafen genau zu beobachten. Zoll, Polizei, Kontrollen, Kontrollen, Kontrollen, noch mehr Polizei.

Wie hatte es Pablo nur über die Straße von Gibraltar geschafft? Geschwommen war er ja wohl kaum. Moment, was hatte er noch mal gesagt? Irgendwas mit Windreiten.

Windreiten … Ob ich das auch konnte?

Jetzt zumindest noch nicht. Ich schob den Gedanken beiseite und überlegte fieberhaft, wie ich mich unbemerkt auf eine Fähre schleichen konnte.

Als es mir einfiel, kam ich mir fast ein wenig dumm vor, dass es so lang gedauert hatte. Anscheinend war ich ja ein Kind des Windes. Und wenn ich etwas konnte, dann unbemerkt auftauchen oder verschwinden. Eben wie der Wind. Wäre doch gelacht, wenn das nicht auch am Hafen klappen würde.

Mein kühner Plan sah so aus: Ich würde mich abends aus dem Haus schleichen, die letzte Fähre nach Afrika nehmen, mich mit Pablo treffen und mit der ersten Fähre frühmorgens zurückfahren. Wenn alles klappte, wäre ich wieder zu Hause, bevor meine Eltern mein Verschwinden bemerkten. Wenn nicht, wäre ich in ziemlichen Schwierigkeiten.

Was soll's. Das war ich Santiago schuldig. Ich ging nach dem Abendessen auf mein Zimmer, legte mich ins Bett und stellte mich schlafend, als meine Mutter einige Zeit später nach mir sah. Dann kletterte ich aus dem Fenster und huschte wie ein Schatten in der Nacht zum Hafen.

Ich legte natürlich noch zwei kleine Zwischenstopps ein, um Negrito und seine verwegene Katzenbande hinter dem Restaurant *El Frances* zu füttern. Nur weil ich in geheimer Mission das Land verließ, bedeutete das noch lange nicht, dass ich meine Aufgaben vernachlässigen durfte!

Am Hafen war jede Menge los. Vor der Schranke warteten Autos, Motorradfahrer und auch einige Trucks, dass sie endlich auf die hell erleuchtete Fähre fahren durften. Der Wind frischte auf und strich mir um die Nase. Ob er mich ermutigen wollte? Ich spürte zumindest nichts Gegenteiliges.

Im Wartebereich tummelten sich jede Menge Passagiere mit Pässen und Dokumenten in der Hand. Manche waren beladen mit Kisten und Truhen.

Ich stellte mich mitten unter sie und tat, was ich immer tat. Ich verschwand. Natürlich nicht wörtlich, ich löste mich nicht auf oder so. Ich schaffte es aber, dass mich die Leute einfach übersahen.

Trotzdem überraschte es mich, wie mühelos ich auf die Fähre gelangte. Erst als das Schiff den Hafen von Tarifa schon längst hinter sich gelassen hatte, wurde mir bewusst, was ich da gerade tat: Ich fuhr als blinder Passagier auf einen anderen Kontinent. In eine Stadt, von der ich bislang nur gefährliche Geschichten und haarsträubende Märchen gehört hatte. Santiago musste es manchmal aber auch echt übertreiben. Ich schluckte. Und wenn er gar nicht übertrieben hatte?

Ein wenig mulmig wurde mir schon dabei, doch die Abenteuerlust war stärker. Jetzt war es aber eh zu spät. Tarifa war nur noch eine Ahnung in der Ferne. Ich setzte mich ans Fenster und schaute auf die schwarzen Wellen.

Von all den Tieren, die durch die Straße von Gibraltar schwammen, hatten es mir die Orkas am meisten angetan. Von Santiago wusste ich, dass sie nicht die schnellsten Schwimmer waren und deswegen einfach in der Nähe der Thunfisch-Fischer herumhingen. Sobald denen ein großer Fisch an den Haken ging, schwammen sie gemächlich darauf zu und knabberten ihn ab, während die Fischer oben die Leine einholten. Ganz schön clever!

Unbemerkt von allen anderen Passagieren stand ich an der Reling und ließ mir die Gischt ins Gesicht pusten. Erst fühlte ich mich gut, richtig verwegen und wagemutig. Dann gerieten wir in ziemlichen Wellengang. Und ich erbrach mich wenig verwegen über die Reling. Falls ich eines Tages von meinem Abenteuer erzählen würde, so beschloss ich in diesem Moment, würde ich diese unbedeutende Kleinigkeit einfach unter den Tisch fallen lassen.

Irgendwas riss mich aus meinen Gedanken. Ich wandte mich vorsichtig um und war mit einem Schlag hellwach: Zwei uniformierte Beamte kamen zielstrebig auf mich zu. Ruhig bleiben, wahrscheinlich wollten sie nur zufällig in meine Richtung!

Einer der Männer zeigte auf mich und sie näherten sich mit entschlossener Miene. Mist, die waren meinetwegen hier. Weil eine Flucht auf einem Schiff relativ sinnlos war, ließ ich es einfach mal drauf ankommen. Ich drehte mich lässig weg, zog meine Kapuze tiefer ins Gesicht und konzentrierte mich darauf, übersehen zu werden.

Atemlose Sekunden vergingen, in denen ich jeden Moment eine

Hand auf meiner Schulter erwartete. Nichts passierte. Nach einigen weiteren Sekunden wagte ich es, mich langsam umzudrehen – und sah die beiden Beamten, wie sie mit verwirrten Blicken abzogen.

Unweigerlich musste ich grinsen. Irgendwie hatte ich tatsächlich so was wie Superkräfte! Wieso hatte ich das nicht schon viel früher für mich genutzt?

Die Küste von Afrika näherte sich schneller als gedacht. Und bevor ich noch nervöser werden konnte, waren wir auch schon in den Hafen von Tanger eingelaufen.

Erst als die meisten Passagiere die Fähre verlassen hatten, stahl ich mich von Bord.

Als ich das erste Mal afrikanischen Boden betrat, stellte ich eine grundlegende Sache fest: Ich war in einer sehr fremden, sehr großen Stadt – und hatte nicht die leiseste Ahnung, wie ich Pablo finden sollte.

Bevor ich in Panik verfallen konnte, spürte ich das Amulett in meiner Hosentasche. Es gab mir tatsächlich etwas Zuversicht und ich stapfte einfach mal drauflos. Pablo hatte mich gefunden. Da war es mir ja wohl ebenso möglich, ihn zu finden.

Wie fürchterlich falsch ich damit lag! Gegen das Labyrinth von Tanger war Tarifa absoluter Kindergarten. Sobald ich in das verwirrende Gewirr an kleinen Sträßchen, Höfen, Treppen und Gässchen eingetaucht war, wusste ich nicht mehr, wo oben und unten, wo links und rechts war.

Eine trockene Hitze flimmerte zwischen den engen Hauswänden. Manchmal standen die Gebäude so eng, dass sich zwei Menschen gerade so aneinander vorbeizwängen konnten. Gestalten in langen Gewändern huschten an mir vorüber, Kinder rannten johlend durch die Gassen, in dunklen Hauseingängen ohne Fenster und Türen brannten kleine und große Feuer.

Katzen gab es hier sogar noch mehr als Menschen. Ich war ja Straßenkatzen gewöhnt und fand schon die Zustände bei mir zu Hause nicht gerade prickelnd. Aber das hier war eine ganz andere Dimension. Ich war noch keine Stunde vom Schiff und schwor mir schon, mit säckeweise Futter wiederzukommen. Es sah aus, als würden mich die Katzen von Tanger noch mehr brauchen als die Katzen von Tarifa.

Und die Gerüche erst … Heißer Sand, Asche, Brot, Orangen, Minze, dazu tausend Gewürze und vieles, das ich gar nicht kannte. Es war ein faszinierender Ort. Aber auch ein ziemlich einschüchternder, an dem ich angerempelt wurde und an dem Menschen mit Turbanen an Straßenecken saßen und Schlangen mit einer langen Flöte beschworen. Bis heute Nacht dachte ich immer, so etwas gäbe es nur im Märchen!

Irgendwann, ich wusste längst nicht mehr, wo ich herkam oder ob ich die ganze Zeit im Kreis lief, fiel mir etwas ein. Etwas, das ich in irgendeinem alten Abenteuerroman von meinem Vater gelesen hatte. Wer schon so blöd war, sich in einem Labyrinth wie diesem zu verlaufen, der sollte wenigstens seinen Weg markieren.

Weil ich weder eine Million Brotkrumen noch einige Kilometer Seil dabeihatte, sah ich mich mal genauer auf den kunterbunten Marktständen um. Da, bei einem Mann mit einem gewaltigen roten Turban, sah ich einige Stücke Kreide liegen.

Ich schlenderte näher und täuschte Interesse an seinen Lampen und goldenen Armbändern vor. Sie gefielen mir wirklich, aber ich hatte es diesmal nur auf die Kreide abgesehen.

Gerade war er abgelenkt. Er feilschte mit einem Kunden erbittert um sein Leben. Oder um eine Lampe, so ganz klar war mir das nicht. Ich nutzte aus, dass er abgelenkt war, und griff einfach zu. Zugegeben, einen kurzen Moment fühlte ich mich wie eine Heldin aus einem Märchen. Die weibliche Version von Aladin oder so. Dann traf mich das schlechte Gewissen wie ein Schlag, doch ich war schon einige Meter vom Stand entfernt. Oje. Von wegen Aladin! Ich schlenderte betont lässig außer Reichweite des wild gestikulierenden Händlers, als er irgendwas rief.

Ich fuhr herum, kreidebleich wahrscheinlich, und sah ihn direkt auf mich zustürmen. Er rief etwas in seiner Sprache, das ich nicht verstand. Freundlich klang es nicht gerade. Ich wollte weglaufen, konnte aber nicht. Schon hatte er mich erreicht, packte mich an der Schulter – und drückte mir ein richtig großes Stück Kreide in die Hand.

»Mal was Schönes, mein Kind«, sagte er dann mit einer erstaunlich sanften Stimme und schenkte mir ein zahnloses Lächeln. Dann schlappte er zu seinem Kunden zurück und feilschte mit jeder Menge Vergnügen weiter, als hinge sein Leben davon ab. Ich starrte ihn an, dann auf die Kreide in meiner Hand und dann wieder auf den Trubel des Marktes.

Was für eine Stadt!

Eine gute Stunde später. Ich wusste immer noch nicht, in welche Richtung ich ging. Aber nun markierte ich jede Straßenecke mit einem Zeichen. Ich wollte wenigstens verhindern, im Kreis zu gehen, und würde so stets zu diesem freundlichen Händler zurückfinden. Das war besser als nichts.

Dieses Tanger war trotzdem ein heilloses Durcheinander! Irgendwie spannend und abenteuerlich, aber echt anstrengend. Straßenschilder gab es kaum, und wenn doch, dann konnte ich die arabischen Schriftzeichen eh nicht entziffern. Die Leute, die ich nach Pablo fragte, sahen mich nur mit rätselhafter Miene an. Abgesehen von einem schelmisch grinsenden Händler, der mir im Schein bunter Laternen einen kleinen Affen namens Pablo verkaufen wollte. Gut, er sah ihm immerhin ein bisschen ähnlich!

An einem kleinen Platz mit einem verkrüppelten Olivenbaum merkte ich es zum ersten Mal. Vielleicht, weil der Wind hier zu spüren war.

Vielleicht, weil ich das erste Mal schnaufend innehielt und versuchte, mich zu konzentrieren. Vielleicht auch, weil man erst jetzt wollte, dass ich es merkte.

Zwei Vögel, vielleicht Falken, aber das hätte mein Papa bestimmt genauer sagen können, saßen auf dem knorrigen Ast des Baumes und beobachteten mich mit schief gelegtem Kopf.

In mir zog sich alles zusammen.

Jemand war hinter mir her. Schon wieder!

Panisch zuckten meine Augen nach rechts und links. Das war schon in Tarifa mehr als knapp ausgegangen. Hier, mitten im Nirgendwo einer riesigen fremden Stadt, war ich chancenlos!

Ich rannte trotzdem los. Manchmal war es das Einzige, das man tun konnte.

Blind eilte ich durch die Gassen, scheuchte Hühner auf, brachte Hunde zum Kläffen und alte Männer zum Fluchen. Verzweifelt versuchte ich, zurück auf breitere Straßen oder belebte Plätze zu finden, weil ich hoffte, den Wind dort zu spüren.

Er würde mir sagen, was ich zu tun hatte.

Das Problem war nur: Es schien einfach keinen Ausweg aus diesem dunklen Labyrinth zu geben.

Als ich dieses ekelhafte Schnüffeln und Krächzen wieder hinter mir hörte, wusste ich, dass ich wirklich in Schwierigkeiten war.

Was für eine behämmerte Idee war das gewesen?

Ich achtete gar nicht mehr darauf, wohin ich rannte. Ich wusste nur, dass stehen bleiben eine ziemlich schlechte Idee wäre. Sogar noch schlechter als die, überhaupt hergekommen zu sein.

Hinter einer Straßenecke sah ich wieder diese Gestalt vor mir auftauchen. Bucklig, glühend rote Augen, humpelnder Gang. Ich schnellte herum und wollte zurückrennen, als eine zweite aus einem Hauseingang stolperte und gefährlich knurrte. Beide kamen langsam auf mich zu.

Was dann geschah, kann ich nicht mit Sicherheit sagen. Ich drehte mich mal in diese, mal in jene Richtung, als wäre meine Welt auf diese beiden Bewegungen zusammengeschmolzen. Als eine der Gestalten in die Hocke ging und zum Sprung ansetzte, schloss ich die Augen und riss instinktiv die Arme hoch, um mich zu schützen.

Als ein fürchterliches Krachen ertönte, machte ich die Augen wieder auf. Einer meiner Verfolger sank leblos an einer Hauswand zu Boden, in die ihn irgendwas geschleudert hatte. Putz rieselte in einer dichten Wolke auf ihn herab.

Ich sah ungläubig auf meine Hände. Dieses Gefühl gerade … es war fast so, als hätte sich etwas aus mir gelöst.

Ich blickte mich hastig um. Der zweite Bucklige schien ein wenig verunsichert. Wieder riss ich die Arme hoch, und diesmal passierte rein gar nichts. Okay, ich war wohl doch keine Superheldin!

Das sah die andere Gestalt offensichtlich genauso. Sie entblößte krumme und lange Zähne und stolperte auf mich zu. Ich rannte los, machte einen großen Satz über die regungslose Gestalt am Boden, warf kurz einen ungläubigen Blick auf das Loch, das sein Aufprall in die Mauer gerissen hatte. Dann war ich auf und davon.

Ohne mich umzublicken, stürzte ich über einen Platz vor einer Moschee, schlitterte einige breite Treppen hinunter und entdeckte endlich eine Bäckerei, die mir wegen ihres Dufts bereits früher am Abend aufgefallen war. Ich gönnte mir eine kleine Pause, um mich zu orientieren. Dabei musste ich unbewusst das Holzamulett in meiner Tasche umfasst haben, denn ich zog die Hand ruckartig zurück.

Es war heiß!

Ich nahm es aus der Tasche und betrachtete es verwirrt. Hatten sich diese Linien da gerade bewegt?

Ich schloss die Augen für einen kurzen Moment. Dann öffnete ich sie wieder. Und wäre vor Schreck fast umgekippt.

Vor mir standen zwei kleine Jungs in dreckigen weißen Unterhemden, die sich glichen wie ein Ei dem anderen. Im ersten Augenblick war ich überzeugt davon, vollkommen den Verstand zu verlieren. Sah ich jetzt schon doppelt? Hatte ich gerade eben doch was abbekommen? Ich blinzelte heftig, sah wieder hin.

Die beiden standen immer noch da. Sie warfen sich einen vielsagenden Blick zu. Die Falken landeten auf ihren Schultern. Jetzt blickten mich vier Augenpaare an. Ich wusste irgendwie genau, dass es die hübschen Vögel von vorhin waren. Keine Ahnung, warum.

»Wer seid ihr?«, keuchte ich.

»Keine Zeit«, sagten sie wie aus einem Mund. Dann nahm mich jeder an eine Hand, um mich fortzuführen.

Ich schüttelte sie ab. Das waren zwar keinesfalls meine Verfolger, aber ich war noch lange nicht heiß darauf, dass sie mich einfach so mitnahmen. »Hey, was soll das?«

Wieder tauschten die zwei einen Blick, der überdeutlich sagte, dass ich unfassbar schwer von Begriff war. »Wir dachten, du benutzt das Amulett nie«, sagte einer von ihnen und fummelte ein ganz ähnliches Holzding hervor.

»Seid ihr etwa …« Weiter kam ich nicht.

»Auch Kinder des Windes, na klar«, fiel mir der andere ins Wort. »Pablo hat uns geschickt, weil sich hier niemand besser auskennt als wir. Jetzt sollten wir aber verschwinden.« Der andere nickte bedeutsam. »Außer du willst warten, bis deine Freunde auch hier sind.«

»Meine … Freunde?«

»Böse Typen, rote Augen, lautes Schnüffeln. Diese Freunde eben. Wir nennen sie Windhunde.«

Mehr brauchte es nicht, um mich zu überzeugen. Widerstandslos ließ ich mich von diesen seltsamen Zwillingen ins dunkle Herz Tangers führen.

12

Die Gemeinschaft der Winde

Die beiden Doppelgänger huschten lässig und selbstsicher in ihren ausgelatschten Sandalen durch dieses Spinnennetz winziger Straßen und fanden sogar genügend Zeit, pausenlos miteinander zu quatschen. Die Falken flatterten ihnen in kurzem Abstand hinterher. Sie schienen sie regelrecht zu bewachen!

Ab und an besaßen die Zwillinge den Anstand, sich ein wenig schuldbewusst zu mir umzusehen. Für den Moment war mir egal, dass sie über mich redeten und dachten, ich würde es nicht merken. Ich wollte einfach nur raus aus diesen Gassen und mal irgendwo ankommen. Sitzen. Nicht von schrecklichen Kreaturen verfolgt werden.

Als wir es schließlich taten, war ich mir da nicht mehr so sicher. Wir machten vor einem Gebäude halt, für das das Wort »Ruine« noch zu nett gewesen wäre. Die Falken ließen sich auf einem gegenüberliegenden Torbogen nieder und beobachteten uns neugierig. Wo irgendwann mal eine Tür gewesen war, klaffte einfach ein großes Loch, das Dach fehlte komplett, überall lagen Ziegel und Steine. So wie ich das von außen erkennen konnte, war das Innere komplett von Sträuchern und Bäumen überwuchert und mit Abfall übersät.

Die beiden wandten sich zu mir um. »Nicht gerade ein Luxushotel«, stellte einer von ihnen mit Kennerblick fest und zuckte mit den Schultern. »Aber dafür unser Zuhause«, sagte der andere.

Sie führten mich vorbei an eingestürzten Mauern, warnten mich vor tückischen Löchern im Boden und blieben nach gefühlt 100 Stunden vor einer Holztür stehen. Jemand hatte ein herzförmiges Loch hineingeschnitzt. »Das Klo«, sagten sie mal wieder einstimmig und grinsten breit. Dann zogen sie mich weiter, immer tiefer hinein in dieses Geflecht an Ruinen, die irgendwie ineinander übergingen.

Wir kletterten über Steinhaufen, zwängten uns zwischen Bäumen hindurch, durchquerten stille Höfe, in denen die Zeit stehen geblieben war, und stolperten eine verfallene Treppe hinauf, bis wir endlich am Ziel waren: Eine uralte Falltür im Boden, mit so einem großen Steinring wie aus dem Mittelalter.

Ein Flattern schreckte mich auf. Wahnsinn, irgendwie hatten es die beiden Falken geschafft, uns in dieses Herz der Ruine zu folgen.

»Wir sind's«, zischten die Zwillinge in die Dunkelheit, nachdem sie die Falltür ächzend und schnaufend geöffnet hatten. Eine morsche Leiter führte darunter in die Tiefe.

Einer der beiden blickte zu den Falken auf, die auf einem abbröselnden Torbogen saßen. »Haltet die Augen offen, während wir da unten sind«, sagte er.

Sie stießen einen kurzen Schrei aus und flatterten los, als hätten sie jedes Wort verstanden.

Geschickt wie zwei Äffchen kletterten die beiden kahl geschorenen Jungs vor mir die Leiter hinunter und waren gleich darauf in der Dunkelheit verschwunden.

»Worauf wartest du?«, riefen sie zu mir herauf und kicherten. »Auf die Windhunde vielleicht?«

Ohne weiter darüber nachzudenken, schwang ich mich auf die Leiter und machte mich an den Abstieg.

»Der Letzte macht die Tür zu«, hörte ich noch. Dann ein Kichern. Und dann Stille.

Ein Schritt. Und noch einer. Und … ich rutschte aus und dachte für einen schrecklichen Moment, dass es das gewesen war. Ziemlich unsanft landete ich auf dem Hintern.

»Autsch!«, keuchte ich empört, als sich Fackelschein näherte.

»Lola, hast du dir was getan?«

Ich rappelte mich auf und blickte in Pablos besorgtes Gesicht.

»Geht schon«, murmelte ich und rieb mir den Rücken. Ich wusste nicht, warum, doch ich war plötzlich sehr wütend auf ihn.

»Schön, dass du da bist. Komm, ich stell dir die anderen vor.«

Ich schwieg ihn eisig an und folgte ihm. Hätte er mir nicht gleich sagen können, wo ich ihn und die anderen fand?

»Du bist wütend«, stellte er fest, als er mich gebückt durch einen niedrigen Gang führte. Es roch feucht und wir liefen eine ganze Zeit schweigend nebeneinanderher. Hörte dieses Labyrinth denn nie auf? »Aber glaub mir, es ging nicht anders«, fuhr er irgendwann fort, wahrscheinlich, weil ihm die Stille unangenehm wurde. Recht so! »Hätte ich dir gesagt, wo unser Versteck ist, hätte ich riskiert, dass sie es finden.«

»Also hast du lieber riskiert, dass sie *mich* finden?«, gab ich aufgebracht zurück.

»Tut mir leid«, sagte er leise und ich spürte, dass er ein schlechtes Gewissen hatte. »Wirklich.«

Er klopfte dreimal kurz und zweimal lang an eine Tür und trat ein. Dahinter wartete eine echt merkwürdige Versammlung.

Ich sah die Zwillinge, einen schlaksigen Kerl mit Brille und ein hübsches Mädchen mit schwarzen Haaren und sehr schwarz geschminkten Augen. Pablo schloss die Tür hinter uns und gesellte sich zu ihnen. So unterschiedlich sie auch waren, hatten sie dennoch eines gemeinsam: Alle starrten mich an.

»Okay, Leute. Das ist Lola, von der ich euch erzählt habe. Lola, das ist die Gemeinschaft der Winde!«

Mit Aufmerksamkeit war ich nie besonders gut klargekommen, also hob ich kurz verkrampft die Hand, murmelte ein undeutliches »Hi« und nestelte in meinen Haaren herum. Spitzenauftritt, Lola!

»Hi!«, riefen die beiden Zwillinge wie aus einem Mund und winkten mir kichernd zu. Sie saßen auf einigen alten Teppichen, die den ganzen Boden des Zimmers bedeckten, und stopften sich irgendwelche knallbunten Süßigkeiten in den Mund. Ein paar Hocker und niedrige Tische gab es noch, dazu einige Matratzen und ein paar dieser schönen goldenen Öllampen, die ich schon auf dem Markt gesehen hatte.

»Maria und Mario kennst du ja schon«, begann Pablo und zeigte auf die beiden.

Moment mal, das waren gar nicht zwei Jungs? Ich sah noch mal hin, doch auch im Schein der Lampen war kein Unterschied zwischen den beiden zu erkennen. »Die bekommst du immer nur im Doppelpack. Versuch also gar nicht erst, herauszufinden, wer Maria ist und wer Mario. Wir nennen sie einfach M und M.«

Die zwei lachten vergnügt, als sich der große schlaksige Junge erhob, sein »Star Trek«-Shirt gerade zupfte, seine dicke Brille zurechtrückte und mir eine dürre Hand hinhielt. »Gestatten, Esteban. Ich sehe mich gern als Hirn dieser Unternehmung. Wie ein Android, ein Vulkanier, so etwas in der Art.«

»Äh, hallo«, meinte ich verdutzt und schüttelte seine kalte Hand.

Er nickte und wies auf ein freies Sitzkissen. Es war ebenso fantasievoll mit orientalischen Mustern übersät wie fast alles hier. Eigentlich ziemlich gemütlich – den Umständen entsprechend. »Setz dich doch«, meinte er.

»Und das ist Teresa.« Pablo zeigte auf das schwarzhaarige Mädchen. Es war ungefähr so alt wie ich, trug bis zu ihren schweren Stiefeln komplett schwarz und hatte mich bislang nur finster angestarrt.

»Hi«, brachte ich hervor.

Sie stand auf und ging an mir vorbei. »Genieß das Rampenlicht, Sommersprosse!«, zischte sie mir zu, dann war sie schon zur Tür draußen und ließ sie krachend ins Schloss fallen.

Na prima. Ich war noch keine fünf Minuten hier und hatte schon die erste Feindin.

Der Rest der Bande war allerdings echt okay. Maria und Mario plapperten ohne Punkt und Komma und fanden es höchst amüsant, dass ich Maria für einen Jungen gehalten hatte. Sie waren jünger als wir anderen und erst seit wenigen Wochen in Tanger. Esteban war so alt wie Pablo und schon länger dabei, aber nicht so lang wie Teresa. Die war irgendwann wiedergekommen und hatte sich mürrisch mit einem Buch in eine Ecke verkrochen. Es war schwarz.

Die anderen hatten sich um mich geschart und wollten alles Mögliche wissen. Das war natürlich schlecht, denn ich wollte mindestens genau so viel von ihnen wissen.

»Seit wann wisst ihr denn alle, dass ihr Kinder des Windes seid?«, fragte ich. Teresas eisiges »Also, wenn man das nicht spürt!« ignorierte ich. Ich wusste nicht, was ihr Problem war, wollte mich aber nicht früher als nötig mit ihr anlegen. Außerdem konnte ich es nicht leiden, wenn man mich auf meine Sommersprossen ansprach. Was konnte ich denn schon für die?

»Och, weiß nicht«, sagte Mario. Oder Maria. »Irgendwann merkten wir, dass wir das können.« Die beiden hielten sich an der Hand, schlossen die Augen – und verschwanden. Sie verschwanden einfach, waren wie vom Erdboden verschluckt.

»Buh!«, machte es direkt hinter mir und ich erschrak fürchterlich. Die zwei lachten sich kringelig.

»Wir nennen das Windreiten«, sagte Pablo und sah die beiden streng an. »Und damit spielt man nicht!«

»'tschuldige, Pablo«, sagten sie wie aus einem Mund.

»Windreiten können wir alle. Das ist sozusagen unser Basistalent«, bemerkte Esteban. »Je nachdem, wie gut man ist, kann man damit große Entfernungen zurücklegen. Oh, und man muss ziemlich lang die Luft anhalten können.«

»Was vor allem bei den beiden echt wichtig ist«, fügte Pablo lächelnd hinzu und deutete auf die Zwillinge. »Dann halten sie endlich mal die Klappe.«

Windreiten, ja? Deshalb hatte ich mich vielleicht unbemerkt auf die Fähre schleichen können!

»Natürlich nicht nur deswegen«, stieg Esteban wieder ein und warf Pablo einen vielsagenden Blick zu. »Unsere Kraft reicht immer nur so lange, wie wir Atem haben. Wie beim Tauchen.«

»Aha«, machte ich. »Und du?«, wandte ich mich direkt an ihn. »Wie hast du es gemerkt?«

»Oh, meine Berechnungen ergaben irgendwann, dass ich so etwas in der Art sein musste.« Ich blickte verdutzt zu Pablo, der nur die Augen verdrehte. »Ich merkte früh, dass ich anders bin. Also, nicht nur deutlich intelligenter als die meisten, sondern eben auch … anders. Also recherchierte ich, stellte einige Berechnungen auf und unternahm Versuche. Ich bin ein Sohn des Scirocco, kein Zweifel.«

Scirocco. Aha. War das ein Wind?

»Als ich ihn fand, konnte ich ihn mit dieser ganzen Windsache nicht mal überraschen«, meinte Pablo fast geknickt. »Anders als bei dir, Lola.«

»Sehr witzig. Immerhin bin ich hier, oder?«

Pablo nickte. »Und das ist wirklich wichtig.«

Aus Teresas Ecke war ein verächtliches Schnauben zu vernehmen, doch Pablo bedeutete mir mit einem beschwörenden Blick, keinen Streit anzufangen. »Es *ist* wichtig«, wiederholte er mit Nachdruck, nahm einen zerbeulten Kessel von einer Feuerstelle und füllte eine dampfende Flüssigkeit in kleine Tonbecher.

»Ihr seid die einzigen Kinder des Windes, die ich bislang aufspüren konnte«, fuhr er fort, als er die Becher an uns verteilt hatte. Der Tee war heiß und schmeckte wunderbar würzig. »Und bei dir war es höchste Zeit, Lola.«

Ich blickte ihn fragend an.

»Na ja, es ist so, dass unsere Macht verpufft, wenn wir nicht bis zu unserem 13. Geburtstag herausgefunden haben, wer wir wirklich sind. Liegt wohl daran, dass unsere Windväter nach und nach ihren Einfluss verlieren, wenn wir uns nicht zu ihnen bekennen. Und dein 13. Geburtstag ist ...«

»... in fünf Wochen«, vollendete ich seinen Satz. Ich sparte mir jetzt einfach mal die Frage, woher er das wusste.

»Eben. Ich weiß nicht, wie viele es noch von uns gibt und wie viele es nie erfahren werden. Ich weiß nur, dass wir alle in großer Gefahr sind. Und nicht nur das: Die Winde sind es auch. Mistral will nicht nur uns ans Leder, er will auch die anderen Winde vernichten, um als einziger Wind zu herrschen.«

Jetzt waren auch die Zwillinge ernst geworden. Oder zumindest ein wenig ernster. »Er hat überall diese fiesen Windhunde am Start, die nach uns suchen«, sagte Mario oder Maria. Verdammt, ich musste sie doch irgendwie auseinanderhalten können! »Übrigens ziemlich cool, wie du den einen in die Wand geschickt hast!«

»Ich?« Ich blickte die beiden fassungslos an. »Das war ich?«

»Na klar. Nicht übel für eine Anfängerin im Windkampf!«

Windreiten, Windkampf, Windhunde ... in was für einer Geschichte war ich nur gelandet?

Pablo warf mir durch seine verstrubbelten Haare einen anerkennenden Blick zu. »Sie werden nicht aufhören, uns zu suchen«, ergriff er dann wieder das Wort. »Erst wenn wir aus dem Weg geschafft sind, kann Mistral die Winde von dieser Welt vertreiben.«

Jetzt schaltete sich auch Esteban ein. »Und das dürfen wir nicht zulassen! Meine Berechnungen haben ergeben, dass das Gleichgewicht der Welt auseinanderbricht, wenn Mistral die anderen Winde vernichtet.«

Ich musste ihn ziemlich fragend angesehen haben, denn er rückte seine Brille zurecht und fuhr dankbar fort. »Ich denke da an so was wie die Apokalypse. Das Ende der Welt. Chaos, Tornados, Gewitter und das alles rund um die Uhr.«

Das Ende der Welt!

»Aber wie sollen wir das verhindern? Ich meine …« Ich sah mich in dem dunklen Raum um. »Wir sind nicht gerade viele, oder?«

»Ich hab gleich gesagt, dass sie uns nichts bringt«, murmelte Teresa gerade laut genug, dass ich sie verstehen konnte. »Wir brauchen sie nicht.«

»Und ob wir sie brauchen. Wir brauchen jeden Einzelnen.« Pablo atmete tief durch. »Ich hatte gehofft, noch mehr Kinder des Windes zu finden. Doch entweder geben sie sich nicht zu erkennen oder es gibt keine mehr.«

»Offensichtlich hat jeder Wind nur ein Kind in die Welt gesetzt«, übernahm Esteban wieder die Rolle des Wissenschaftlers. »Je nach Größe, Stärke und Rolle des Windes sind auch die Kinder des Windes mal mehr, mal weniger stark. Auch ihre Fähigkeiten hängen stark von ihrem Windvater ab. Der Scirocco zum Beispiel weht immer sehr gleichmäßig. Das wundert dich sicher nicht, ich bin ja auch ein konstant brillanter Typ, oder?«

»Ähm, ja.« Ich würde wohl noch eine Weile brauchen, bis ich Estebans speziellen Humor verstand. Eine ziemlich lange Weile. »Und ihr«, wandte ich mich daher schnell an die Zwillinge. »Wer ist euer Vater?«

»Tramontana«, sagten sie mal wieder synchron und einer von ihnen fuhr fort. »Der ist nicht so bekannt und eher so was wie ein Geheimtipp. Uns gefällt das.«

»Aha. Pablo, wie sieht es bei dir aus?«

»Ich bin ziemlich sicher, dass es der Poniente ist.«

»Ziemlich sicher? Kennt ihr eure … Windväter denn nicht?«

»Die halten sich aus allem raus«, meinte Maria oder Mario. »Sie haben uns das Leben geschenkt, mischen sich sonst aber nicht ein. Pablo meint sogar, dass sie geschworen haben, nicht in unser Leben einzugreifen, damit wir so normal wie möglich aufwachsen.«

»Scheint ja prima zu funktionieren, was?« Ich drehte mich um und bemühte mich, freundlich zu klingen. »Und was ist mit dir Teresa? Zu welchem Wind gehörst du?«

»Geht dich einen Scheiß an!«

»Teresa weiß es noch nicht«, flüsterte einer der Zwillinge. »Und du, weißt du es denn schon?«

Ich zuckte mit den Schultern. »Keine Ahnung. Welche Winde gibt es denn noch so?«

»Pablo meint, dass du ein besonders mächtiges Kind des Windes bist«, plapperten sie weiter. »Deswegen war es ihm so wichtig, dich zu finden, bevor du 13 wirst.«

Super. Das war sicherlich genau das, was Teresa gern hörte.

»Ich weiß wirklich nicht, ob …«

»Doch, das ist ja wohl offensichtlich.« Esteban bewies wirklich herrlich viel Taktgefühl. »Ohne dich wäre unsere Mission undenkbar. Weißt du schon, was dein Totemtier ist?«

»Als ob«, hörte ich aus Teresas Ecke.

Ich schluckte eine scharfe Bemerkung hinunter und seufzte stattdessen. Das war ja wie eine Schulstunde, von der man noch nie etwas gehört hatte! »Ich weiß ja nicht mal, was das ist.«

»Unsere Windväter haben jedem von uns ein Tier zur Seite gestellt, das auf uns aufpasst«, sagte einer der Zwillinge. »Zu diesem Tier haben wir eine besondere Verbindung. Wir haben die Falken, bei Pablo ist es ein Wüstenluchs.«

»Und bei mir ein Delfin«, bemerkte Esteban und schob sich die Brille auf der Nase hoch. Dann räusperte er sich. »Obwohl ich gar nicht weiß, wie das passieren konnte. Ich schwimme nicht mal besonders gern.«

»Teresa weiß es noch nicht«, ergriff M oder M wieder das Wort.

»Oder verrät es einfach nicht«, giftete Teresa. »Schon mal was von Privatsphäre gehört?«

»Sei nicht albern.« Pablo erhob seine Stimme nur ein wenig, aber es lag eine Drohung darin. Mit ihm legte man sich wohl besser nicht an. »Unsere Totemtiere sind von größter Wichtigkeit. Es heißt, wir können unsere Kräfte erst dann voll entfalten, wenn wir wissen, welches Tier zu uns gehört.«

»Ja, bei mir passierte es tatsächlich, als ich mit meinen Eltern eine Delfinbeobachtung machte«, schaltete sich Esteban wieder ein. »In einem Moment denke ich noch, wie schön es jetzt an Land wäre, im anderen rede ich mit diesem Delfin. Also, telepathisch, versteht sich.« Seine Augen blitzten auf. »Er heißt Mister Spock und ist ziemlich clever.«

»Und unsere Speedy 1 und 2«, schrien Maria und Mario gleichzeitig und kicherten. »Wir können sie nämlich nicht auseinanderhalten.«

»Dann wisst ihr wenigstens, wie das ist«, brummte Pablo, musste aber lächeln.

»Heißt das, wir haben eine Verbindung zu einem einzelnen Tier?«

Esteban nickte. »Ein Tier für jeden von uns. Doch gewöhnlich haben wir auch einen guten Draht zu dieser Spezies im Allgemeinen.«

Ich grinste. »Wenigstens das ist schon erledigt.« Die anderen blickten mich entgeistert an – sogar Teresa. »Da gibt es nur eine Möglichkeit«, meinte ich und strahlte. Endlich fühlte ich mich mal nicht wie die letzte Idiotin. »Es müssen die Katzen sein.«

»Na also«, gab Pablo mit einem ebenso breiten Grinsen von sich. »Läuft doch.«

Ein seltsames Hochgefühl durchströmte mich. Es war bestimmt die kleine Margarita! Sie hatte wahrscheinlich auch die Attacke auf diesen Windhund in der Gasse angeführt. Gute, süße Margarita! »Okay, und was machen wir jetzt?«

Kaum hatte ich die Frage ausgesprochen, erfuhr ich in einem Redeschwall von allen Seiten, dass die Kinder des Windes längst einen Plan geschmiedet hatten. Einen Plan, der abgefahrener klang als jeder Film, den ich gesehen hatte. Mit Ausnahme von Teresa redeten alle wirr durcheinander, doch ich erfuhr von einem Ort, der irgendwo in der Wüste verborgen lag und alle Antworten auf unsere Fragen enthielt. Dort würde man uns lehren, unsere Kräfte richtig einzusetzen.

»Und wie finden wir diesen Ort?«, unterbrach ich sie irgendwann. »Ich meine, der wird ja nicht gerade auf Google Maps stehen, oder?«

Immerhin war Esteban höflich genug, um kurz zu grinsen. »Nee, das nicht. Aber da kommt Pablo ins Spiel. Er kennt die Wüste wie kein anderer.«

Ich sah Pablo fragend an. Er gab mir zu verstehen, dass er gerade nicht darüber reden wollte. Gut, gab ja mehr als genug anderes.

»Von kennen kann echt keine Rede sein«, meinte Pablo mit finsterer Miene. »Ich weiß nur, dass es die Kathedrale der Winde gibt. Und dass wir sie erreichen müssen.«

Wie war das bitte? Die Kathedrale der Winde? Ich konnte mich an Santiagos Geschichte erinnern, als hätte er sie mir erst gestern erzählt. Und bis gerade eben war sie das auch gewesen. Eine Geschichte.

»Die gibt es wirklich?«, fragte ich entgeistert.

Teresa schnalzte genervt mit der Zunge. »Ernsthaft, Leute?«, schickte sie hinterher und begutachtete ihre Fingernägel.

»Klar gibt es die«, gaben Maria und Mario gleichzeitig zurück. Sie sahen mich mit großen Augen an. »Irgendwo in der Wüste. Sie wartet auf uns, nicht wahr, Pablo?«

Pablo nickte. »So sagt man, ja. Du hast von ihr gehört?«

»In einer Geschichte, ja. Ich hielt sie für ein Märchen.«

»Dann mach dich drauf gefasst, dass in nächster Zeit noch mehr Märchen wahr werden.«

Äh, wollte ich das überhaupt?

»Okay, und was geschieht danach?«, fragte ich und ignorierte jetzt erst mal alles andere.

»Dann machen wir uns bereit für Mistral«, sagte Pablo ernst.

Und diesmal sparten sich sogar die Zwillinge einen Kommentar.

13

Versteckt zwischen Büchern

Als ich irgendwann den Gesang zahlreicher Vögel hörte, sprang ich erschrocken auf.

»Oje, wie spät ist es denn?«, rief ich.

»Neun vor sechs«, gab Esteban nach einem fachmännischen Blick auf seine riesige Uhr zurück.

»Ich muss sofort los!« Wenn meine Eltern merkten, dass ich nicht in meinem Zimmer war, würde das ein ganz eigenes Ende der Welt werden.

»Aber … was ist denn mit der Kathedrale der Winde?«, fragten die Zwillinge verdutzt. »Kommst du denn nicht mit?«

»Doch, ich … ich weiß nicht.« Ich sah Hilfe suchend zu Pablo, der sich jetzt auch erhob und mich nachdenklich ansah.

»Wir können nicht mehr lange warten, Lola. Können wir auf dich zählen?«

Mein Gott. So was konnte man doch nicht einfach so entscheiden. Und überhaupt: Wie sollte ich das meinen Eltern erklären? *Ich bin mal eben für eine Weile weg. Ich und ein paar andere suchen die Kathedrale der Winde in der Wüste, um uns ausbilden zu lassen und dann gegen den Mistral zu kämpfen. Wartet nicht mit dem Essen!*

Eher nicht …

»Gebt mir ein bisschen Zeit, okay? Ich komme wieder, so schnell es geht.«

»Zeit ist leider das Einzige, das wir nicht haben«, gab Pablo ernst zurück. »Ich weiß, wie das alles klingen muss, aber wenn du an deinem 13. Geburtstag nicht akzeptierst, was du bist, verfliegt deine Macht. Und ohne dich müssen wir es gar nicht erst versuchen.«

»Bitte, Pablo …« Moment mal! Ich flehte ja fast! »Ihr könnt mich doch nicht einfach zwingen!«, sagte ich dann lauter als beabsichtigt.

An ihren Mienen und Teresas abfälligem Zischen erkannte ich, dass das nicht unbedingt die Antwort war, die sie erhofft hatten. Aber was blieb mir denn anderes übrig?

Ich konnte meinen typischen Impuls, einfach abzuhauen, gerade noch unterdrücken und bemühte mich um einen etwas freundlicheren Ton. »Hey, ihr müsst das verstehen. Ich wusste bis vor wenigen Tagen nicht mal, dass es so etwas wie die Kinder des Windes überhaupt gibt.«

»Schon okay.« Pablo legte mir die Hand auf den Arm. »Es ist nur so, dass es so langsam echt eng wird. Nimm dir die Zeit, die du brauchst. Aber bitte nicht mehr als nötig, okay? Benutze das Amulett, um uns zu finden, wenn du wieder hier bist.«

»Warte!«, rief Esteban, als ich aufgestanden war. Er kam auf mich zu und berührte mich mit seinen kalten Händen an den Schultern. Dabei sah er mir einige Zeit lang in die Augen, ohne etwas zu sagen. »Okay«, meinte er dann, ließ mich los und trat zurück.

Was war das jetzt wieder gewesen?«

»Er hat Kontakt mir dir aufgenommen«, erklärte Pablo, der mein Gesicht gesehen haben musste.

»Kontakt?«

»So kann er dir jederzeit eine Botschaft zukommen lassen.«

»Du meinst, falls er mal keine E-Mail schreiben kann?«

»Sehr witzig«, meinte Pablo trocken, doch er musste trotzdem grinsen.

Ich drehte mich um und verließ die Gemeinschaft der Winde ohne ein weiteres Wort.

Als ich in der Morgendämmerung durch die kühlen Gassen von Tanger lief, konnte ich kaum glauben, was da gerade passiert war.

Bei all dem Gerede von Kathedralen und Apokalypsen wurde es fast schon nebensächlich, dass ich ein Kind des Windes war. Oder *wahrscheinlich* war. Klar, die Zeichen sprachen dafür, aber laut Pablo musste ich mich ja irgendwie dazu bekennen. Eine Anleitung hatte er mir aber natürlich nicht mitgegeben.

Die ersten Meter war ich hin- und hergerissen, ob ich wirklich gehen sollte. Ich kam mir so vor, als würde ich sie im Stich lassen. Aber ich konnte ja nicht einfach hierbleiben, in dieser fremden Welt.

Oder?

Vorsichtig huschte ich durch die Gassen und stellte schnell fest, dass ich mich auch hier vollkommen unbemerkt fortbewegen konnte. Die Händler bauten ihre Stände schon wieder auf, überall wurde frisches Brot, Obst, Gemüse und Fleisch durch die Gegend gekarrt. Ein Lastkarren war über und über mit Vogelkäfigen beladen, aus denen es in allen Tonlagen sang. Ein ganzes Rudel Straßenkatzen folgte dem Händler unauffällig, aber sehr, sehr aufmerksam.

Puh, wenn ich es mir in Tanger wirklich zur Aufgabe machen würde, alle Straßenkatzen zu versorgen, käme ich zu gar nichts anderem mehr!

Von den Windhunden fehlte jede Spur. Stattdessen war da auf einmal etwas anderes, das ich spürte. Ein Gefühl, irgendwo zwischen Vertrautheit und Gefahr. Kurz überlegte ich, es einfach zu ignorieren, um so schnell wie möglich den Hafen zu erreichen.

Dann siegte meine Neugier. Wie immer.

Ich ließ mich durch die Gassen leiten, die im klaren Licht des Morgens urplötzlich gar nicht mehr bedrohlich oder beklemmend wirkten.

War es der Wind, der mich führte? Ich war mir nicht sicher, wollte es jetzt aber einfach wissen. Mir war, als würde irgendwo irgendjemand leise meinen Namen flüstern.

Vor einem baufälligen hohen Gebäude kam ich zum Stehen. Es musste wohl mal eine Bibliothek beherbergt haben, war jetzt aber mit Holzbrettern notdürftig zugesperrt. Ich sah mich kurz um, dann stieg ich entschlossen zwischen den Brettern hindurch.

Licht drang durch die Spalten in den Fenstern und Türen. Als ich mich an den Aufstieg machte, schreckte ich einige Tauben auf. Empört gurrend stoben sie davon und suchten sich ihren Weg ins Freie.

Auf jedem Stockwerk erwarteten mich Räume voller umgestürzter Regale, alter Bücher und wild wuchernder Pflanzen. In einem Raum fand ich sogar eine träge vor sich hin krabbelnde Schildkröte. Dann erreichte ich das letzte Stockwerk. Und die einzige abgeschlossene Tür.

Diesmal hielt ich mich nicht mit Geheimniskrämerei auf. Ich trat entschlossen dagegen und genoss sogar das Gefühl, wie das morsche Holz nachgab. Ein kleiner Raum kam dahinter zum Vorschein.

Und in der Mitte des Raumes, auf einem kleinen Schemel über einem Meer aus Büchern, saß Santiago.

14

Geier unter Möwen

Es war schwer zu sagen, was ich in diesem Moment fühlte. Erleichterung, Verwunderung, Glück und Tausende andere Dinge schossen durch meinen Körper. Gleichzeitig. Wild durcheinander.

»Lola«, sagte er nur und versuchte mühsam, sich aufzurichten. Ich eilte zu ihm, um ihn zu stützen. »Na, na«, rügte er mich, »ich bin doch kein Greis.«

Ich musste grinsen und hob entschuldigend die Hände. Mehr gab es im Moment nicht zu sagen. Kein Jubel, keine große Szene, einfach nur jede Menge stumme Erleichterung. Irgendwie typisch für uns.

Wir machten uns gemeinsam an den Abstieg und verständigten uns wortlos darauf, erst mal so schnell wie möglich aus dieser Stadt zu kommen. Wir würden noch genug Zeit zum Reden haben.

Santiago besorgte sich ein Ticket für die erste Fähre des Morgens, ich schlich wieder unbemerkt an Bord. Während der Überfahrt redeten wir kein Wort. Nebeneinander standen wir an der Reling und sahen zu, wie sich Afrika im Licht der aufgehenden Sonne von uns entfernte.

Mich interessierte brennend, was passiert war, doch ich wusste einfach nicht, wo ich anfangen sollte. Außerdem sah Santiago nicht gerade so aus, als habe er Lust aufs Reden. Mit zusammengepressten Lippen und dunkler Miene starrte er aufs Meer hinaus.

Mit jedem Meter, den wir zurücklegten, rückten die Ereignisse der letzten Nacht in immer weitere Ferne. Als wir den Hafen von Tarifa erreichten, hatte ich regelrechte Schwierigkeiten, mich an alles zu erinnern, was in Tanger vorgefallen war. Einen Moment lang standen wir noch an der Anlegestelle.

»Danke«, sagte Santiago dann und lächelte gequält. Er sah schwach und müde aus und ich hätte ihn am liebsten in seine Hütte begleitet und dort mit tausend Fragen gelöchert. Es war aber fast halb acht – kurz vor Weckerklingeln.

»Nichts zu danken! Bis nach der Schule also«, sagte ich im Gehen.

Er sah mich verständnislos an, doch ich war mit meinen Gedanken schon ganz woanders.

Wie ich es schaffte, rechtzeitig ins Bett zu schlüpfen, bevor meine Mutter ihren Kopf zur Tür hineinstreckte, weiß ich bis heute nicht. Auch nicht, wie ich diesen Schultag überstand. Irgendwann läutete es und ich taumelte wie benommen ins Freie.

Jetzt aber nichts wie zum Hafen! Ich musste endlich wissen, was passiert war!

Als ich Santiagos Hütte erreichte, wunderte ich mich kurz über die Ruhe. Keine brutzelnde Pfanne, keine kreischenden Möwen, keine Katzen, die erwartungsvoll um sein Zuhause schlichen. Stattdessen thronte ein hässlicher Geier auf dem Dach und musterte mich aus seinen fiesen kleinen Augen.

Ein Geier, hier am Hafen? Das war ungewöhnlich. Andererseits bei Weitem nicht das Ungewöhnlichste der letzten 24 Stunden, also nahm ich es einfach so hin und betrat seine Hütte.

Besser gesagt: Ich versuchte es. Gerade, als ich die Tür öffnen wollte, kam mir ein ganzer Haufen kopfschüttelnder Fischer entgegen.

»Der ist ja noch seltsamer als vorher!«, brummte einer und kratzte sich verständnislos am Kopf.

»Das war jetzt wohl wirklich zu viel für ihn, sag ich euch«, meinte ein zweiter. Als sie mich sahen, räusperten sie sich und tätschelten mir unbeholfen den Kopf.

»Wird schon wieder, der alte Santiago«, murmelten sie und sahen dann zu, dass sie sich schnell aus dem Staub machten.

Ich sah ihnen nach, dachte mir nichts dabei – und trat ein.

»Kannst du nicht anklopfen?«, war das Erste, das er mich fragte. Puh, da war ja wirklich einer in mieser Stimmung.

Er musste gemerkt haben, was er da gesagt hatte, und wandte sich mit einem schuldbewussten Lächeln zu mir um. »Bitte entschuldige, Lola. Ich bin noch ganz durcheinander.«

»Wem sagst du das!«, meinte ich und ließ mich auf einen Stuhl plumpsen. »Wie geht's dir denn?«

»Ging mir schon besser. Aber immerhin ist dieses fürchterliche Kapitel jetzt vorbei und wir können unser Leben weiterleben wie davor, nicht wahr?«

»Was ist denn nur passiert?«, fragte ich, nachdem er sich neben mich gesetzt hatte. Normalerweise war das gar nicht sein Platz, aber wahrscheinlich war heute auch einfach kein normaler Tag. Ich hoffte, dass er schnell wieder ganz der Alte wurde.

»Ich weiß es nicht. In einem Moment war ich noch draußen auf dem Meer – und im nächsten plötzlich nicht mehr.« Er sah mich mit seltsam glänzenden Augen an und tätschelte meine Hand. »Du weißt, wer das war, hab ich recht?«

Ich schluckte. »Ich … ich denke schon.« Er schaute mich an und ich hatte das Gefühl, als würde er von mir erwarten, dass ich diesen Namen laut aussprach. »Es war Mistral, hab ich recht?«

Er nickte und blickte ins Nichts. »Er ist so mächtig, Lola. Wer sich mit ihm anlegt, kann nur verlieren.«

»Also wusstest du es die ganze Zeit?«

Er nickte abwesend. »Die ganze Zeit.«

»Aber warum … warum hast du mir nichts gesagt?«

Seine Züge wurden weicher. »Erstens hättest du mir nicht geglaubt. Und zweitens hätte dich das nur zusätzlich in Gefahr gebracht. Je weniger du weißt, desto besser. Und jetzt vergisst du das am besten alles und sagst deinen Eltern Bescheid, dass ich wieder da bin. Es ist höchste Zeit, dass wir endlich mit unserem normalen Leben weitermachen.«

Ernsthaft? Das war alles? »Geht's dir auch wirklich gut?«, fragte ich zögerlich. Stand er vielleicht unter Schock? Sollte ich vielleicht einen Arzt rufen?

»Ich glaube, ich hab ein wenig zu viel Sonne abbekommen«, meinte er mit einem so schwachen Lächeln, von dem er wohl selbst nicht glaubte, mich damit überzeugen zu können.

»Oookay«, sagte ich gedehnt und stand auf. Es war wohl das Beste, wenn ich ihn erst mal allein ließ. »Melde dich, wenn ich irgendwas tun kann, ja?«

Er nickte und ich wartete, ob da noch irgendwas von ihm kommen würde. Doch er starrte nur ins Leere.

Als ich die Hütte verließ, hatte ich sofort wieder das unangenehme Gefühl, beobachtet zu werden. Ich blickte zum Dach und mich überlief ein eisiger Schauer. Dort oben saß kein Geier mehr. Dort oben saßen drei Geier. Sie starrten mich gierig an. Und da war noch etwas. Es war vollkommen windstill.

15

Soll ich gehen oder bleiben?

Ich hatte nicht viel Zeit, über all das nachzudenken. In dem Moment, in dem ich die Tür hinter mir geschlossen hatte, hatte mich meine Mutter schon so fest in die Arme genommen, dass ich kurz um mein Leben fürchtete.

»Mama, du … ich ersticke!«, musste ich dumpf hervorwürgen, bis sie mich endlich losließ.

»Ja, ja natürlich, entschuldige«, sagte sie vollkommen aufgelöst, als sie mir meine Jacke glatt strich. Dann fuhr sie mir durch die Haare. Ich hasste es, wusste aber, wie sehr sie es liebte. Also ließ ich es zu. »Ich … ich war nur so erleichtert, als ich davon hörte.«

»Wir beide waren das.« Mein Vater lehnte im Türrahmen und grinste mich an. Dann verriegelte er die Tür, wie ich irritiert feststellte. »Noch mal gut gegangen, was?«

Ich zwang mich zu einem schwachen Lächeln. »Ja, noch mal gut gegangen, schätze ich.«

»Und, warst du schon bei deinem H… bei ihm?«

Meine Mutter schob mich sanft in die Küche, wo unter Garantie irgendein viel zu fettiges Gericht vor sich hin köchelte. Zur Feier des Tages und so. »Wie geht es ihm?«

»Gut. Denke ich zumindest.« Ich dachte wieder an seine seltsame Art und diesen abwesenden Blick. »Er ist ziemlich mitgenommen.«

»Kein Wunder ist er das«, meinte mein Vater, als hätte er so etwas schon zehnmal erlebt. Er verzog den Mund, warf meiner Mutter einen angeblich unauffälligen Blick zu. Dann entkorkte er eine Weinflasche mit einem Ploppen und goss sich und meiner Mutter ein Glas ein. »Das wird schon wieder«, sagte er dann. »Hauptsache, er ist wieder da.«

»Es ist nämlich so«, begann meine Mutter, als sie Pasta auf einen Teller schöpfte. Pasta, wie in Italien! Wir lebten ganz im Süden Spaniens und meine Eltern hätten dennoch am liebsten jeden Tag Nudeln gegessen. »Dein Vater muss doch morgen auf diese lange Geschäftsreise und wir …«

Da kam es schon!

»… na ja, und wir dachten uns, ob wir nicht alle zusammen fahren sollen. Wir hätten dich natürlich nie gefragt, solange Santiagos Situation noch nicht geklärt ist.«

Ich starrte meine Eltern an, als hätten sie mir gerade erklärt, die Schule würde in Wirklichkeit ein ganzes Leben lang gehen. Wir alle, auf Geschäftsreise? Ich liebte meinen Vater, aber er verkaufte Thunfisch in Dosen an irgendwelche langweiligen Menschen!

Mein Vater räusperte sich unbeholfen. »Ja, das wird sicher, ähm, lustig.«

Lustig? Auf großer Vertreterreise zu den Thunfischfreunden dieses Landes?

»Außerdem könnten wir dann mal wieder gemeinsam Vögel beobachten. So wie früher, Lola: Mit extra frühem Aufstehen und geringen Aussichten auf Erfolg.« Er lachte gezwungen.

Meine Mutter stellte einen dampfenden Teller vor mir ab. »So können wir endlich mal wieder ein wenig Zeit miteinander verbringen. Als Familie.«

»Und die Schule?«, fragte ich verzweifelt. Wow, wenn ich schon diese Karte spielte …

Mein Vater winkte ab. »Die werden mal ein paar Tage auf dich verzichten können.«

So langsam wurde ich echt misstrauisch. Irgendwas stimmte da nicht. Meine Eltern hielten Schwänzen für eine Todsünde.

»Dann ist das beschlossen«, meinte mein Vater mit vollem Mund. »Großartig. Wir fahren morgen Abend los. Erster Halt: Sevilla!«

Der Rest des Mittagessens verlief schweigend. Als es draußen dumpf donnerte, zuckten meine Eltern kurz zusammen. Meine Mutter sprang auf, suchte nervös den Himmel ab. Dann zwang sie sich zu einem gleichgültigen Gesichtsausdruck und setzte sich wieder. »Wird wohl Regen geben.«

Mein Papa schaute auf sein Handy. »In Sevilla ist blauer Himmel. Ob ihr … ich meine natürlich, ob uns das Wetter folgen wird?«

Meine Mutter schüttelte unmerklich den Kopf. Dann schwiegen sie.

Was zum Teufel sollte das alles?

Ich aß schnell, um bald auf mein Zimmer gehen zu können. »Hausaufgaben«, sagte ich entschuldigend, stellte meinen Teller in die Spüle und musste den Impuls unterdrücken, zu rennen.

Ich hatte plötzlich das Gefühl zu platzen. Umzukippen. Auszuflippen. Irgendwie so was. Hauptsache, nicht dazusitzen und so zu tun, als wäre nichts geschehen.

Santiago hatte immer Bescheid gewusst. Und nie etwas gesagt. Ich schmiss mich aufs Bett, presste mir das Kissen aufs Gesicht und schrie, so laut ich konnte. Sollte man viel öfter machen.

Nach ein paar Minuten beruhigte ich mich. Nicht, dass mir irgendwas klarer war als zuvor. Aber dieses Gefühl, gleich einfach auseinanderzufallen, ließ nach. Ein wenig.

Es kratzte am Fenster. Ich sprang sofort auf und ließ den kleinen miauenden Fellknäuel rein. Das war genau das, was ich jetzt brauchte! War es nicht verrückt, dass Tiere das oft besser wussten als Menschen?

Als mich Margaritas Schnurren ein wenig beruhigt hatte, konnte ich wieder einigermaßen klar denken. Aus irgendwelchen Gründen sollten wir also fort von hier. Ich wusste nicht genau, wieso, doch die ganze Nummer kam mir vor wie eine überstürzte Flucht.

Hm. Aber wäre es denn wirklich so schlimm, einfach fortzugehen? Das alles für eine Weile hinter mir zu lassen?

Bis zum Abend hatte mein tollkühner Plan Gestalt angenommen. Ich würde morgen nach der Schule nach Hause gehen und teuflische Übelkeit vortäuschen. So nach dem Motto: Setz mich in ein Auto und du wirst den Gestank nie wieder rausbekommen. Thunfisch hin oder her.

Ich hielt es für falsch, jetzt einfach wegzugehen. Pablo und die anderen warteten auf mich. Sie brauchten mich. Ich konnte sie nicht einfach im Stich lassen. Außerdem hatte ich keine Lust, stundenlang zwischen Thunfisch-Konserven auf dem Rücksitz unseres klapprigen Autos eingepfercht zu sein und irgendwelchen seltenen Vögeln hinterherzujagen. Dann doch lieber kopfüber in die Schlacht!

16

Ein Sturm zieht auf

Der Himmel sah so aus, als würde er bluten. Alles war rot und orange, die Wolken waren aufgewühlt und ein kalter, fieser Wind pikste mich wie kleine Nadeln.

Wo war der nur so plötzlich hergekommen?

Jeder Schritt war eine Anstrengung. Ich musste mich mit ganzer Kraft in den Wind stemmen, um überhaupt vorwärtszukommen. Irgendwas an diesem Wind gefiel mir nicht. Er war anders. Härter.

Irgendwann erreichte ich Santiagos Hütte. Sie war ganz schief, schien vom Wind mal in diese und mal in jene Richtung geschoben zu werden. Doch das war sicherlich nur eine optische Täuschung.

Als ich vor der Tür stand, fiel sie einfach aus den Angeln.

Dann sah ich ihn.

Ich wollte mein Gesicht wegdrehen, doch ich konnte nicht. Ich wollte meine Augen schließen, doch sie gehorchten mir nicht.

Vor mir stand Santiago in seinem alten Fischermantel. Nein, das war nicht Santiago. Das war … keine Ahnung, aber Santiago war es nicht.

Der Anblick schnürte mir die Kehle zu. Sein Gesicht, es zerfiel einfach. Einen Moment lang schwebte sein leerer Mantel in der Luft, dann fiel auch er zu einem Häufchen zusammen.

Sosehr es mir graute, ich konnte nicht einfach umdrehen und verschwinden. Er war mein Freund!

Ich machte einen Schritt auf den Mantel zu. Dann blieb ich wie angewurzelt stehen, als hätte jemand einfach »Stopp« gedrückt.

Unter dem Mantel bewegte sich etwas.

In mir schrie alles auf, dennoch blieb ich stehen.

Irgendetwas versuchte, unter dem Mantel hervorzukriechen. Ein langer Schnabel kam zum Vorschein, gefolgt von einem faltigen Hals.

Ein hässlicher Schrei zerriss mir die Ohren.

Dann saß ich aufrecht im Bett.

Ich brauchte einige Momente, um meine Umgebung zu erkennen. Ich war in meinem Bett, zu Hause.

In Sicherheit.

Obwohl … so sicher fühlte sich mein Leben gerade nicht an. Ganz egal ob ich schlief oder nicht.

Ich ließ mich in mein nass geschwitztes Kopfkissen zurückfallen. Das war nicht angenehm gewesen. Ich versuchte, die Bilder abzuschütteln und als das zu sehen, was sie waren. Nur ein böser Traum.

Gerade als ich mich wieder umdrehen wollte, hörte ich meine Eltern. Sie unterhielten sich leise, aber laut genug, damit ich es mitbekam. Das taten sie eigentlich immer. Sie dachten wohl, ich schlief wie ein Stein. Würde ich natürlich gern, aber mit Träumen wie diesen war das nicht ganz so einfach.

»Mir gefällt das alles nicht«, hörte ich die Stimme meines Vaters, als ich am oberen Treppenabsatz Platz genommen hatte wie früher immer.

»Deswegen fahren wir ja weg.«

»Können wir das denn überhaupt?«

»Wir müssen es versuchen. Hast du den Himmel gesehen?«

Was war das nur für ein komisches Gerede? Eltern verhielten sich ja manchmal seltsam, aber meine wirkten seit heute Nachmittag so, als wären sie von Aliens ersetzt worden.

»Natürlich!« Mein Vater hatte Mühe zu flüstern. Was regte ihn nur so auf? »Ich bezweifle nur, dass der in Sevilla besser ist. Du weißt, was Santiago gesagt hat.«

Ich spitzte die Ohren.

»Santiago, Santiago!« Jetzt wurde meine Mutter ebenfalls lauter. »Du glaubst ihm aber auch einfach alles, oder?«

»Wieso denn nicht? Er lag mehr als einmal richtig. Schatz, sie ist nirgendwo sicher.«

»Nicht mehr lang und sie ist …«

»Ja, ja, ich weiß. Und dann wird er so einfach aufgeben?«

Eine Erinnerung traf mich wie ein Blitz. Da hatte es mal ein ganz ähnliches Gespräch gegeben, das ich hier auf der Treppe belauscht hatte. Es war viele Jahre her, doch damals waren meine Eltern nicht allein gewesen. Santiago war bei ihnen gewesen. Sie hatten sich leise, aber heftig gestritten. Ich hatte nicht verstanden, worum es ging. Und ich hatte nie gefragt. Santiago hatte immer und immer wieder »Er wird alles versuchen, um an sie ranzukommen« gesagt.

Mit einem Frösteln wurde mir klar, dass er schon damals, vor all diesen Jahren, mich gemeint hatte.

Die Frage war nur. Wer war *er*?

Als ich wenig später an die Decke starrte und vergeblich versuchte, wieder einzuschlafen, wurde mir klar, dass ich das längst wusste.

Beim Frühstück tat ich natürlich so, als hätte ich von all dem nichts mitbekommen.

Mein Plan stand fest, ich durfte mir nur nichts anmerken lassen. Wenn ich meine Eltern überzeugte, dass ich tatsächlich krank war, würden sie es sich vielleicht anders überlegen und ich gewann etwas Zeit. Wofür ich die nutzen würde, konnte ich mir ja dann überlegen.

Obwohl ich einen Bärenhunger hatte, täuschte ich ziemlich überzeugend vor, keinen Appetit zu haben. Natürlich gab es ausgerechnet Rührei, das wahrscheinlich einzige Gericht, das mein Vater wirklich gut konnte. Er holte die Eier immer von einem kleinen Bauern und kam sich dann vor wie ein Weltretter.

»Ist was?«, fragte meine Mutter mit vollem Mund.

»Nein, ich …« Ich legte eine meiner dramatischen Pausen ein. »Ich fühl mich nicht besonders. Aber das wird schon.« Ich setzte ein tapferes Lächeln auf. »Sind ja nur vier Stunden heute.«

Das Städtchen schlief noch, als ich durch die Gassen in Richtung Schule lief. Die wenigen Menschen, denen ich begegnete, schauten ziemlich griesgrämig und übellaunig aus der Wäsche. Es gab Tage, da standen wohl alle gleichzeitig mit dem falschen Fuß auf.

Mir war das irgendwie egal. Der Wind war wieder da. Nein, das stimmte nicht. Es war irgendein Wind, aber nicht der Wind, den ich kannte. Er war kälter, schärfer. Ich schluckte. Es war der Wind aus meinem Traum.

Als ich die kleine Anhöhe bei der Stadtmauer erreichte, wurde es noch schlimmer. Etwas zog sich in mir zusammen. Auch der Himmel sah genauso aus wie in meinem Traum!

Über Afrika ballten sich bedrohliche Wolken, die Straße von Gibraltar war in rötlich-goldenes Licht getaucht. Und hier in Tarifa, direkt über mir, braute sich ein gewaltiges Unwetter zusammen.

Es grollte in der Ferne. Der Wind stach wie tausend kleine Nadeln. Ich lief etwas schneller, obwohl ich das blöde Gefühl hatte, diesmal nicht davonlaufen zu können. An dem Restaurant, in dem morgens immer einige Rentner Brot mit Tomatenmatsch und Olivenöl in sich reinschaufelten, hatte ich längst beschlossen, heute nicht zur Schule zu gehen.

Stattdessen rannte ich zum Hafen, als wäre ein Monster hinter mir her. Und das Schlimme war: Höchstwahrscheinlich stimmte es sogar!

Ich roch es, bevor ich es sah. Ich musste ein Würgen unterdrücken und hielt mir die Nase zu. Es stank nach verfaultem Fisch, nach Abfall und brackigem Wasser. Nicht unbedingt ungewöhnlich am Hafen, doch so einen Gestank hatte ich selbst hier nie erlebt.

Der Kai war menschenleer. Keine Boote, keine Menschen, keine Fischer. Seltsam. Bei so einem Wetter fuhr eigentlich niemand zum Fischen raus.

Dann sah ich Santiagos Hütte. Und verstand. Auf dem Dach, auf seinen Netzen, einfach überall saßen fiese hässliche Geier und starrten mich an. Ihnen entströmte dieser Geruch, den man sonst vielleicht auf einer riesigen Schultoilette erwarten würde.

Ich blieb stehen, fühlte jede Menge böse Geieraugen auf mir ruhen. Dann öffnete sich die Tür. Und für einen grässlichen Moment dachte ich, mein Traum würde sich jetzt komplett bewahrheiten.

Santiagos alter Fischermantel schwebte in der Luft. Leer. Ich presste mir die Hand auf den Mund, um nicht laut aufzuschreien. Als dahinter der Fischer zum Vorschein kam, musste ich trotz allem fast über mich lachen. Er schüttelte doch nur seinen Mantel aus!

Erleichterung durchzuckte mich und am liebsten wäre ich sofort losgerannt und hätte ihn umarmt. Trotz der Geier und all dem. Als ich seinen Blick sah, flaute dieses Gefühl sofort ab.

Eine kalte Leere lag darin. Und was noch viel schlimmer war: Er schien mich nicht zu erkennen.

»Ah, Lola«, sagte er nach einer gefühlten Ewigkeit, als würde er sich nur mit großer Mühe an meinen Namen erinnern können. Er trug einen Schal um den Mund, was eigentlich seltsam war, denn es war zwar sehr windig, aber immer noch warm. »Komm rein, wir müssen reden.«

Wohl war mir nicht, als ich Santiago in seine Hütte folgte. Die Geier reckten ihre krummen Hälse, um mir mit ihren böse funkelnden Augen zu folgen. Mein Gott, sahen die hungrig aus!

Als Santiago die Tür hinter uns schloss, war ich nur für einen kurzen Moment beruhigt. Dann sah ich den riesigen Geier, der auf der alten Holztruhe in der Ecke saß. Es stank erbärmlich, doch Santiago schien das überhaupt nicht aufzufallen.

»Setz dich«, meinte er durch den Schal und es klang eher wie ein Befehl.

Ich ließ den Geier nicht aus den Augen, als ich Platz nahm. Wo war die Wärme, die Behaglichkeit in der Hütte nur geblieben?

Mit einem Ächzen setzte Santiago sich neben mich. Wenn er wusste, dass direkt hinter ihm ein Geier mit hungrigem Blick saß, dann schien er sich nichts dabei zu denken.

»Was ist hier nur los?«, fragte ich, als ich es nicht mehr aushielt. »Was machen die ganzen Geier hier?«

Er sah sich um und schien diesen hässlichen Riesenvogel jetzt erst richtig zu bemerken. »Oh, das.« Er hustete. »Das wird wohl eine Warnung sein.«

»Eine Warnung?«

»Wir haben uns in Dinge eingemischt, die uns nichts angehen«, krächzte er. »Wir können froh sein, dass wir noch hier sind.« Er beugte sich vor und auf einmal sahen seine Augen so aus wie früher. Bevor das alles passiert war. »Du musst das alles vergessen, Lola. Wenn du es nicht tust, wirst du das nicht überleben. Das hier …« Er schnaufte schwer und rückte sich seinen Schal zurecht. »… ist nur der Anfang. Ein Sturm zieht auf. Und niemand wird ihn aufhalten.«

Ich hatte das Gefühl, gar nichts zu wissen. Nicht über mich, nicht über meinen Windvater, nicht über Mistral oder sonst was. Dennoch durchströmte mich mit einem Mal diese überwältigende Gewissheit.

»Wir müssen es trotzdem versuchen«, sagte ich entschlossen.

Als würde er mich unterstützen, heulte der Wind draußen auf. Eine Wut blitzte in Santiagos Zügen auf, die ich noch nie bei ihm gesehen hatte. Mit einem Krachen flog die Tür auf und der Wind fegte angriffslustig hinein. Ha, da war er wieder: Mein Wind! Mit einem Mal fühlte ich mich stark und zuversichtlich. Der Geier schlug entrüstet krächzend mit den Flügeln, Santiago war sofort auf den Beinen, um die Tür zuzuschlagen. Dabei verrutschte sein Schal, doch in seinem Zorn achtete er nicht darauf. »Dir werd ich es noch zeigen«, sagte er leise zu sich selbst. Ich hörte es trotzdem.

Dann spürte ich es auch. Es war, als würden seine Worte auf einem fauligen Windstoß zu mir schweben. Das war nicht der Geruch der Geier. Klar, die rochen auch mies, aber das hier war anders. Mein Verstand raste. Wo hatte ich das schon mal gerochen?

Wie versteinert saß ich da, unfähig, irgendwas zu tun.

Als er sich hinsetzte, war der Hass aus seinen Augen verschwunden. Aber nicht aus meinem Gedächtnis.

Woher? Woher kannte ich diesen Geruch? Denk nach, Lola!

»Du bist töricht, Lola.« Er hatte Mühe, seine Stimme unter Kontrolle zu halten. Sie kippte mehrfach. »Wenn du dich gegen ihn stellst, wirst du vernichtet. Und mit dir alles, was du liebst.«

Da war er wieder: Mein guter alter Trotz. Niemand sagte mir, was ich zu tun hatte! Erst recht nicht ein alter Fischer, der eigentlich mal mein bester Freund gewesen war. »Ich kann nicht anders«, sagte ich. »Und gerade du solltest das wissen.«

Sein Ausbruch kam so unvermittelt, dass ich richtig zurückzuckte. »Du dummes, dummes Kind!«, schrie er auf und schlug mit der Faust so hart auf den Tisch, dass die Gläser herunterfielen und auf dem Boden zerschellten. »Muss ich dir etwa ein wenig Verstand einprügeln?«

Wieder schlug mir die Fäulnis ins Gesicht. Und diesmal wusste ich, woher ich sie kannte.

Die Windhunde … sie stanken genauso.

Dieses Ding, das mir gegenübersaß, war nicht Santiago.

»Ich werde jetzt gehen«, sagte ich, stand auf und ging langsam auf die Tür zu.

Die Stimme, die ich dann hörte, werde ich mein ganzes Leben nicht vergessen. Sie knarzte wie eine riesige alte Tür, die jemand langsam in einer riesigen Höhle öffnete. »Das wirst du nicht tun.«

Ich drehte mich nicht um. Ein Schatten füllte den Raum und ich hörte, wie etwas sehr Großes aufstand.

Ich rannte los.

17

Ins Licht

Ich rannte, so schnell ich konnte. Das tat ich sehr oft in letzter Zeit, aber meine Lungen brannten dennoch schon, als ich das Hafengelände hinter mir gelassen hatte und auf den offenen Strand zulief.

Zwei oder drei Geier hatten die Verfolgung aufgenommen. Ich hatte noch nie einen Geier fliegen sehen, aber auch wenn es ziemlich lächerlich aussah, waren diese Mistdinger viel schneller, als ich gedacht hätte.

Hinter mir krächzte es hässlich. Die Geier flogen im Tiefflug und holten auf! Der Gedanke an ihre langen und krummen Schnäbel und Krallen trieb mich an, obwohl es echt nicht einfach war, auf Sand zu rennen. Immerhin hatte ich Rückenwind, aber wahrscheinlich war auch das kein Zufall.

Das Meer war aufgewühlt und fast schwarz, kein Fischerboot war darauf zu sehen. Von allen Seiten krochen jetzt dunkle Wolken heran. Kurzer Blick zum Himmel. Tatsächlich: Direkt über mir war ein Loch in den Wolken, hinter dem ich blauen Himmel erkennen konnte. Ich fühlte Dankbarkeit. Der Wind beschützte mich, so gut er konnte.

Gegen die Geier konnte er bisher allerdings nicht viel ausrichten. Ich fühlte immer wieder Windböen an mir vorüberpfeifen, die sie höchstwahrscheinlich aufhalten sollten, doch sie holten auf. Meine Beine wurden schwer und ihr gieriges Geschrei klang so nah, als würden sich jeden Moment scharfe Krallen in meinen Rücken bohren. Ich stolperte häufiger im weißen Sand, hatte keine Ahnung, wo ich mich verstecken sollte. Dicke Regentropfen schlugen mir ins Gesicht. Als ich stürzte, ging ich für einen furchtbaren Moment davon aus, dass es das gewesen wäre.

Ich warf mich herum, riss die Arme hoch, als der erste Geier gerade mit seinen Krallen auf mich zuraste.

Es wurde hell. Sehr, sehr hell. Danach sehr, sehr still. Obwohl ich die Augen geschlossen hatte, tanzten jetzt munter Sterne im Dunkeln Ballett. Als ich sie vorsichtig öffnete, waren die Geier verschwunden. Ich lag immer noch im Sand, doch über mir war jetzt deutlich mehr blauer Himmel zu sehen.

Ein Schemen beugte sich zu mir herab. Ich war so erschöpft, selbst wenn es Mistral persönlich gewesen wäre, hätte ich nun nicht mehr weglaufen können. Stattdessen erklang eine helle und angenehme Stimme.

»Steh auf, Lola, wir müssen dich hier wegbringen.«

Ich blinzelte ein paarmal. Da stand eine junge Frau mit langen blonden Haaren und echt coolen Klamotten am Strand. Sie streckte mir ihre Hand hin, die ich relativ verdattert ergriff. Sie hatte jede Menge kleine Tattoos auf den Armen und trug so ein Haarband wie die Frauen in den Siebzigern. Jede Menge Schmuck klimperte fröhlich an ihr.

»Woher kennst du meinen Namen?«, fragte ich vorsichtig.

»Oh, das ist eine lange Geschichte«, sagte jemand anderes. Ich drehte mich um – und stand direkt vor einer zweiten Frau mit langen schwarzen Haaren und den dunkelsten Augen, die ich je gesehen hatte. Auch sie war total hübsch. »Aber dafür haben wir jetzt keine Zeit. Komm mit, seine Geier werden so schnell keine Ruhe geben.«

Seine Geier?

Ich sah den Pferdehof erst jetzt. Er stand nur ein paar Meter weiter in den Dünen hinter uns. Ich hätte schwören können, ihn noch nie gesehen zu haben! Auf der Koppel grasten Pferde. Dahinter sah ich einige bunte Ställe und ein großes Haus.

Alte Pinien, Olivenbäume, ein plätschernder Brunnen, ein riesiger Heuhaufen, eine Katze, die unter einer Hecke döste … alles war echt gemütlich und friedlich.

Die blonde Frau nahm mich am Arm und führte mich sanft, aber bestimmt an der Koppel und einem runden Paddock vorbei auf den Hof. Aus den Ställen streckten einige neugierige Pferde ihre Köpfe heraus. Ein ganz schwarzes Pferd schnaubte laut und folgte mir mit seinen großen dunklen Augen. Andere Menschen sah ich nicht. Dafür jede Menge andere Pferde.

»Ruhig, Calimero«, sagte die schwarzhaarige Frau und strich dem Rappen sanft über die Wange. Es war echt hübsch, das musste ich schon zugeben. Also, für ein Pferd. »Deine Zeit wird kommen, mein alter Freund. Lola, hier entlang. Wir müssen uns unterhalten!«

Wir betraten einen Raum, der so aussah wie eine Mischung aus Wohnzimmer, Pferde-Großmarkt und Stall. Überall lagen Sättel, Reiterstiefel und Helme herum, ich entdeckte auch ein Lasso und jede Menge … ja, das waren tatsächlich Oliven, die sich überall türmten. Grüne, schwarze, große, kleine, runde, längliche. Ich fand die ja auch nicht schlecht, aber ich hatte noch nie gesehen, dass jemand so viele davon zu Hause hatte. Mit einem entschuldigenden Blick räumten die beiden ein altes Sofa frei. Oliven in allen Formen und Farben kullerten auf den Boden.

»Du weißt, was du bist, richtig?«, fragte mich die Schwarzhaarige, als sie mit verschränkten Armen auf der Lehne Platz genommen hatte.

Ich setzte mich und nickte. »Denke schon. Auch wenn ich immer noch nicht weiß, ob ich nicht einfach nur verrückt werde.«

Sie grinste. »Das ging uns genauso.«

»Und ihr? Wer seid ihr?«

»Ach natürlich, bitte entschuldige! Wir sind es einfach nicht mehr gewohnt, uns vorzustellen, weil die Leute in der Regel wissen, wer wir sind.«

Also, ich wusste es nicht. Vielleicht berühmte Modeblogger oder so?

»Ich bin Olivia«, sagte die Schwarzhaarige mit diesen krassen Augen, »und das hier ist Lucia. Du kannst sie ruhig Lucy nennen.«

»Äh, hi!«, erwiderte ich und schob dann ein »Danke« hinterher. Dann überlegte ich. »Ihr, ihr habt mich gerettet, oder?«

»Klar, das war Lucy. Sie darf sich eigentlich nicht einmischen, aber bei dir haben wir natürlich eine Ausnahme gemacht.«

»Außerdem kann ich Geier nicht leiden«, meinte Lucy und grinste.

»Wie hast du das gemacht?«, fragte ich. »Ich meine, ich war zwar dabei, aber mitgekriegt habe ich nichts.«

»Ich bin Lucia, das ist ja irgendwie auch mein Job.«

Sie sah mich vielsagend an. Moment mal. Lucia, Licht, die Küste des Lichts … in der Schule hatten wir jede Menge von der Schutzheiligen unserer Stadt gelernt. Mein Kopf ratterte wie eine Nähmaschine. *Nuestra Señora de la Luz,* die Herrin des Lichts, die einmal im Jahr mit einer gigantischen Feier geehrt wurde. Pferdeumzug, Musik, jede Menge zu essen und zu trinken – eine richtige Party eben.

»Du bist *Nuestra Señora de la Luz«,* stellte ich fest und war nicht mal sonderlich verblüfft darüber. Wenn man von einem Wind gejagt wurde, hielt man es anscheinend auch für vollkommen okay, neben einer Heiligen auf dem Sofa zu sitzen.

Sie nickte. »Die bin ich. Und das hier ist –«

Ich wusste es, bevor sie es aussprach. Ihr Name, ihre dunklen Augen, die Oliven überall. »*Nuestra Señora de la Oliva* wahrscheinlich.«

Die Schutzheilige der Oliven, mit Augen, so schwarz wie Oliven selbst.

Die beiden schauten mich anerkennend an. »Nicht übel«, sagte Olivia.

»Na ja, die ganzen Oliven haben es irgendwie verraten!«

»Mist!« Olivia grinste. »Willst du ein paar?«

»Äh, später vielleicht.«

»Richtig, wir haben ja eigentlich gar keine Zeit dafür!«, schien Lucia erst jetzt wieder einzufallen. »Es ist nur so schön, sich mal ganz normal zu unterhalten. Nicht falsch verstehen, wir lieben unsere Jobs, aber manchmal ist es nicht leicht, eine Heilige zu sein. Man wird verehrt, klar, aber man wird gar nicht gefragt, ob man das eigentlich will.«

»Jedenfalls«, meinte Olivia lang gezogen und warf Lucia einen strengen Blick zu, »beobachten wir dich schon lange, Lola. Aus Gründen, die jetzt nicht wichtig sind, dürfen wir uns eigentlich nicht einmischen. Gerade haben wir es trotzdem getan. Das wird Konsequenzen haben, aber das ist uns im Moment vollkommen egal. Du musst dich entscheiden. Und wenn du dich nicht dazu entscheidest, wegzulaufen, dann musst du hinaus in die Wüste gehen. So schnell wie möglich.«

Ich sah zwischen den beiden hin und her. Kam da noch was? Nein, sie blickten mich nur erwartungsvoll an.

»Kann ich das denn überhaupt?«, fragte ich dann. »Weglaufen, meine ich.«

Die zwei tauschten einen kurzen Blick. »Nein«, sagten sie wie aus einem Mund.

Ich atmete schwer. »Und was soll ich tun?«

»Ihr müsst die Kathedrale der Winde finden. Ich weiß, wie das jetzt alles klingt, aber du bist ein Kind des Windes, Lola. In der Wüste wirst du deine Bestimmung finden.«

»Und was passiert, wenn ich es nicht tue?«

Olivia schüttelte den Kopf. »Dann wird dich Mistral trotzdem verfolgen. Und wenn er dich zu fassen kriegt, wird er dich töten. Dich und alle anderen Windgeborenen. Und dann beginnt es erst so richtig. Deshalb musst du in die Kathedrale der Winde gehen. Dort wirst du ausgebildet. Du hast eine große Macht in dir, Lola. Du weißt es nur noch nicht.«

Mal ehrlich. Was brachte diese angebliche Macht, wenn man selbst nichts davon wusste? »Können wir ihn denn überhaupt besiegen?«, fragte ich nicht sonderlich hoffnungsvoll.

Lucia und Olivia tauschten einen nervösen Blick. »Bestimmt könnt ihr das«, sagte Lucia. Doch die Pause war etwas zu lang und ihr Lächeln etwas zu gezwungen.

Egal. Irgendwo in mir wusste ich längst, was ich zu tun hatte. Und das war okay. Wäre da nur nicht diese riesengroße Angst, die wie ein schwerer Stein in meinem Bauch saß. Von der war in den ganzen Legenden nie die Rede.

»Was ist mit Santiago? Wisst ihr, wo er ist?«

»Leider nicht«, sagte Lucia mit einem traurigen Lächeln. »Mistral hat ihn in seiner Gewalt, mehr wissen wir nicht.«

Mir kam ein schrecklicher Gedanke. »Dieses … Ding in seiner Hütte. War das …?«

»Nein, nein, das war nicht Mistral. Das hättest du gemerkt. Das war etwas anderes. Santiago ist irgendwo da draußen, mach dir keine Sorgen. Er ist ein Hüter. Er weiß, was er tut.«

»Äh, er ist was?«

»Er hat es dir nie gesagt?« Lucia blickte mich verblüfft an. »Wow, wer hätte gedacht, dass er wirklich dichthalten kann. Na ja, Santiago ist dein Hüter, seit du auf der Welt bist. Er hat dich nie aus den Augen gelassen und dich hoffentlich auf das vorbereitet, was jetzt kommt.«

Hatte er? Jetzt, da ich darüber nachdachte, hatte er das wahrscheinlich tatsächlich getan. Mit seinen Ansichten, Geschichten und Lehren. Mir schossen fast die Tränen in die Augen.

»Du musst dich nicht schuldig fühlen.« Lucia schien meine Gedanken zu lesen. »Er würde es jederzeit wieder tun.«

»Und ihr? Seid ihr auch …«

»Hüterinnen? Oh nein. Wir sind, sagen wir, Sympathisanten. Wir verfolgen die Dinge schon lange. Sehr, sehr lange, wenn du es genau wissen willst. Die Bäume, aus denen die Ställe da draußen sind, waren noch nicht mal gepflanzt, da waren wir bereits mittendrin in dieser Geschichte. Wir sind Follower der ersten Stunde, sozusagen. Und was sich da gerade zusammenbraut, gefällt uns gar nicht. Seit Jahrhunderten sucht Mistral Ärger, aber diesmal geht er eindeutig zu weit.«

Seit Jahrhunderten? Die beiden sahen aus wie Mitte 20! Wieder deutete Lucia meine Miene. »Wir haben uns gut gehalten, was?«

Ich fühlte, wie ich rot wurde. »Ja, äh, schon.« Mich durchzuckte ein Gedanke. »Kennt ihr denn auch die Winde? Also, persönlich?«

Die beiden hatten keine Möglichkeit zu antworten. Draußen fingen alle Pferde gleichzeitig an, aufgebracht zu wiehern. Es donnerte so laut, dass wir alle fast vom Sofa gefallen wären. Dann noch mal und noch mal. Es war ein Lärm, als würde die Welt auseinanderbrechen. Mit einem Mal wurde es dunkel und ein Sturm zog auf, der eine kalte Bosheit in sich trug und meine Gedanken sofort verfinsterte. Er wirbelte Blätter durcheinander, rüttelte an den Fenstern und machte uns ganz allgemein klar, dass er keinen Bock auf uns hatte.

»Er ist hier«, sagte Lucia tonlos und stand auf. Sie war sogar ein bisschen blass geworden, ließ es sich aber nicht anmerken.

»Schnell, in den Stall!«

Ich kam gar nicht dazu, zu protestieren. Sobald wir auf den Hof traten, war eine Unterhaltung fast unmöglich. Der Sturm war so laut, dass er alle Geräusche verschluckte. Am Himmel türmten sich Wolken, wie ich sie noch nie zuvor gesehen hatte. Sie sahen aus wie die Gebirge einer Unterwelt. Gruselig, böse und pechschwarz.

Das war aber noch gar nichts gegen die Wolke, die sich von der Stadt her auf uns zubewegte. Sie hing tief und sah aus wie ein Zeppelin.

»Da!«, schrie Lucia gegen den tosenden Sturm an. »Das ist Mistral!«

Ich starrte wie gelähmt auf diese unwirkliche Wolke. Etwas Bedrohliches ging von ihr aus. Etwas Mörderisches. Mein Herz rutschte noch tiefer in die Hose.

Die Pferde sprangen mit weit aufgerissenen Augen in ihren Boxen hin und her. Sie stiegen mit ihren Vorderbeinen in die Höhe, rollten mit den Augen, versuchten, wegzurennen. Einige schlugen panisch gegen die Bretter, bis das Holz splitterte. Ich konnte ihre Angst fühlen, dachte aber gar nicht weiter darüber nach. Der Regen hatte jetzt Ähnlichkeiten mit einem Sturzbach. Der Sturm heulte. Und alles fühlte sich so an, als wäre das Ende der Welt gekommen.

»Hör mir jetzt ganz genau zu, Lola«, schrie Lucia. Wir waren nass bis auf die Haut. »Du wirst auf Calimero zurück zu deinen Eltern reiten. Dann musst du sofort mit einer Fähre nach Afrika. Schaffst du das?«

Ich starrte sie nur an, während ich es irgendwie meisterte, gleichzeitig zu nicken und den Kopf zu schütteln. Ich sollte was? Reiten?

»Lola, schaffst du das?«, schrie sie wieder.

Wie gelähmt blickte ich von ihr zum Stall, wo das schwarze Pferd stand. Im Gegensatz zu den anderen war es ganz ruhig und sah mir direkt in die Augen. Als wolle es mich ermutigen. Es neigte leicht den Kopf. Verdammt, es funktionierte sogar.

Als wir die Schreie hörten, zog mich Lucia einfach in Calimeros Box. Ein kurzer Blick über die Schulter zeigte mir, dass Olivia recht gehabt hatte. Es sah aus, als kämen alle Geier Andalusiens auf den Pferdehof zugeflogen. Hinter ihnen versank der Leuchtturm von Tarifa gerade in dieser riesigen linsenförmigen Wolke. Irgendwo heulte eine Sirene.

Das Nächste, was ich mitbekam, war, dass mich Lucia einfach so auf das Pferd hob. Nicht gerade würdevoll, gebe ich zu. Es tänzelte kurz, hielt dann wieder ganz still. »Halte die Zügel fest und pass auf, dass du nicht runterfällst. Den Rest macht Calimero schon!«

Ich wollte noch etwas sagen, irgendwas in Richtung weise letzte Worte oder panisches Gebrüll, doch in diesem Moment sah ich einen riesigen Geier, der sich mit ausgestreckten Krallen auf Lucia stürzte. Mal wieder wusste ich nicht, was ich tat, als ich, ohne nachzudenken, die Finger meiner rechten Hand spreizte und nach oben riss. Der Geier wurde aus der Luft gefegt wie ein Tennisball, der mit voller Wucht von einem Schläger getroffen wird.

Einen kurzen Augenblick starrten wir alle auf die struppigen Federn, die traurig zu Boden schwebten. Dann nickte Lucia mir dankbar zu, gab Calimero einen Klaps auf den Po, pfiff kurz und schrill. Ihr »Mögen die guten Winde mit dir sein« ging im Sturm beinahe unter.

18

Es wird richtig, richtig ungemütlich

Ich hatte Reiter immer bewundert. Wie sie elegant und mühelos auf ihren ebenso eleganten und mühelosen Pferden saßen und über den Strand fegten.

Und was tat ich? Ich versuchte, am Leben zu bleiben. Ich klammerte mich panisch an Calimeros muskulösem Hals fest und fühlte mich wie ein Sack Kartoffeln. Ich war starr vor Angst und unfähig, irgendwas zu tun. Ein Wunder, dass ich nicht aus dem Sattel plumpste und Geierfutter wurde.

Calimero galoppierte über den Strand wie ein entfesseltes Rennpferd. Sand und Wasser spritzten auf, die Geier verfolgten uns kreischend, doch er blieb ganz ruhig und hoch konzentriert. Ab und an schnaubte er. Irgendwann wurde auch ich ruhiger. Ich merkte es daran, dass ich meine Umgebung langsam wieder wahrnehmen konnte.

Zaghaft richtete ich mich auf. Calimero wieherte erfreut und beschleunigte. Er schien nur darauf gewartet zu haben, dass ich mich fing. Das war schon beeindruckend, musste ich zugeben.

Als die alte Stadtmauer in Sichtweite kam, fühlte ich mich fast sicher im Sattel. Fast, denn da waren immer noch diese verdammten Geier, die Attacken auf uns flogen. Calimero wich ihnen mühelos aus, doch es wurden mit jedem Meter mehr. Immer öfter spürte ich den Luftzug ihrer zerfetzten Flügel.

Erst als Calimeros Hufe laut auf das patschnasse Kopfsteinpflaster schlugen, merkte ich, dass wir schon mitten in der Altstadt waren. Die Geier schienen für den Moment von uns abgelassen zu haben.

Wir ritten so selbstverständlich durch die engen Gassen, als würden wir den ganzen Tag nichts anderes tun. Menschen waren kaum in diesem Sturm unterwegs. Die, die noch durch die Straßen eilten, hielten sich Zeitungen über den Kopf, pressten sich ganz eng an die Wand und starrten uns fassungslos an.

Das war alles, aber kein normaler Sturm. Es toste, es goss aus Eimern, es grollte. Ich riskierte einen kurzen Blick nach oben. Diese grässliche ovale Wolke hing jetzt genau über der Stadt. Sie sah aus wie ein UFO aus einem Science-Fiction-Film, das uns jeden Moment alle mit einem fiesen Laserstrahl oder so vernichten würde.

Uns … oder nur mich?

Das war er also. Das war Mistral. Wunderbar, dass ich mir schon fast in die Hosen machte, wenn ich die Wolke nur ansah. Wie sollten wir ihn denn bloß besiegen?

Halt, stopp! Das waren gar nicht meine Gedanken! Das war diese Wolke. Ich schüttelte zornig den Kopf und tätschelte Calimero am Hals. Ich wusste nur nicht, ob ich damit ihn oder mich beruhigen wollte. Er beschleunigte wieder, galoppierte die steile Straße zum oberen Stadttor hinauf. Er brachte mich nach Hause. Und ich stellte mit einem Mal fest, dass ich mich auf seinem Rücken so geborgen fühlte wie lange nicht mehr. Was gleich geschehen würde, wie meine Eltern reagieren würden, wusste ich nicht. Doch für den Moment war ich ganz bei mir. Auf dem Rücken eines Pferdes. Total verrückt!

Mama und Papa standen unten an der Straße im Regen, als ich den kleinen Hügel hochgeritten kam. Ich hätte ja mit allem gerechnet. Aber nicht damit, dass sie so ruhig blieben, als ich triefend vor Nässe auf einem Pferd vor ihnen zum Stillstand kam.

Noch ehe sie ein Wort gesprochen hatten, kapierte ich es. Ich sah es in ihren Augen. Sie wussten es. Sie wussten, wer ich war. Was ich war. Und sie wussten, was ich tun musste. Das waren also die Gespräche gewesen, die ich belauscht hatte. Sie hatten überlegt, wie sie mich beschützen können.

Ich sprang von Calimero herunter und fiel ihnen in die Arme. Für einen Moment waren der Donner, der Regen und diese furchtbare Wolke ganz weit weg. Für einen Moment wünschte ich mir, wieder ein kleines Mädchen zu sein.

»Lola, mein Kind, es tut mir so leid«, sagte meine Mutter irgendwann. »Wir wollten es verhindern, aber …«

Ich schniefte, schüttelte den Kopf und sah sie an. »Das ist doch nicht eure Schuld.«

Calimero wieherte alarmiert. Sofort zuckte mein Kopf nach oben. Oh oh, Geier im Anflug!

»Machen wir, dass wir reinkommen«, rief mein Vater.

Ich wandte mich Calimero zu und blickte in seine tiefen Augen. »Vielen Dank«, sagte ich leise und streichelte ihn an der Stirn. Es schien ihm zu gefallen. »Ohne dich hätte ich es nicht geschafft.«

Er sah mich an und ich hatte den Eindruck, dass er mich verstanden hatte. Also, ich meine *tatsächlich* verstanden hatte! Er schnaubte, tänzelte kurz. Dann stieg er mit einem lauten Wiehern und galoppierte die Straße hinab. Er fehlte mir jetzt schon. Dass ich das jemals über ein Pferd sagen würde …

Wir eilten die Treppen hinauf und schlugen die Tür hinter uns zu. Ich war immer noch vollkommen neben der Spur, weil ich gar nichts erklären musste. Wir setzten uns an den Küchentisch und schwiegen eine Weile, während es der Sturm da draußen irgendwie schaffte, noch lauter und noch unheilvoller zu klingen. Die krummen Schatten vor dem Fenster sagten mir eines: Mir blieb nicht viel Zeit.

»Du-du musst das nicht tun«, begann mein Vater unsicher und ich stellte erschüttert fest, dass ihm Tränen in die Augen traten. Ich hatte ihn noch nie weinen sehen!

»Doch, Papa, das muss ich.«

Er nickte. Diese Antwort hatte er erwartet. Er stand auf, lief hinaus in den Flur und kam kurz darauf mit meinem Rucksack wieder. Ich wusste nicht, weshalb, aber mit einem Mal musste ich an unseren Ausflug in den Zoo von Jerez denken, bei dem ich den Rucksack das erste Mal benutzt hatte. Es war gefühlt Ewigkeiten her. »Hier, wir haben schon mal für dich gepackt. Auch deinen Lieblingspulli. Den mit dem schönen Muster.«

Zum ersten Mal kapierte ich, was ich da wirklich tat. Ich ging weg. Ich verließ mein Zuhause, meine Eltern, mein Leben. Vielleicht für immer.

Die Angst war einen Moment lang fast übermächtig. Dann gab ich mir einen Ruck und schluckte sie herunter. Sie schmeckte bitter und ich schwor mir in diesem Moment, diesen Geschmack nie wieder zu schmecken. Mistral würde mich nicht kleinkriegen!

Ich atmete tief durch und nickte. Im Abschiednehmen war ich noch nie besonders gut gewesen.

»Seit wann habt ihr es gewusst?«

»Schon immer«, sagte meine Mutter leise und weinte. Sie hielt meine Hand fest in ihrer und ich musste leider zugeben, dass sich das sehr gut anfühlte. »Und wir könnten nicht glücklicher sein.«

Wir umarmten uns, bis uns ein hässlicher Schrei in die Wirklichkeit zurückholte. Die Geier!

Irgendwo im Haus klirrte es. Diese Biester hatten ein Fenster eingeschlagen.

»Jetzt aber schnell!«, sagte mein Vater überflüssigerweise und stand auf. Er schnappte sich einen Besen und machte einen entschlossenen

Gesichtsausdruck. Ich war echt stolz auf meine Eltern! Sie brachten mich zur Tür und umarmten mich so lange, bis wieder ein Klirren aus dem Obergeschoss ertönte, gefolgt von einem weiteren abscheulichen Schrei.

»Und ihr?«

Meine Mutter legte mir beide Hände auf die Wangen. »Wir kommen schon klar!«

Ich nickte mit einem dicken Kloß im Hals. »Wartet nicht auf mich«, sagte ich dann, schnappte meinen Parka und versuchte mich an einem Lächeln. »Könnte später werden.«

Meine Eltern standen eng umschlungen in der Tür. Jetzt lächelte auch meine Mutter. »Und ob wir warten, Lola. Solange wie nötig!«

Ich rannte entschlossen in Richtung Hafen. Was ich da genau wollte, wusste ich nicht. Ich wusste nur, dass bei diesem Wetter wohl kaum eine Fähre nach Marokko ablegen würde.

Na ja, darüber würde ich mir Gedanken machen, wenn es so weit war. Erst mal überhaupt zum Hafen kommen und dieses heftige Unwetter überstehen!

Die Wolken spuckten Regen auf mich, als wollten sie mich von der Erde spülen. Die Straße zum Hafen war ein reißender Fluss, doch wie durch ein Wunder rutschte ich nicht aus.

An der kleinen Bar bei der Kirche fiel mir siedend heiß etwas ein. Ich kramte panisch in meiner Jackentasche. Ah gut, da waren sie! Es konnte ja nicht angehen, dass ich die Stadt verließ, ohne mich um meine Katzen zu kümmern!

Der kleine Pepe hockte kläglich miauend unter einer Hecke. Natürlich, er wartete schon den ganzen Tag auf mich! Mit äußerst schlechtem Gewissen streute ich ihm ein paar Knabbereien hin, über die er sogleich ausgehungert herfiel. Wie immer übertrieb er maßlos!

Ich eilte noch schnell in die Gasse bei der Kirche, wo Gloria mit ihrer unerschrockenen Mädels-Mannschaft wohnte. Ich leerte die Tüte mit Katzensnacks ganz aus, ließ mir von einer sehr verschlafenen Sofia kurz um die Beine streichen und kraulte sie gedankenvoll. »Sag Margarita, dass ich so schnell wie möglich zurückkomme, ja?«

Die Worte schnürten mir die Kehle zu. Ich sprang auf und rannte los.

Als ich um eine Ecke bog, flog ein Geier direkt auf mich zu. Ehe ich auch nur die Arme hochreißen konnte, schoss Calimero aus einer engen Gasse. Er kam schlitternd zum Stehen und wieherte. Dann setzte mein Herz aus. Er stieg in die Höhe. Und fegte den hässlichen Vogel mit seinen Hufen einfach so aus der Luft.

»Wow!«, brachte ich hervor und streichelte seinen Hals. Wie natürlich sich das alles schon anfühlte! Das Pferd schnaubte und atmete schwer. Dann legte es seinen Kopf auf meine Schulter. »Calimero, das war der Wahnsinn!«, flüsterte ich. »Vielen Dank!«

Er hob den Kopf und musterte mich. Dann nickte er. Ich stand da, durchnässt vom Regen und durchgefroren vom eiskalten Wind – und spürte doch ein unbeschreibliches Glücksgefühl. Ich hatte den Eindruck, dass mir nichts passieren konnte, solange wir zusammen waren.

Calimero wieherte kurz und trabte dann so übertrieben stolz über den reglosen Vogel am Boden hinweg, dass ich kurz grinsen musste.

Donnerwetter! Wer hätte gedacht, dass Pferde so saucool sein können!

Natürlich war auch am Hafen die Hölle los. Stürme und Regen kannte man in Tarifa, der Hauptstadt der Winde, aber so etwas hatte hier wohl noch niemand erlebt. Diese abstoßende Wolke hing jetzt so tief über der Stadt, dass man meinte, sie fast berühren zu können. Und nicht nur das: Sie strahlte Angst und Zorn aus. Es musste die Wolke sein, anders konnte ich es mir nicht erklären.

Ich lief zum Kai. Niemand beachtete mich, jeder schien sich nur irgendwo verkriechen oder einen Streit vom Zaun brechen zu wollen. Dieser Wind vergiftete alles!

Das Meer war so aufgewühlt wie ich. Die Wellen schlugen hoch, ein ganzer Haufen Leute versuchte verzweifelt, die riesige Fähre besser am Hafen zu vertäuen. Sie schaukelte auf den dunklen Wellen wie ein Papierschiffchen und ächzte ziemlich besorgniserregend. Mit der würde ich heute definitiv nicht nach Afrika kommen!

Die Frage war nur: Wie dann? Windreiten wäre sicherlich ganz praktisch, aber das musste mir erst mal jemand beibringen. Wie so ziemlich alles andere auch.

Schwimmen wäre wahrscheinlich auch eine blöde Idee. Aber ich musste über diese verdammte Straße von Gibraltar kommen. Keine Ahnung, was passierte, wenn ich es nicht tat, doch diese Wolke würde sich bestimmt etwas sehr Unangenehmes für mich einfallen lassen.

Ich stand hilflos am Kai und ließ mich ordentlich nass regnen.

Aus dem dichten Wasservorhang schälte sich eine Gestalt heraus. Unsicher machte ich einige Schritte zurück. Das gefiel mir gar nicht.

Die Gestalt kam langsam auf mich zu. »He, du da!«, hörte ich undeutlich durch das Prasseln und Tosen.

Jetzt erkannte ich, dass es ein Fischer war. Er war in einen dieser langen Wachsmäntel gehüllt und trug einen Hut. Ich war immer noch vorsichtig. In letzter Zeit hatte ich einfach zu viel Mist erlebt.

»Lola, das bist doch du, oder?«, rief er jetzt etwas lauter. Obwohl er so gut wie gar nicht zu erkennen war, erahnte ich Ernesto, einen der alten Fischer, mit denen Santiago zumindest einigermaßen klarkam.

Aber was wollte er von mir? Ich sah mich um, um mich zu vergewissern, dass er wirklich mich meinte. Niemand sonst war hier draußen. Ich nickte und machte einen langsamen Schritt auf ihn zu. »Ja, warum?«, fragte ich, als ich nah genug war, um nicht schreien zu müssen. »Ernesto, richtig?«

»Derselbe! Du brauchst ’ne Überfahrt nach Marokko, erzählt man sich?«

»Woher weißt du das?«

Er winkte ab. »Lange Geschichte. Wir schulden Santiago ein Versprechen. Eine sehr überzeugende junge Frau hat uns das gerade eben noch mal, äh, nähergebracht. Du verstehst?«

Trotz allem schossen meine Mundwinkel nach oben. Das konnte doch nur Lucia gewesen sein! »Geht es ihr gut?«, fragte ich sofort.

»Sicher. Sie hatte wohl Probleme mit ein paar seltsamen Vögeln, aber ansonsten ist alles bestens. Also was ist, musst du da heute wirklich rüber?«

Es war wahrscheinlich nicht die beste Idee, einem mehr oder weniger wildfremden Fischer zu vertrauen. Wenn man von einer riesigen Wolke mit mörderischen Absichten verfolgt wurde, durfte man aber nicht wählerisch sein.

Ich schwang meinen Rucksack wieder über die Schulter und setzte mich in Bewegung. »Ich muss«, sagte ich so entschieden wie möglich. Schon ewig hatte ich mich gefragt, was mich an Afrika so magisch anzog. Jetzt wünschte ich, ich wüsste es nicht. »Kann jederzeit losgehen.«

Miese Idee.

19

Das Meer will uns verschlingen

Am Anfang war noch alles cool. Es war zwar nur ein kleines altes Fischerboot mit zwei weiteren Fischern im Opa-Alter als Besatzung. Aber es waren ja auch nur ein paar Kilometer bis zur anderen Seite. Keine große Sache eigentlich.

Schon beim Betreten des Bootes merkte ich, dass ich damit wahrscheinlich nicht ganz richtiglag. Es schaukelte und wackelte ordentlich, dabei lagen wir noch im Hafen vertäut.

»Pedro, Adrian, das hier is Lola. Santiagos Mündel. Ihr wisst, was das für uns bedeutet.«

Die anderen beiden Fischer, ich kannte sie nicht, tauschten finstere Blicke, machten sich aber trotzdem daran, abzulegen. Es wurde kein Wort gesprochen.

»Auf direktem Weg nach Tanger, Vollgas und kein Blick zurück!«, befahl Ernesto, als er den Motor anwarf. »Möge die See uns gnädig sein.«

Oje. Das klang jetzt aber nicht so gut.

Wir tuckerten gemächlich aus dem Hafen. Es wackelte, aber das war gut zu verkraften. Dann verließen wir das Hafenbecken und fuhren in den Atlantik hinaus.

Plötzlich ging die Welt unter. Wellen, so hoch wie Häuser, rasten auf uns zu, brachten unser Boot schon nach ein paar Hundert Metern fast zum Kentern. Der Wind war so stark, dass Ernesto mich mühsam schnaufend mit Seilen an der Reling festknotete. Was mit uns passierte, wenn wir tatsächlich kenterten, fragte ich lieber nicht.

»Wird schon schiefgehen!«, brüllte er mir entgegen, als er meinen Gesichtsausdruck sah. »Wäre doch gelacht, wenn wir dich da nicht in einem Stück rüberbringen, was?«

Zum Lachen gab es echt nichts. Was auf der großen Fähre bei normalem Seegang schon schlimm gewesen war, wurde hier in dieser Nussschale natürlich tausendmal so fies. Wieso war ich eigentlich so krass seekrank? Immerhin war ich ein Kind des Windes, das durfte doch nicht von ein paar Wellen aus der Bahn geworfen werden.

»Köpfe runter!«, brüllte Ernesto und im nächsten Moment ergoss sich eine eiskalte Sintflut in unser Boot. Sogar zwei Fische zappelten ratlos auf dem Boden des Bootes hin und her.

Die Fischer fluchten und schöpften mit Eimern eifrig Wasser samt der blinden Passagiere über Bord. Immerhin redeten sie mal, auch wenn es nicht ganz jugendfreie Verwünschungen waren. Entspannt sah jedenfalls niemand mehr aus. Im Gegenteil: Sie versuchten es zu verbergen, aber sie hatten Angst. Alle drei.

Und dazu gab es allen Grund: Um uns herum wogten Wellen so hoch wie ein zum Leben erwachtes Gebirge, und der Wind versuchte mit allen Mitteln, unser Boot entzweizubrechen. Dann streckte auch noch diese verdammte Wolke ihre Finger nach uns aus.

Ja, aus der riesigen Wolke schälten sich lange Tentakel heraus, die sich unaufhörlich in unsere Richtung vortasteten. Was passierte, wenn sie uns erreichten, wollte ich lieber nicht herausfinden.

»Wir müssen weg hier!«, schrie ich gegen das allgemeine Chaos an und zeigte auf die Wolke.

Den Fischern lief sämtliche Farbe aus dem Gesicht. Sie bekreuzigten sich und einer stieß ein hingebungsvolles »Heilige Maria Mutter Gottes!« aus. Dann begannen sie, irgendein altes Lied zu singen. Es handelte vom Wind, von den Wellen und der Grenze zwischen den Ozeanen. Na, wenn es half!

Ich konnte nur auf diese wurmartigen Fortsätze starren, die sich suchend durch die Luft schlängelten. Sie durften uns nicht erwischen!

»Ernesto, was ist das?«, keuchte einer der Fischer.

Der presste grimmig die Lippen zusammen. »Frag nicht und sing weiter, Adrian. Je weniger wir wissen, desto besser.«

»Können wir nicht schneller fahren?« Ich fand, wir krochen im Schneckentempo über das aufgewühlte Meer.

Ernesto schüttelte den Kopf, ohne den Blick von der Wolke zu nehmen. »Noch schneller und wir kentern bei der nächsten Welle. Nein«, sagte er verbittert und schwieg eine Weile. »Wir sind dem Meer ausgeliefert und müssen abwarten, was es mit uns vorhat.«

Das war nicht gerade die Antwort, die ich erhofft hatte.

Die nächste Welle kam unerwartet schnell. Pedro hatte sich gerade mit einem Eimer darangemacht, das bis zu unseren Knöcheln stehende Wasser aus dem Boot zu schöpfen, als sie uns mit voller Breitseite traf. Ich schlug mit dem Kopf schmerzhaft gegen irgendeine Kante und hätte um ein Haar das Bewusstsein verloren.

Was mich davor bewahrte, wusste ich nicht, doch das Nächste, was ich sah, war Pedro, wie er mit weit aufgerissenen Augen über Bord ging. In einem Moment stand er noch an der Reling, im nächsten war er verschwunden.

Die Welt gefror. Das durfte nicht sein! Das durfte einfach nicht sein! Niemand würde hier im Meer versinken, nur weil ich unbedingt nach Afrika musste!

Etwas übernahm mein Handeln und ich ließ es geschehen. Was genau passierte, kann ich nicht sagen, aber es sah ein bisschen so aus, als würde man ein Video zurückspulen. In einem Moment versank Pedro noch in den aufgewühlten Fluten, im anderen wurde er wieder an Bord katapultiert, wo er keuchend und würgend am Boden liegen blieb wie vorhin erst die Fische.

Ernesto und Adrian hatten nicht viel Zeit, um ungläubig von Pedro zu mir zu schauen: Ein Geräusch ertönte, als würde ein Riese vor Wut aufbrüllen. Blitze zuckten durch die riesige Wolke, diese wurmartigen Tentakel peitschten zornig auf das Meer ein. Prima, jetzt hatte ich Mistral offensichtlich so richtig wütend gemacht.

»Machen wir, dass wir hier wegkommen!«, brüllte Ernesto und ließ den Motor aufheulen.

Jetzt hielt er sich nicht mehr an irgendwelche Tempolimits. Unser Boot schoss über die Wellen, schanzte, ächzte und knarzte. Aber es weigerte sich standhaft, auseinanderzubrechen. Noch.

Da vorn, die Küste von Marokko! Einen kurzen Moment dachte ich, dass wir es tatsächlich schaffen würden. Dass wir ungeschoren davonkommen würden.

Dann erhob sich das Meer vor uns. Höher und höher stieg der Ozean – wie ein Wasserfall, der nach oben stürzte.

»Was ist das für eine neue Teufelei?«, fragte mich Ernesto. Ich konnte nur mit offenem Mund den Kopf schütteln. Die Fischer standen reglos neben mir.

»Du hast es nicht anders gewollt, Lola.«

Moment mal, wer war das? Ich blickte mich irritiert um, die Fischer hatten anscheinend nichts gehört. Aber das war unmöglich, ich hatte jedes Wort laut und deutlich verstanden.

»Wer sich gegen mich stellt, wird untergehen.«

Verdammt noch mal, das hatte Pedro gesagt! Und auch wieder nicht: Er bewegte die Lippen und merkte es gar nicht. Und die Stimme, die war nur in meinem Kopf. Sie gehörte nicht zu ihm, aber ich hatte natürlich eine ungefähre Ahnung davon, wem sie gehörte.

Ein Windhauch strich mir um die Nase, den ich in diesem Moment am allerwenigsten erwartet hatte. Er duftete nach Heimat, nach warmem Sand, nach Zuversicht und Hoffnung. Ich spürte den Wind wie eine Armee hinter mir. Er war für mich da.

»Gib Gas, Ernesto!«, sagte ich mit fester Stimme.

»Niemals! Wir werden zerschellen wie ein rohes Ei!«

»Werden wir nicht. Vertrau mir. Fahr, so schnell du kannst, auf diese Welle zu, bevor sie uns verschlingt!«

Ernesto schluckte, überlegte. Sah mich sehr lange an. »Also gut«, murmelte er. Dann beschleunigte er.

»Was soll das?«, schrie Adrian panisch auf. »Willst du uns umbringen?«

Ernesto presste die Lippen zusammen und schwieg. Die beiden Fischer sahen sich verzweifelt an und klammerten sich am nächstbesten Gegenstand fest.

Eine gespenstische Stille kehrte ein. Selbst das Grollen des Sturms ebbte ab. Niemand sprach ein Wort, niemand nahm die Augen von dieser kolossalen Wand aus Wasser. Schneller und schneller fuhren wir darauf zu, schon konnten wir einige echt große Fische und Kraken sehen, die ebenfalls aus dem Wasser gezogen wurden. Wie konnte so etwas nur möglich sein?

Ernesto kniff die Augen zusammen, nahm die Hand aber nicht vom Gas. Die anderen Fischer murmelten lautlose Worte und bekreuzigten sich pausenlos.

Etwas in mir sprach zu mir. Es sagte, dass ich jetzt die Augen schließen sollte.

Ich tat es. Und fühlte, wie etwas an mir vorüberraste. Ich öffnete die Augen. Etwas hatte ein Loch in diese gigantische Welle gerissen. Ein Loch, durch das unser ramponiertes Boot gerade so hindurchpasste.

Wir tauchten in den Tunnel ein, waren für einige entsetzliche Momente von einem außer Kontrolle geratenen, flüsternden Ozean umgeben. Noch immer sprach niemand von uns ein Wort, während sich unser Boot durch diesen Durchgang arbeitete. Ich hätte nur die Hand ausstrecken müssen, um das Wasser zu berühren.

Als wir auf der anderen Seite des Tunnels herauskamen, hörte ich wieder dieses hasserfüllte Grollen. Dann fiel das Wasser in sich zusammen wie ein Springbrunnen, dem man plötzlich das Wasser abgedreht hatte. Einfach so.

Das Meer wurde ruhiger, Mistral blieb mit seiner Wolke zurück. Wir waren ihm entkommen. Zumindest fürs Erste.

Als das Boot nicht weit vom Hafen von Tanger die Küste erreichte, fielen die Fischer regelrecht in den Sand und küssten ihn. Mit wackeligen Beinen folgte ich ihnen.

Ernesto nahm mich mit einem ernsten Blick zur Seite. »Ich weiß nicht, was genau du vorhast, und ich will es eigentlich auch gar nicht wissen«, begann er ernst. »Ich bin mir allerdings ziemlich sicher, dass du es nicht tun solltest.« Er blickte nachdenklich auf die Straße von Gibraltar hinaus. »Ich fahre seit 40 Jahren zum Fischen raus und hab so was noch nie gesehen. Weißt du denn, worauf du dich da einlässt?«

»Ich habe nicht die geringste Ahnung«, sagte ich ehrlich. »Aber ich habe keine Wahl.«

Ernesto legte den Kopf schief. »Hat man die nicht immer?«

Ich überlegte kurz. Was wäre denn die Alternative? Einfach zurück nach Hause gehen und warten, bis Mistral alles vernichtet hat? Santiago seinem Schicksal überlassen?

Ich schüttelte den Kopf. Wenn es doch nur so einfach wäre! »Ich weiß nicht, wie ich euch danken soll. Ihr habt euch für mich in Lebensgefahr gebracht.«

Jetzt blitzte ein Lächeln auf dem wettergegerbten Gesicht des alten Fischers auf. »Hätten wir gewusst, worauf wir uns da einlassen, hätten wir uns das noch mal gut überlegt. Oder was sagt ihr?«

Adrian und Pedro brachten nur ein unglaubwürdiges Grinsen zustande. Sie sahen reichlich mitgenommen aus, nestelten ihre Fischerhüte in ihren Händen und weigerten sich, näher zu kommen. Konnte ich ihnen nicht verübeln.

Als ich mich in Richtung Hafen aufmachte, merkte ich, wie schwer meine Beine waren. Ich war erschöpft, mein Kopf dröhnte, ich konnte keinen klaren Gedanken fassen und wusste nicht, was ich als Nächstes tun sollte.

Und dabei hatte mein Abenteuer gerade erst begonnen.

20

Zurück im Labyrinth

Tanger: Menschen, Menschen, überall Menschen. Und Tiere. All diese Tiere. Oh Mann. Würde diese Stadt einmal aufhören, mich zu überfordern?

»Reiß dich zusammen!«, sagte ich zu mir selbst und tauchte ein in das Labyrinth der Gassen, Plätze und Märkte. Ich hatte kein Geld, keinen Plan und keinen einzigen Anhaltspunkt. So langsam dämmerte mir, dass meine Flucht nach Marokko vielleicht ein kleines bisschen übereilt war. Um nicht zu sagen, vollkommen bescheuert.

Wie benommen stolperte ich ein paar Schritte in diese stickigen Gassen, lief über jenen Platz, zwängte mich zwischen voll beladenen Ständen mit Gewürzen, Obst und Gemüse hindurch und fühlte mich so verloren wie beim ersten Mal.

Nach der Kälte und dem Regen trafen mich die Hitze und der warme, wispernde Wind wie ein Schlag. Von allen Seiten prasselten Worte, Gerüche und andere Eindrücke auf mich ein. Als ich mich gerade auf den Boden legen und einfach nur laut schreien wollte, sah ich etwas in der Menge aufblitzen. Ja, da vorn! Das waren eindeutig Maria und Mario, die gerade an einem Stand voller gerupfter Hühner vorüberhuschten!

»Hey!«, rief ich und merkte sofort, wie dämlich das war. Hier schrie jeder jeden an, da würde ich mich anders bemerkbar machen müssen.

Schwerfällig nahm ich die Verfolgung auf. Ich schob mich an Menschen vorbei, quetschte mich durch enge Durchgänge, rempelte versehentlich einige Händler an, kam beinahe einem Motorroller unter die Räder, fluchte, entschuldigte mich, stolperte, fing mich wieder, fegte einige bunte Öllampen von einem Stand und trat mindestens 15 Menschen auf die Füße.

Dann hatte ich sie fast erreicht – fast, denn als ich gerade die letzten Meter zu den beiden aufschließen wollte, schob sich ein Eselskarren genau zwischen uns.

Ich fluchte, was sogar den Fahrer erschreckte und dem Esel ein empörtes I-ah entlockte, sprang kurzerhand auf den mit alten Plattenspielern beladenen Karren, wühlte mich durch die Ladung, sprang wieder auf die Straße und rannte weiter.

»Hab ich euch!«, keuchte ich dann hingebungsvoll, als ich einen der beiden Zwillinge an der Schulter packte.

Blöd war nur, dass es weder Maria noch Mario waren, die mich jetzt vollkommen verunsichert anstarrten.

Einer der beiden Jungs, ein dürrer Kerl mit schmutzigem Gesicht, hielt mir schuldbewusst eine Mango entgegen. Der andere sah mich mit großen Augen an. Er schien zu fürchten, dass noch mehr verrückte Leute auf sie zustürmen würden.

»Oh, sorry«, stammelte ich verdattert und schüttelte den Kopf. Aus der Nähe sahen die beiden nicht mal ansatzweise so aus wie die Zwillinge. »Hab euch verwechselt.«

Als die beiden rekordverdächtig schnell abgezogen waren, setzte ich mich auf eine niedrige Mauer. Hinter mir miaute es leise und ich stellte bestürzt fest, dass ich nicht mal mehr etwas zum Knabbern für die Katzen bei mir trug.

Das brachte das Fass dann irgendwie zum Überlaufen. Oder zumindest meine Tränen, die jetzt ungehindert meine Wangen herabliefen.

Ein meckerndes Lachen ertönte. Ich wischte mir schnell über die Augen, blickte mich um – und sah direkt in das vor Schadenfreude verzogene Gesicht eines kleinen Affen.

Er zeigte mit einem krummen Finger auf mich und lachte sich schlapp. Ich holte ein Stück Kreide aus meiner Tasche und warf es nach dem frechen Ding. Natürlich warf ich daneben, aber immerhin verschwand der Affe flink hinter einer Mauer.

Jetzt erst fiel mir auf, was ich da gerade in meiner Tasche gespürt hatte – etwas, das ich schon bei meinem letzten Besuch in dieser Stadt vollkommen vergessen hatte.

Verdammt noch mal. Wie konnte ich mich von dieser Stadt nur so stressen lassen, dass ich mich an nichts erinnerte?

Hastig fummelte ich das Holzamulett hervor, das Pablo mir geschenkt hatte, um sie zu finden. Es wurde warm, sobald sie in der Nähe waren.

Hoffnungsvoll betastete ich es, hob es sogar an meine feuchte Wange, um ganz sicherzugehen. Nichts. Das Amulett war kalt.

Gut, also waren sie nicht in der Nähe. Halb so wild, jetzt konnte ich sie zumindest um einiges effektiver suchen. Ich wischte mir die Nase ab und stürzte mich erneut in die Menge. Es war aber anscheinend einfach nicht mein Tag, denn als ich kurz unachtsam an einer alten Bäckerei durchatmete, schoss das unhöfliche Äffchen aus einer Gasse hervor, riss mir das Amulett aus der Hand und verschwand damit im Getümmel.

Ich weiß nicht, wie lange ich noch durch diese verwirrende Stadt irrte. Bald kam es mir so vor, als wäre ich schon immer hier gewesen. Nur durch einen irren Zufall fand ich die gespenstische Ruine wieder, in die mich Maria und Mario bei meinem ersten Besuch geführt hatten.

Ich trat durch den verfallenen Eingang, der vor Ewigkeiten auch mal eine Tür gehabt haben musste, und bahnte mir meinen Weg durch das

Geröll und die Sträucher, die das Gebäude längst wieder zurückerobert hatten. Irgendein Tier huschte raschelnd vor mir davon.

Ich wusste selbst nicht so ganz, weshalb, doch ich fand den Weg zum Versteck der anderen Kinder des Windes mühelos wieder. Es war, als hätte ich ein Navigationssystem oder so was in meinem Kopf.

Ich bückte mich voller Hoffnung, packte den großen Steinring und zog entschlossen daran. Mit einem lauten Knirschen schwang die Falltür auf.

»Hallo?«, rief ich in die muffige Dunkelheit. Stille antwortete mir. »Pablo? Esteban? Mario, Maria?« Ich pausierte kurz, schluckte meinen Stolz hinunter. »Teresa?«

Niemand zu Hause.

Ich stieg die Leiter hinunter und spähte in die Dunkelheit. Dieser Ort war verlassen, das spürte ich sofort.

»Elender Mist!«, zischte ich leise und wandte mich zum Gehen.

Da wehte etwas an mir vorüber. Im ersten Moment dachte ich an eine Fledermaus, dann merkte ich, dass es ein Windhauch war. Er umwehte mich sanft, schien mich höflich in eine bestimmte Richtung führen zu wollen.

Was soll's, dachte ich mir, und machte einige Schritte zur Seite.

»Dann will ich es mal versuchen.«

Ich starrte wie hypnotisiert auf einen kleinen Wirbelwind, der sich sanft vom Boden erhob. Durch die Falltür fiel wenig Licht, aber es war genug, um Estebans Gesicht verschwommen zu erkennen.

»So, nimmt das jetzt auf?«

»Woher sollen wir das wissen?« Das war Pablos Stimme! »Ist schließlich deine Superkraft.«

»Mach dich nur lustig. Ihr könntet ruhig mal ein bisschen mehr Begeisterung für meine außerordentlichen Fähigkeiten zeigen.«

»Tun wir doch, tun wir doch.«

Ich starrte auf dieses unwirkliche Schauspiel.

»Nun gut«, fuhr Esteban fort und rückte sich seine Brille zurecht. Das Bild flackerte ein wenig, war aber ansonsten erstaunlich scharf.

»Dies ist eine Nachricht für Lola … äh, wie war das noch gleich?« Estebans Gesicht verschwand einen Augenblick. »Ah ja, für Lola Martinez. Und zwar für Lola Martinez allein.«

»Hast du nicht gesagt, außer ihr kann sie eh niemand empfangen?« Wie gut es doch tat, Marias Stimme zu hören. Oder Marios? Egal. Ich merkte erst jetzt, wie sehr ich diese Bande vermisst hatte!

»Ruhe, ich muss mich konzentrieren. Wisst ihr überhaupt, wie das geht? Ist echt nicht einfach mit euch. Haltet ihr mal einen Windstrudel so lange aufrecht, um dann noch bei diesem Geplapper eine vernünftige Nachricht in ihm zu speichern. Ein wenig mehr Ehrfurcht, wenn ich bitten darf.«

Danach kehrte eine betretene Stille ein. Ich konnte mir fast vorstellen, wie sich Pablo mühsam ein Lächeln verkniff und die Zwillinge in gespieltem Schuldbewusstsein zu Boden blickten.

»Und noch mal von vorn«, seufzte Esteban. »Dies ist eine Nachricht für dich, Lola Martinez. Konnten nicht mehr warten. Sind schon aufgebrochen. Komm, so schnell du kannst, zum südlichen Stadttor. Wir warten dort, solange wir können. Äh, Moment mal, Pablo.« Seine Stimme wurde leiser, aber nicht so leise, dass ich ihn nicht mehr verstand. »Was ist, wenn sie nicht kommt?«

Mein Herz rutschte mir fast in die Hose. Niemand schien mit meiner Rückkehr zu rechnen.

»Sie wird kommen«, sagte Pablo dann aber so prompt und voller Zuversicht, dass ich am liebsten sofort losgerannt wäre.

»Na, meinetwegen. Wir warten dort, solange wir können. Wenn der Bus kommt, sind wir weg. Bring warme Klamotten mit. Ende der Aufzeichnung.«

Ich starrte noch eine Weile auf die Stelle, an der sich gerade eben ein kleiner Tornado einfach so in Luft aufgelöst hatte. Dann wurde mir etwas bewusst. Ich hatte nichts, aber auch gar nichts Warmes zum Anziehen dabei.

Aber Moment mal. Gingen wir nicht in die Wüste?

21

Am Rand der Welt

Was ich auf diesem Abenteuer gelernt habe: In der Wüste wird es kalt. Arschkalt.

Hätte ich wissen können. Tat ich aber nicht. Hatten wir das mal in Geografie? Keine Ahnung, ich glaube nicht. Meine Eltern aber anscheinend ebenfalls nicht: Außer einem dünnen Pulli und einer Jeans hatten sie nichts auch nur ansatzweise Hilfreiches in meinen Rucksack gepackt. Gut, eine Taschenlampe und Müsliriegel, aber die retteten ein junges Mädchen jetzt nicht gerade vor dem Erfrieren.

Lange Zeit sah es übrigens nicht so aus, als würde ich überhaupt in die Wüste kommen. Ich verirrte mich noch gefühlt zehnmal in diesen verwirrenden Gassen und hätte ohne die Hilfe der beiden Falken wohl nie aus einem vollgestopften Basar herausgefunden. Irgendwann waren sie aufgetaucht, um mich zu führen. Ehrlich, ich war noch nie so dankbar gewesen, zwei Vögel zu sehen. Was Papa wohl dazu sagen würde?

Als ich das südliche Stadttor erreicht hatte, war ich so erschöpft von dem ganzen Chaos der letzten Stunden, dass mir mal wieder alles komplett egal war. So egal, dass ich anfangs nicht mal bemerkte, wer da vor mir an einem der Stadttore wartete.

Die anderen merkten es umso schneller. »Lola!«, schrien Maria und Mario gleichzeitig, sprangen auf und hingen kurz darauf an mir wie kleine Äffchen. »Da bist du ja endlich!«

Auch Pablo und Esteban strahlten, als sie mich sahen. »Siehst du«, meinte Pablo leiste und boxte Esteban in die Rippen. »Ich wusste, dass sie kommt.«

»Kein Grund, mir körperlich zu schaden«, maulte Esteban und hielt sich die Rippen. »Du konntest es nicht wissen, weil du kein Hellseher bist. Du hast es vermutet, was aber ein ziemlicher Unterschied ist. Und außerdem …« Ein stechender Blick von Pablo brachte ihn zum Schweigen. »Nun gut, lassen wir das.« Er streckte mir die Hand hin und ich packte nur zu gern zu. »Willkommen zurück, Lola!«

Wir befanden uns am südlichen Tor zur Altstadt von Tanger. Die Sonne stand tief und schüttete rotes Licht über der Stadtmauer und den alten Häusern aus. Um uns wuselten Händler, Mofafahrer, Kinder und alte Menschen in weiten Gewändern. Auch einige Hühner staksten durch den Trubel. Von irgendwo ertönte der traurige und zugleich stolze Gesang eines Muezzins, eingerahmt von diesen tausend verschiedenen Gerüchen und Geräuschen. Hinter sich hatten Pablo und die anderen ihr Gepäck aufgetürmt: Rucksäcke, Taschen, auch ein Teppich, wie ich verwirrt feststellte.

Pablo klopfte Esteban anerkennend auf die Schultern. »Gut gemacht, Esteban.«

Ich nickte. »Ja, das, äh, war wirklich bemerkenswert. Wie hast du das gemacht?«

Esteban stellte sich vor mir auf und berührte mich an den Schultern wie damals. »Du erinnerst dich? Wir haben sozusagen unsere Nummern getauscht, als ich dich berührt habe. So konnte ich eine Nachricht hinterlassen, die nur von dir gelesen werden kann.«

»So was können wir?«, staunte ich.

M und M schüttelten den Kopf. »Das kann nur unser Superhirn.«

»Hast du an alles gedacht?«, fragte mich Pablo, als er seinen Rucksack in die Hand nahm. »Vor allem an warme Klamotten?«

»Äh, geht so«, gab ich kleinlaut zu. Da merkte ich es. »Moment mal, wo steckt denn Teresa?«

Düstere Blicke wurden getauscht, dann wurde ein wenig rumgedruckst. »Sie ist abgehauen«, eröffnete mir Pablo dann. »Ziemlich bald nachdem du uns verlassen hast.«

»Was? Wieso das denn?«

»Sie meinte, das hat eh alles keinen Sinn«, plapperte Mario drauflos. Diesmal wusste ich zumindest sicher, dass es Mario war: Er trug eine Basecap mit Spiderman drauf. Obwohl, ich hatte früher auch Shirts mit Darth Vader geliebt. Also vielleicht doch Maria? »Sie wollte auf eigene Faust in die Wüste, um die Kathedrale der Winde zu finden.«

»Was, ganz allein?«

»Wir haben versucht, sie aufzuhalten.« Pablo machte ein bekümmertes Gesicht. »Aber du hast sie ja kennengelernt.«

Oh ja, das hatte ich.

Mario und Maria hoben ihre Finger an die Schläfen und machten eine kreisende Bewegung. Es erstaunte mich fast gar nicht mehr, dass sich die beiden Falken jetzt sanft auf ihren Schultern niederließen und die Umgebung mit ihren ruckartigen Kopfbewegungen beobachteten. Echt tolle Tiere! »Ist komplett durchgeknallt und wollte sich gar nicht mehr beruhigen. Da war vielleicht was los!«, sagte einer von ihnen. »He, lass das!« Der andere kicherte, als der Falke liebevoll an einem Ohr zu knabbern begann. »Das kitzelt.«

»War das meinetwegen?«, fragte ich zaghaft.

»Keine Ahnung«, sagte Esteban. »Ist nicht auszuschließen. Sie war wohl nicht besonders glücklich über deine Ankunft, wenn ich das richtig interpretiere. Meine Berechnungen sind dahingehend aber wahrscheinlich …«

»Sie war eifersüchtig«, platzte es gleichzeitig aus Mario und Maria heraus. Sie sahen sich an und kicherten.

Eifersüchtig? Auf mich? Wegen Pablo? Wow, da lag sie ja mal meilenweit daneben.

Ich spürte sie, kurz bevor sie auftauchte.

»Als hätte ich das nötig!«, durchschnitt eine Stimme die warme Abendluft. Da stand sie einfach mitten zwischen uns, die Hände in die Hüften gestemmt, und grinste. Teresa. Hinter ihrem linken Schuh lugte der fiese Affe hervor, der mir das Amulett gestohlen hatte. Er grinste hinterlistig.

Die anderen glotzten sie an wie eine Fata Morgana, was sie sichtlich genoss. Natürlich. Mädchen wie sie taten das immer.

Teresa strich Maria über den Kopf. Die beiden Falken flatterten davon und suchten auf der Stadtmauer Zuflucht. »Na, habt ihr mich vermisst?«

Irgendwas an ihr war anders. Sie hatte sich ein dunkles Tuch kunstvoll um den Kopf geschwungen. Es sah wirklich hübsch aus, das musste man ihr lassen. Auch ihr weites Kleid stand ihr echt gut. Aber irgendwas war da in ihren Augen, das ich nicht so recht deuten konnte. Irgendwas, das mir seltsam vertraut vorkam. Und nicht unbedingt auf die angenehme Weise. Sie wirkten stechender als zuvor. Dunkler. Aber vielleicht war das auch einfach nur das Licht.

Esteban rückte nervös seine Brille zurecht. »Wo bist du gewesen?«

»Ist doch egal. Die Hauptsache ist ja, dass ich wieder da bin!«

Mario und Maria starrten Teresa immer noch an wie einen Geist. Pablo schien erleichtert, versuchte aber, es sich nicht anmerken zu lassen. »Erwartest du, dass wir dir jetzt den roten Teppich ausrollen?«, fragte er kühl. »Einfach so windreiten ist riskant, das weißt du!« Teresas Grinsen versteinerte, wie ich mit ein wenig Genugtuung feststellte. Pablo 1 – Teresa 0, würde ich mal sagen.

»Ach, sei doch kein Spielverderber«, flötete sie und berührte ihn wie beiläufig an der Schulter.

»Also, wo bist du gewesen?«

»Ich brauchte wohl auch ein wenig Zeit für mich. Wie Lola, oder etwa nicht?« Ich hielt die Luft an. Nein, ich würde nicht darauf eingehen! »Jetzt sind wir also beide wieder da. Toll, was?« Sie wandte sich an mich und hielt mir demonstrativ die Hand hin. »Freundinnen?«, fragte sie und ich hätte ihr fast abgenommen, dass sie es ernst meinte. Fast, denn wieso sollte sie so plötzlich ihre Meinung mir gegenüber ändern?

Ich schüttelte sie kurz. »Klar«, gab ich zurück. Als ob!

»Gut, dass wir das aus der Welt geschafft haben«, fuhr sie fast schon fröhlich fort. »Ehrlich, ich hatte die ganze Zeit ein schlechtes Gewissen, weil wir beide so einen schlechten Start hatten.« Sie hakte sich bei mir unter. »Wir fangen einfach noch mal an, okay?«

»Solange du deinem Affen sagst, er soll die Finger von meinen Sachen lassen …«

»Ich weiß wirklich nicht, was du meinst. Pablo, Schätzchen, können wir?«

Pablo verdrehte die Augen. Er schwang sich locker seinen Rucksack um, wich einem orientierungslosen Huhn aus und stemmte die Hände in die Hüften. »Abmarsch. Nächster Halt: die Kathedrale der Winde.«

Das stimmte natürlich nicht. Der nächste Halt war ein kleiner, aber erstaunlich vollgestopfter Krimskrams-Laden, in dem Mario und Maria flink wie die Wiesel einige Tücher und Schals stibitzten.

»Die leihen wir uns nur aus«, sagten sie mit großen ehrlichen Augen. »In der Wüste brauchen wir sie ganz bestimmt!«

Ein klappriger alter Bus brachte uns zunächst durch ein endloses Wohngebiet, dann durch ein noch endloseres Industriegebiet. Teresas Affe saß auf der Fensterbank und starrte mich die ganze Zeit so böse an, dass ich mich irgendwann umsetzte und neben einem gluckenden Huhn in einem Korb Platz nahm.

Es war fast so, als hätte sie ihre Gefühle mir gegenüber auf ihren Affen übertragen. Moment mal, vielleicht war das sogar möglich? Zumindest, wenn dieser unangenehme Kerl ihr Totemtier war …

Wir mussten an einer Tankstelle umsteigen, deckten uns mit Wasser ein und warteten in der schwülen Hitze des Abends auf den nächsten Bus. Mittlerweile hatte ich herausgefunden, dass es tatsächlich Maria war, die die Spiderman-Basecap trug. Das war nicht nur ziemlich cool, ich konnte die beiden endlich auch auseinanderhalten!

»Wie geht's dir?«, fragte Pablo, als wir es uns rund um einen kaputten Cola-Automaten auf dem aufgeheizten Boden gemütlich gemacht hatten. Selbst Teresa hatte sich zu uns gesellt. Seit wir Tanger verlassen hatten, war sie wie ausgewechselt. Wieso sträubte ich mich nur so dagegen, das zuzulassen? Wollte ich am Ende vielleicht, dass sie mich nicht mochte?

»Ich bin hundemüde und könnte drei Wochen schlafen, wenn du es genau wissen willst.«

Pablo grinste. »Schlaf könnte ziemlich selten werden in nächster Zeit. Aber sie kochen einen ziemlich fiesen Kaffee in den Oasen. Das wird schon.«

»Na dann.« Wie das schon klang. Oasen. Meine Güte, ich hatte irgendwie immer noch nicht kapiert, was hier gerade passierte.

»Ich bin froh, dass du zurückgekommen bist! Wir hatten echt Schiss, dass du uns einfach vergisst.«

»Vergisst?«, fragte ich entgeistert. »Du hast ja keine Ahnung, was mir alles passiert ist.«

Pablo richtete sich schuldbewusst auf. »Natürlich nicht«, meinte er kleinlaut. »Was war denn?«

Ich atmete tief durch. »Sorry, so war das nicht gemeint.« Dann stellte ich fest, dass ich keinen blassen Schimmer hatte, wo ich anfangen sollte. Also erzählte ich einfach querbeet, ohne Reihenfolge, was mir gerade so einfiel. Santiago, meine Lehrerin, Lucia und Olivia, die Geier, Mistral, die Überfahrt.

Als ich fertig war, sah ich in vier entgeisterte Gesichter.

»Aaaaalter«, sagte Mario und schob sich ein letztes Stück Schokoriegel in den Mund. Den hatte er sich wohl auch nur *ausgeliehen.* »Voll krass!«

»Wieso hast du denn nichts von dir hören lassen?«, fragte Pablo. »Wir hätten helfen können – oder es zumindest versucht.«

Ich lachte kurz auf. »Du bist echt witzig! Ich weiß ja noch nicht mal, wie man windreitet. Wie soll ich denn da von mir hören lassen oder was auch immer du damit meinst?«

»Hm, stimmt auch wieder.« Pablo verzog die Lippen. »Mannomann, es wird wirklich Zeit, dass wir zur Kathedrale der Winde kommen.«

»Was das angeht …«, begann ich. »Wie genau kommen wir da eigentlich hin? Und was machen wir, wenn wir dort sind?«

»Was hast du denn über diesen Ort gehört?«

»Nichts Bestimmtes.« Ich dachte nach. »Nur, dass man die Kathedrale nicht findet. Sie findet dich. Und dass die Hüter der Winde darin leben. Sie halten das Gleichgewicht der Winde aufrecht und leben außerhalb der Zeit oder so etwas. Aber das ist doch zumindest teilweise Quatsch, oder?«

Bevor Pablo antworten konnte, hörte ich einen altersschwachen Motor gequält aufstöhnen, gefolgt von quietschenden Reifen. Unser Bus war da. Aber so wie der aussah, würde er uns eher ins Grab als in die Wüste bringen.

So eine Fahrt hatte ich noch nie erlebt! Ich meine, ich bin echt was gewöhnt, bekam sogar im Auto meines Onkels nie Panik wie der Rest meiner Familie und konnte auch gut mit den fragwürdigen Überholmanövern meines Vaters umgehen.

Dieser Bus toppte aber einfach alles. Dass er überhaupt noch fuhr, war ein Wunder. Na ja, fahren konnte man dazu nicht sagen, eher schepperte er ohrenbetäubend laut von Schlagloch zu Schlagloch und schüttelte uns durch wie eine Dose Sprühsahne.

Den anderen Passagieren schien das nicht mal aufzufallen. Seelenruhig saßen sie da, hatten Kinder oder Hühner auf dem Schoß, glotzten auf ihre Handys oder verputzten Kürbiskerne, als hinge ihr Leben davon ab.

Die Sitze waren so unbequem und hart, dass ich schon nach wenigen Kilometern im Gang stand – und mehr als einmal unsanft Kontakt mit der Blechdecke des Busses aufnahm. »Wie lang fahren wir eigentlich?«, ächzte ich.

Pablo sah aus dem Fenster und tat so, als hätte er nichts gehört. Also übernahm Esteban die Rolle des Reiseleiters. »Wenn alle anderen Passagiere ausgestiegen sind, sind es noch ungefähr 250 Schlaglöcher. Natürlich nur grob gerechnet.«

»Na toll. Und dann?«

»Dann befinden wir uns am Rand der Welt.«

»Am was?«

»Dieser Bus bringt uns bis ans Tor zur Wüste. Danach geht es ohne motorisierte Hilfe weiter. In die Sahara.«

Ein weiteres Schlagloch brachte mich fast zu Fall. Eine nette ruhige Wanderung durch die Wüste klang plötzlich gar nicht mehr so unattraktiv.

Teresa drehte sich zu mir um. Ihr Äffchen verzog das Gesicht zu einer Grimasse. »Die Wüste wird dir gefallen.«

»Du kennst sie?«

Sie lachte kurz auf. »Niemand kennt die Wüste, Dummerchen.« Verrückt, es klang nicht mal böse, wie sie das sagte. »Aber ich war schon lange genug in ihr unterwegs, um das eine oder andere mitbekommen zu haben. Gut, viel mehr als Sand gibt es da nicht, und davon wirklich mehr als genug. Aber der Sternenhimmel ist der reinste Wahnsinn und die Oasen sind schöner als in jedem Märchen aus 1001 Nacht.«

Nach und nach leerte sich der Bus. Und nach und nach wurde auch die Landschaft draußen vor dem Fenster immer leerer und eintöniger. Ich wusste nicht mehr, wie lange wir schon unterwegs waren. Einige Male war ich eingenickt, draußen war es stockdunkel.

Mittlerweile gab es kaum noch Häuser oder andere Gebäude. Wenn überhaupt, dann fuhren wir an kleinen Höfen oder Hütten vorbei. Auch die eigentliche Straße war längst ein Feldweg geworden, auf dem wir wild hupend Kamele und Esel überholten.

Irgendwann, der Morgen dämmerte bereits, kamen wir tatsächlich an. Der Bus hielt quietschend und zischend, unser mürrischer Fahrer brummelte irgendwas Unverständliches in seinen graubraunen Bart, wir torkelten mit schmerzenden Hintern aus dem Bus. Das altersschwache Gefährt ließ uns in einer Staubwolke zurück, durch das ein vorwurfsvolles Blöken drang.

Als sich der Staub gelegt hatte, blickte ich in die Augen einiger struppiger Schafe. Sie kauten träge auf was auch immer herum und schienen nicht so recht zu wissen, was sie von uns halten sollten. Eine windschiefe Hütte kaum zum Vorschein, daneben eine Wanne voll brackigem Wasser. Dazu noch eine Palme, die sich im heißen Wind wiegte, fertig. Der Rand der Welt, schon verstanden.

Ich blickte mich um. Und kippte total aus den Latschen.

Vielleicht lag es daran, dass ich so froh war, endlich aus dem Bus zu kommen. Vielleicht auch am Sonnenaufgang, der in diesem Moment begann. Wahrscheinlich war es aber einfach nur die unbeschreibliche Schönheit der Wüste, die mich überwältigte.

»Willkommen in der Sahara, Lola«, raunte mir Pablo zu. Er stand mit verschränkten Armen neben mir und wirkte das allererste Mal überhaupt nicht angespannt.

Mein Nacken kribbelte. »Das …«, begann ich und hörte dann einfach auf zu reden. Diese Stille, dieser sanfte, lockende Wind. Nein, dafür hatte ich keine Worte.

»Ich weiß«, sagte Pablo leise und berührte mich am Arm. »Mir geht es jedes Mal so.«

Jedes Mal? Gerade wollte ich Pablo fragen, wie oft er schon in der Wüste war, als die Zwillinge anfingen zu johlen.

»Da kommen sie! Da kommen sie!« Sie hüpften auf und ab und wedelten wild mit den Armen. »Jaaaa, hierher, hier sind wir!«

Die Falken flatterten aufgeregt rufend um die beiden herum. Waren sie dem Bus gefolgt?

Einige Kamele kamen geruhsam auf uns zugetrottet. Ich starrte sie eine Weile an, bis ich bemerkte, was hier gerade geschah. Der Führer, ein Kerl, kaum älter als wir und verhüllt mit einem echt schönen blauen Turban, übergab die Leine des ersten Tieres gerade an Mario. Der hielt sie ehrfürchtig und mit offenem Mund in der Hand.

Pablo musste meinen entsetzen Blick gesehen haben. Zumindest gab sich der Mistkerl nicht mal die Mühe, sein Grinsen zu verbergen. »Was hast du denn gedacht, wie wir uns in der Wüste fortbewegen würden? Mit dem Fahrrad? Per Anhalter?«

»Bei euch würde es mich auch nicht wundern, wenn ihr mit einem fliegenden Teppich um die Ecke kommen würdet«, gab ich unterkühlt zurück und freute mich über meine Schlagfertigkeit.

Da schaute mich Pablo auf einmal verschwörerisch an. »Den zeigen wir dir erst später.«

22

Ich lerne etwas von einem Kamel

»Niemals!«

Pablo atmete lautstark aus und schenkte mir einen Blick, den ich mittlerweile sehr gut kannte. Es war der *Stell dich nicht so an*-Blick.

»Den Blick kannst du dir sparen! Ich tu ja schon mein Bestes!«

»Brauchst du Hilfe?«

Ja! Brauchte ich! Stattdessen antwortete ich: »Geht schon, danke.«

Kopfschüttelnd trat Pablo zur Seite und ließ mich mit einem selig kauenden Kamel zurück, auf dessen Rücken ich jetzt irgendwie kommen musste.

Konnte ja wohl nicht so schwer sein, immerhin lag es jetzt absolut ruhig im Sand.

War es aber. Sehr.

Nachdem ich mit ansehen musste, wie sich Pablo mühelos auf den Rücken seines Kamels geschwungen hatte und es mit seinen dürren Beinen schwungvoll aufgestanden war, wie Maria und Mario fast eine Zirkusnummer daraus machten und anschließend kichernd hintereinander im Sattel saßen, wie Teresa problemlos und mit jeder Menge Eleganz aufstieg und wie selbst Esteban, zunächst noch sehr wackelig und unbeholfen, irgendwann oben angekommen war, konnte ich mir mal wieder nur selbst gratulieren. Warum nahm man nicht einfach mal Hilfe an, wenn man sie offensichtlich brauchte?

Irgendwann, ich hatte aufgehört, die Versuche zu zählen, saß auch ich endlich im Sattel, relativ bequem eingebaut zwischen zwei haarigen Höckern.

Dann stand das Kamel auf – und um ein Haar wäre ich einfach wieder runtergefallen. Ich krallte mich an einem Seil fest, was das riesige Tier zu einem sehr wütenden Blöken brachte. Dann machte es einige rülpsende Geräusche, die wahrscheinlich so viel bedeuteten wie »blöde Touristen«. Konnte ich ihm nicht verübeln.

»Es lässt fragen, ob wir dann mal loskönnen?«, meine Pablo trocken und ich entgegnete nur deswegen nichts Scharfes, weil er immerhin den Anstand besaß, nicht schadenfroh auszusehen.

»Jederzeit«, antwortete ich und zog lässig an den Zügeln.

Das Kamel rührte sich nicht von der Stelle.

»Darf ich?«, fragte Pablo, als er mit seinem Kamel zu mir geritten war. Wir alle trugen jetzt Tücher, die uns Pablo kunstvoll um den Kopf gewickelt hatte wie einen Turban. Ich musste zugeben, dass wir ziemlich cool aussahen. Richtig wüstenmäßig eben.

»Äh, klar.«

Er zeigte mir, wie ich die Zügel fassen musste, und machte dann ein klickendes Geräusch. »Wir schaffen das schon«, flüsterte er dem Kamel ins Ohr und ich beobachtete erstaunt, wie es nickte und zufrieden schnaubte. Brav und schwerfällig setzte es sich in Bewegung. Aber er hatte ja wohl kaum mit dem Kamel gesprochen, oder?

Kamele sind echt abgefahrene Tiere. Ich meine, klar, ich wusste schon vorher, wie sie aussahen, aber wer sie mal aus der Nähe betrachtete oder auf ihnen saß, der musste diese Feststellung früher oder später machen.

Sie bewegten sich langsam fort. Viel langsamer als ein Pferd, aber dafür irgendwie auch gemütlicher. Ihr Gang hatte etwas Schwankendes,

Einschläferndes. Der Spitzname »Wüstenschiff« war ziemlich treffend. Außerdem hatten sie eine riesige Zunge, struppiges Fell, seltsam weiche Höcker. Und einen unglaublichen Sturkopf. Besonders der war mir sehr sympathisch.

Der Rest der Windgeborenen schien sich keine Gedanken über seine Reittiere zu machen, als wir gemächlich durch diese Welt aus Sand trotteten. Pablo hockte wie ein Profi auf seinem Kamel und blickte gedankenvoll in die Ferne, Teresa ritt mühelos neben ihm, das Äffchen auf ihrer Schulter, die Zwillinge sangen zum hundertsten Mal irgendein nerviges Lied und Esteban schien ziemlich beschäftigt damit zu sein, nicht herunterzufallen. Über uns flogen die Falken wie zwei geflügelte Bodyguards.

»Alles okay bei dir?«, rief ich zu Esteban herüber.

»Ja, äh, ja, natürlich«, stotterte er. »Ich habe nur einfach lieber festen Boden unter den Füßen. Was natürlich nichts daran ändert, dass Kamele wirklich faszinierende Tiere sind. Mal abgesehen davon, dass wir eigentlich Trampeltiere meinen, wenn wir von Kamelen sprechen.«

Na klasse, da kam eine weitere Lektion von Esteban! »Ach wirklich?«, antwortete ich müde. Wann hatte ich eigentlich das letzte Mal so richtig geschlafen?

»Na klar! Das Dromedar hingegen hat nur einen Höcker. In dem speichern sie übrigens nicht Wasser, wie viele denken, sondern Fett.«

»Spannend«, gab ich lustlos zurück, aber Esteban war leider immun gegen Ironie.

»Und wie!« Er strahlte und schien für einen Moment sogar seine Reitprobleme zu vergessen. »Dann dürfte dich auch interessieren, dass …«

»Erzähl ihr doch lieber mal, dass es in einigen Ländern sogar Schönheitswettbewerbe für Kamele gibt«, unterbrach ihn Pablo, als er sein Kamel, sehr zu Teresas Missfallen, mühelos zwischen uns gesteuert hatte.

Es waren die ersten Worte, die er seit unserem Aufbruch gesprochen hatte. Es war heiß, die Sonne brannte mit trotziger Leidenschaft auf uns herab, zu allen Seiten erstreckte sich eine Unendlichkeit aus Sand.

»Ernsthaft?«, fragte ich, dankbar über die Ablenkung.

»Und ob! Samira hier würde bestimmt gewinnen.«

»Samira«, wiederholte ich tonlos.

»So heißt mein Kamel. Hat es mir zumindest gesagt. Hat deines etwa keinen Namen?«

»Keine Ahnung, ich habe es heute zum ersten Mal gesehen!«

»Das ist keine Entschuldigung. In der Wüste braucht alles einen Namen. So verhindern wir, dass es in der endlosen Weite verloren geht.«

Ich sah ihn lange an. Eine Weile schaukelten wir still durch die Dämmerung. »Woher weißt du das alles?«, fragte ich leise, doch er winkte nur ab. »Nicht jetzt. Sehen wir erst mal zu, dass wir die Oase finden. Wir müssten sie eigentlich längst erreicht haben.«

Als die Sonne unterging, verschlug es mir den Atem. Schon wieder. Nachdem ich den Sonnenaufgang für den puren Wahnsinn gehalten hatte, musste ich beim Anblick der untergehenden Sonne tatsächlich die Tränen zurückhalten. Die Sanddünen um uns herum leuchteten in tausend Gelbtönen. Darüber hatte die untergehende Sonne rot, rosa, blau, lila und unendlich viele weitere Farben über den Himmel gegossen. Das bekam auch kein Maler besser hin. Selbst Teresa war ergriffen, wie ich an ihren Augen erkannte.

»Echt stark!«, ließ sich auch Esteban zu einem regelrechten Gefühlsausbruch hinreißen.

Wir ritten weiter durch dieses Farbenmeer. Mittlerweile war es fast dunkel, nur noch ein Hauch Abendstimmung lag in der Luft. Kälter war es tatsächlich ebenfalls geworden. Und zwar so richtig.

Als es so kalt war, wie ich es in der Sahara niemals für möglich gehalten hatte, sahen wir endlich Lichter vor uns aufblitzen. Die letzten Kilometer hatten wir nur sehr langsam und mühsam hinter uns gebracht. Die paar Laternen, die wir in den Händen hielten, gaben wenig Licht ab.

Maria und Mario hatten im Wechsel verkündet, Skorpione, Schlangen und Riesenspinnen im Sand zu entdecken, aber ich hoffte einfach mal, dass es nur die Fantasie war, die mit ihnen durchging.

»Okay«, begann Pablo, als wir die Oase fast erreicht hatten, »das hier ist eine Oase der Berber. Ein friedliches Wüstenvolk, aber wir dürfen nichts riskieren. Wenn uns jemand fragt, dann sind wir auf dem Weg zu meinem Onkel und zur Oase der ewigen Freundschaft, verstanden? Wir können niemandem trauen.«

»Aber bisher war es doch total einfach«, meinte Mario und ich konnte ihm eigentlich nur zustimmen. Seit ich Afrika erreicht hatte, lief alles erstaunlich glatt.

Pablo presste die Lippen zusammen. »Ja. Zu einfach.« Schweigend stieg er ab und führte sein Kamel an der Leine in die erste Oase, die ich in meinem Leben betreten hatte.

23

Der beste Pfefferminztee der Welt

Für Leute, denen wir angeblich nicht trauen konnten, waren die Bewohner der Oase umwerfend freundlich und hilfsbereit. Sie halfen uns von den Kamelen runter, kümmerten sich um sie und führten uns an ein prasselndes Lagerfeuer, um das jede Menge Decken, Kissen und kleine Tische verstreut waren. Ein paar Meter entfernt standen weiße Zelte im Licht einiger großer Fackeln. Sie sahen verdammt gemütlich aus!

Es war schwer zu sagen, wie viele Menschen hier in der Oase lebten. Es herrschte eine Geschäftigkeit wie in einem kleinen Dorf. Überall liefen Leute herum, Kinder spielten im letzten Licht des Tages, Hühner gackerten und Hunde bellten, an einem Mast flatterte eine bunte Flagge mit einem roten Symbol darauf.

Pablo deutete auf sie. »Das ist die offizielle Flagge der Berberstämme.«

»Gibt es denn viele?«, wollte Maria wissen.

Pablos Lippen wurden schmal. Er setzte sich auf einen Teppich ans Feuer und wärmte sich die Hände. »Früher schon. Heute ist es … anders.« Er winkte uns zu sich heran. »Kommt, setzt euch.«

Kurz darauf versank ich schon das dritte Mal an diesem Tag in tiefe Ehrfurcht. Dieser Pfefferminztee, den sie uns in kleinen bunten Gläsern servierten, war so ziemlich das Beste, was ich jemals getrunken hatte! Himmlisch süß, gleichzeitig frisch und wärmend. Also, wenn da mal keine Magie aus 1001 Nacht im Spiel war …

Überhaupt kam ich mir vor wie im Märchen. Männer und Frauen mit noch dunklerer Haut als Pablo, hellen Gewändern und den schönsten Augen, die ich je gesehen hatte, brachten uns Essen. *Sehr viel* Essen. Couscous mit Mandeln und Rosinen, gewürzt mit Zimt, Lamm aus einem Tongefäß, das die Menschen hier *Tajine* nannten, Datteln, Feigen, Ziegenkäse, Oliven und tausend andere Köstlichkeiten wurden vor uns aufgebaut, als wären wir irgendwelche Sultane auf der Durchreise. Maria und Mario fütterten ihre beiden Falken mit kleinen Stückchen Lamm. Sie schlangen es ähnlich gierig hinunter wie die Zwillinge.

»Hab ich es dir nicht gesagt?«, raunte mir Teresa zu und lächelte. Echt, ich hatte keine Ahnung, was mit ihr passiert war! Jetzt hielt sie mir sogar noch einige Cashewkerne hin. Ich liebte Cashews!

Gut, dieser nervige Affe stibitzte mir gleich ein paar, aber das ignorierte ich jetzt mal gekonnt.

Pablo unterhielt sich mit unseren Gastgebern in einer Sprache, die ich nicht verstand. »Sie kennen meinen Onkel«, sagte er, als würde das dieses Festmahl und ihre Gastfreundschaft erklären.

»Scheint ein ziemlich wichtiger Typ zu sein«, meinte ich, als ich mir noch mal Tee nachgoss. »Bei dem Empfang.«

»Scheint so, ja«, sagte Pablo leise und schaute grübelnd ins Feuer.

Ich rückte ein Stück näher an ihn heran. »Ist dein Onkel denn ebenfalls so ein Berber?«

»So was Ähnliches.«

»Und ist er auch hier in der Wüste?«

Erst sah es so aus, als würde Pablo gar nicht antworten. Dann warf er einige Zweige ins Feuer. »Wahrscheinlich«, sagte er dann. »Ich habe ihn nicht gesehen, seit ich …«

Ich sah ihn erwartungsvoll an. »Seit du was?«

Er winkte ab und schnappte sich eine Handvoll Datteln. »Ach, nicht so wichtig.«

Ich wollte nachhaken, da ertönte ein helles Bellen. Pablo sprang hastig auf, vielleicht ein bisschen zu hastig nach diesem Gespräch.

»Kahina!«, rief er, als ein … ja, was eigentlich auf ihn zurannte und ihm in die Arme sprang. Es sah aus wie eine Katze, war nur ein wenig größer und hatte gigantisch lange Ohren wie ein Luchs.

Das musste ein Wüstenluchs sein. Pablos Totemtier!

»Darf ich vorstellen: Das ist Kahina. Kahina, das ist Lola.«

»Hi.« Ich hob die Hand und kam mir ziemlich dämlich dabei vor. Pablo setzte sich wieder und Kahina rollte sich sofort neben ihm ein. »Woher kommt sie denn jetzt?«

Pablo machte eine vielsagende Handbewegung. »Von hier, von dort.«

Ich schaute ihn prüfend an. »Du weißt es nicht.«

Er grinste ertappt und streichelte der wunderschönen Luchs-Lady den Kopf. Sie schnurrte laut und zufrieden. »Ich weiß es nicht. Aber sie spürt mich immer auf, sobald ich die Wüste betrete.«

Ich wollte gerade erwidern, dass das bei den Katzen von Tarifa genauso war, als plötzlich Musik ertönte. Und wenn ich mich nicht längst wie im Märchen gefühlt hatte, dann spätestens jetzt.

Als das Lagerfeuer heruntergebrannt war, stand ich am Rand der Oase. Die anderen waren schon in ihre Zelte gegangen und ich hatte die Gelegenheit genutzt, mal ein bisschen allein zu sein. Ich blickte zum Himmel. So viele Sterne hatte ich noch nie gesehen. Es sah aus, als hätte jemand dicke Zuckerkörner auf einem schwarzen Tuch ausgeschüttet.

»Diesen Anblick habe ich immer am meisten geliebt«, sagte Pablo plötzlich und ich erschrak ganz fürchterlich. Ich war so versunken gewesen, dass ich ihn nicht kommen gehört hatte. Er zeigte nach oben. »Da, siehst du? Die Milchstraße. In der Stadt sieht man die nie.«

»Stimmt. Das da«, ich zeigte auf ein Sternbild, »ist Andromeda, glaube ich.«

Etwas raschelte im Sand zu unseren Füßen. Pablo erstarrte. »Und das«, flüsterte er, »ist ein Skorpion. Nicht bewegen!«

Ich musste sofort dagegen ankämpfen, nicht panisch auf und ab zu hüpfen. Skorpione waren doch giftig, oder? »Was machen wir jetzt?«, zischte ich.

Pablo wandte sich kurz zum Lager hinter uns um. Dann ging er in die Knie und flüsterte einige Laute in einer Sprache, die noch fremder klang als die, die er am Lagerfeuer gesprochen hatte.

Kurz darauf entfernte sich das Rascheln und die tiefe Stille der Wüste legte sich wieder über uns wie eine Decke.

»Was war das denn?«, fragte ich nach einer Weile.

Pablo lächelte kurz. »Meine Superkraft, sozusagen.«

Ich stand mitten in der Wüste – mit einem Typen, der mit Skorpionen reden konnte!

»Also so wie die von Esteban mit seinem komischen Tornado?«, fragte ich, als ich meine Sprache wiedergefunden hatte.

»Genau. Jeder von uns hat eine.«

»Und du kannst also Skorpionisch? In der Wüste natürlich nicht ganz unpraktisch.«

»Ich glaube, mein Akzent ist schrecklich, aber sie verstehen mich.« Er grinste. »Im Ernst, aus irgendeinem Grund kann ich mich mit Tieren unterhalten. Immer schon. Als kleines Kind in der Wüste habe ich mir immer von Falken erzählen lassen, wie die Welt von oben aussieht. Bevor ich entdeckte, dass ich windreiten kann, natürlich.«

Also hatte er tatsächlich mit dem Kamel gesprochen, als wir losgeritten waren! »Das … das«, begann ich und stellte dann fest, dass mir kein Wort einfiel, mit dem ich das beschreiben konnte, was ich fühlte. »Das ist ja wohl das Krasseste, was ich je gehört habe!«

Pablo grinste. »Wart mal ab, bis du herausgefunden hast, was du draufhast.«

»Na ja, mal sehen.« Ich atmete geräuschvoll ein und aus und hatte plötzlich das Bedürfnis, das Thema zu wechseln. »Und du willst mir nicht mal erzählen, was du als kleines Kind in der Wüste gemacht hast?«

»Irgendwann mal, doch. Noch Lust auf einen Schluck Pfefferminztee?«

Was für eine Frage!

Ich war eingeschlafen, bevor mein Kopf das Kissen berührt hatte. In den letzten Tagen war mehr passiert als in meinem ganzen Leben davor. So fühlte es sich zumindest an.

Erfreut war ich deswegen nicht unbedingt, als mich Maria ziemlich energisch wach rüttelte. Für einige Augenblicke wusste ich nicht, wo ich war. Dann stellte ich fest, dass es noch stockfinster war.

»Pablo hat gesagt, ich soll dich wecken«, sagte sie entschuldigend. »Er und die anderen warten draußen.«

»Ich hoffe, dafür gibt es einen verdammt guten Grund«, grummelte ich, als ich den Zelteingang zurückschlug und in die Kälte trat. »Wie spät ist es überhaupt?«

»Kurz nach sieben oder so.«

Seltsam. War es um diese Zeit normalerweise nicht schon hell? Gähnend stolperte ich Maria hinterher, die putzmunter durch das schlafende Lager tänzelte. Irgendwo wieherte ein Esel.

Wir erklommen eine kleine Düne, auf deren Spitze ich drei Schemen gegen den Nachthimmel erkennen konnte.

»Da bist du ja endlich, Schlafmütze«, begrüßte mich Pablo.

»Auch euch einen schönen guten Morgen«, gab ich pampig zurück. Gott, ich war echt unausstehlich, wenn ich müde war.

»Setz dich und genieß die Show«, sagte Esteban. »Ich hab vor Aufregung kein Auge zugetan.«

Show? Aufregung? Was sollte das nur wieder bedeu– OH!

Gerade als ich zu einer weiteren Bemerkung ansetzen wollte, ging die

Wüste in Flammen auf. Nicht wörtlich natürlich, hier gab es ja nichts, was brennen konnte. Die Sonne schob sich über eine Düne weit entfernt am Horizont und tauchte die Welt in pures Gold.

»Noor«, sagte Pablo fast schon ehrfürchtig. »Das magische Licht.«

Also, es war jetzt ja nicht so, dass ich nicht wusste, was schönes Licht ist. Ich wohnte an der Küste des Lichts, da bekam man schon einiges mit. Aber dieses hier in der Wüste, das war eine andere Nummer.

»Man sagt, am Ursprung dieses Lichts findet man die Silberne Herde«, sagte Pablo leise. Seine Stimme klang belegt.

»Die Silberne Herde?«

»Eine Pferdeherde aus purem Licht, die durch die Wüste zieht.« Er blickte mit einem seltsamen Glänzen in den Augen in die Ferne. »Mein Onkel hat sie mal gesehen. Er verfolgte sie, doch er hat sie nie erreicht.« Er schwieg wieder und blickte ins Nichts. »Wer sie findet, der findet alles. Alles, was er jemals finden wollte, und alles, was er jemals verloren hat.«

Ich spürte sofort, dass Pablo gerade nicht mehr darüber sagen wollte. Also gab ich mich wieder diesem magischen Anblick hin.

»Prägt euch genau ein, wo das Licht herkommt«, mahnte Pablo irgendwann, doch Esteban war längst dabei, hektisch etwas auf Papier zu kritzeln. »Es kann nie schaden, einen Plan B zu haben.«

»Und unser Plan A?«, fragte Maria und rieb sich verschlafen die Augen.

»Die Kathedrale natürlich, Kleines«, sagte Teresa und streichelte Maria über den Kopf, was ihr so wenig gefiel wie eh und je. Aber sie ließ es tapfer über sich ergehen. Irgendwie war wohl jeder froh, dass Teresa so gut drauf war.

Pablo nickte. »Das Problem ist nur das altbekannte. Man kann sie nicht finden. Man wird gefunden.«

Und wer sagte eigentlich, dass sie uns finden wollte?

24

Das Böse im Wind

Mir tat es fast ein bisschen leid, diese Oase hinter mir zurückzulassen. Ich hätte nichts dagegen gehabt, noch eine Weile hierzubleiben, jede Menge Tee zu trinken, diese ganzen Köstlichkeiten zu futtern, mehr über die Berber zu erfahren und nachts in die Sterne zu schauen. Doch irgendetwas zwang Pablo zur Eile. Gegen Mittag hatte die Unruhe uns alle erfasst. Gut, die Kamele nicht, aber die konnte eh nichts aus der Ruhe bringen.

Die Zwillinge nörgelten und wollten unbedingt eine Pause machen. Pablo war nicht zu erweichen. Er bestand darauf, weiterzureiten. Nach dem tollen Tag gestern war die Stimmung rekordverdächtig schnell gekippt.

Klar, die Wüste war immer noch ziemlich atemberaubend. Aber irgendwann hatte man sich daran gewöhnt. Das war wie im Urlaub mit meinen Eltern, wenn die über jede Kirche und jedes Schloss staunten. Kirche, Schloss, Kirche, Schloss, Kirche, Schloss … irgendwann wurde es einfach nur langweilig.

Als der Wind drehte, fühlte ich es auch. Da hing etwas Dunkles in der Luft, etwas Böses.

Und es war mal wieder hinter uns her.

»Seit wann weißt du es?«, fragte ich Pablo unauffällig, um die anderen nicht zu beunruhigen.

Pablo verstand sofort. »Seit heute Morgen.«

»Was ist das?«

Er schüttelte den Kopf. »Keine Ahnung. Es ist noch zu weit weg. Aber es ist nicht gut, so viel ist sicher.«

Mario drehte sich im Sattel um. »Was ist nicht gut? Meint ihr das Böse im Wind?«

Äh, ja. So viel dazu.

Wir trieben unsere Kamele zu einer schnellen Gangart an. Sofern das eben ging. Im Vergleich zu meinem wilden Ritt auf Calimero war ein trabendes Kamel immer noch ziemlich langsam. Kahina lief wachsam neben den Wüstenschiffen her. Ich hatte längst gemerkt, dass er Teresas fiesen Affen nicht aus den Augen ließ. Der Affe wiederum beäugte Kahina immer wieder mit einem prüfenden Blick – ganz so, als ob er überlegte, es mal mit einer Runde Rodeo zu versuchen. So wie ich das sah, hatte er keinen guten Charakter.

Manchmal erwischt einen die Erkenntnis ja wie ein nasser Waschlappen im Gesicht. Bei mir kam sie ganz plötzlich in der siedenden Hitze des Nachmittags: Wir waren vollkommen schutzlos und allein in dieser endlosen Wüste unterwegs! Wir wurden von sonst was verfolgt, unsere Fähigkeiten waren nicht ausgebildet und wir hatten im Grunde keine Ahnung, wo diese dämliche Kathedrale der Winde zu finden war.

War das noch mutig oder einfach nur dumm? Und wo war überhaupt der Unterschied?

»Wir schaffen das schon.« Pablo schien mal wieder meine Gedanken zu lesen.

Ich zwang mich zu einem Lächeln. »Klar.«

Einige Hügel erhoben sich zu unserer rechten. Teresa lenkte ihr Kamel kaum auffällig zwischen mich und Pablo. »Da, zwischen diesen Hügeln, könnten wir hindurchreiten. Die Kathedrale findet uns auch so.«

Pablo runzelte die Stirn. »Ich glaube nicht, Teresa. Nach allem, was ich weiß, sind unsere Chancen im Westen am größten. In der Oase haben sie gesagt, wir sollen diese Hügel meiden. Um jeden Preis.«

»Meiden?« Teresa machte ein erstauntes Gesicht. »Warum denn meiden? Wir sparen mindestens einen halben Tag, wenn wir durch sie hindurchreiten. Ich hab gehört, dort gibt es einen sicheren Weg mit jeder Menge Schatten.«

»In der Wüste geht es nicht darum, eine Abkürzung zu nehmen. In der Wüste geht es darum, nicht vom richtigen Pfad abzukommen.«

Teresa legte den Kopf schief. Da war wieder irgendwas in ihren Augen, das mir vorher nicht aufgefallen war. Sonst schien es niemand zu merken. »Auch wenn wir verfolgt werden? Was wollen wir denn tun, so ganz allein in der Wüste?«

Ich schaute zwischen den beiden hin und her wie bei einem Tennisspiel.

»Der Legende nach sind diese Hügel bewohnt.« Pablo wich ihrem Blick aus. »Bewohnt von etwas sehr Altem und sehr Bösem.«

»Wohl kaum schlimmer als das, was hinter uns her ist, oder? Außerdem weißt du doch, wie diese Menschen in der Wüste so sind.«

»Ach ja?«, gab Pablo scharf zurück und funkelte sie an. Ich merkte, dass auch Kahina die Ohren anlegte und leise knurrte. »Wie sind sie denn, wenn ich fragen darf?«

Teresa seufzte. »Entschuldige, das hab ich nicht so gemeint.« Dann wandte sie sich an mich. »Lola, du bist doch bestimmt vernünftig. So unter uns Frauen: Was sagst du dazu? Sollen wir länger hier draußen in der Wüste bleiben als unbedingt nötig?«

Auweia, wenn ich etwas gar nicht leiden konnte, dann, in die Schusslinie zu geraten. »Äh, ich weiß nicht«, stammelte ich. Es ging mir nicht darum, zu Pablo zu halten. Ich meinte es wirklich so! »Im Ernst, ich hab keine Ahnung. Ich kenne mich viel zu wenig aus.«

»Lola hat recht, das sollte jemand entscheiden, der sich ein bisschen auskennt. Und ich sage, wir halten uns von diesen Bergen fern.«

»Du bist der Boss«, meinte Teresa. Okay, spätestens jetzt hätte ich eine ihrer krassen Zickereien erwartet. So langsam glaubte ich tatsächlich, dass ich ihr unrecht tat – Affe hin oder her.

»Wer bewohnt diese Berge?«, fragte ich Pablo nach einer Weile, in der mal wieder kein Wort gesprochen wurde. Die Sonne brannte auf uns herab, als hätten wir sie persönlich beleidigt, und unser Wasser wurde so langsam knapp.

Er ritt schweigend neben mir her, die Lippen zusammengepresst, die Augen stur geradeaus gerichtet. Als er sprach, konnte ich ihn kaum verstehen. »Niemand weiß es genau. Oder zumindest will es niemand sagen. Aber man vermutet, dass sich ein Dschinn in den Höhlen unter den Bergen eingenistet hat.«

»Ein Dschinn?«, wiederholte ich, weil ich nicht sicher war, ob ich ihn richtig verstanden hatte.

Pablo nickte nur. »Ich weiß, wie das klingt, aber das hat leider nichts mit dem Märchen aus 1001 Nacht zu tun. Das ist die Wüste. Und in ihr gibt es Dinge, die niemand je begreifen wird.«

Ich musste an den Film »Aladin« denken, in dem es diesen lustigen blauen Dschinn gab. »Und dieser Dschinn ist … böse?«

Pablo schnaubte kurz. »Wenn sich wirklich ein Dschinn in diesen Höhlen verkrochen hat, wäre es die so ziemlich dümmste Idee, ihm zu nahe zu kommen. Die Dschinn sind uralte, böse Wesen, die die Menschen nicht leiden können. Also, so gar nicht leiden können. Wir hätten keine Chance gegen einen von ihnen.«

Ich ließ das alles auf mich wirken, während die Kamele weiter in ihrem schaukelnden Gang durch diese endlose Weite trabten, geduldig und gelassen, als wäre es das Normalste auf der Welt. »Pablo?«, fragte ich dann.

»Mh?«, machte er, schon wieder tief in Gedanken versunken.

»Versprichst du mir was?«

Schon hatte ich seine volle Aufmerksamkeit. »Komm drauf an, was«, meinte er grinsend.

»Wenn wir den Tag heute überstehen … Erzählst du mir dann, warum du so viel über die Wüste weißt?«

Sein Grinsen verschwand. »Lola, ich …«

»Ich weiß, ich hab kein Recht, danach zu fragen, aber du scheinst so viel über mich zu wissen und ich nur so wenig über dich. Wenn wir das hier gemeinsam durchziehen wollen, da … da würde ich eben einfach gern so viel wie möglich über dich wissen.«

Er schluckte. Und irgendwann nickte er. »Also gut«, begann er und räusperte sich. »Dann erzähle ich es besser jetzt gleich.« Na holla, dachte er etwa, wir würden diesen Tag nicht überstehen? »Ich komme aus der Wüste, wie du dir wahrscheinlich schon gedacht hast. Ich bin in ihr geboren und hätte sie eigentlich nie verlassen sollen. So war es vorgesehen. Doch plötzlich starb meine Mutter.« Er schwieg eine Weile und ich war schlau genug, nicht nachzubohren. »Es geschah ganz unerwartet, über Nacht. Wir waren mit einer Karawane unterwegs und hatten gerade in einer Oase Schutz gesucht. Am nächsten Morgen … am nächsten Morgen war sie einfach tot. Ich war noch sehr jung.

Mein Vater wurde verrückt vor Kummer und ging in die Wüste. Er wurde nie wieder gesehen. Ich zog weiter mit meinem Onkel durch die Sahara, bis ich die Karawane verlassen musste. Die anderen … sie weigerten sich, weiter mit mir zu reiten. Einige wirklich verrückte Dinge waren passiert, die ich mir lange nicht erklären konnte. Gruselige Dinge.«

»Moment mal, sie haben dich einfach in der Wüste ausgesetzt?«

Ein Schatten huschte über Pablos Gesicht. »Es ging nicht anders. Es gab eine Meuterei und wenn ich nicht gegangen wäre, hätten sie meinen Onkel und mich im nächstbesten Loch verbuddelt. Sie sagten, ich brächte ihnen Unglück.« Er schwieg eine Weile. »Und wahrscheinlich stimmte das sogar.«

»Damals hast du also herausgefunden, dass du mit Tieren reden kannst?«

»Wenn du von drei hungrigen Hyänen umzingelt bist, lernst du eine Menge über dich selbst«, meinte er trocken und grinste. Das war so typisch Pablo! »Aber im Ernst: so ist es passiert, ja. Ich wäre unzählige Male fast gestorben in der Wüste, aber irgendwie hatte ich immer sehr viel Glück. Oder jemand hat mir geholfen.«

»Jemand?«

Pablo presste die Lippen aufeinander. »Ich bin mir sicher, dass es mein Windvater war. Irgendwann traf ich einen alten weisen Mann in einer Höhle. Von ihm weiß ich, wer ich bin. *Was* ich bin. Es war Poniente, da bin ich fast sicher.«

»Ein Wind ist also ein alter Mann in einer Höhle mitten in der Wüste?«

»Warum nicht? Eigentlich nicht ungewöhnlicher als jede andere Vorstellung auch, oder?« Seine Miene verdüsterte sich wieder. »Von ihm weiß ich auch, dass meine Mutter von einem Dschinn geholt wurde.«

»Und der hat irgendwas mit Mistral zu tun?«

Er schüttelte den Kopf. »Ein Dschinn arbeitet für niemanden. Er ist einfach ein verdammter Mistkerl!«

Ein Falke schrie schrill auf.

»Da!«, fuhr gleich danach Marias spitzer Schrei dazwischen.

Sie und Mario ritten ein Stück weiter vorn. Alarmiert blickte ich in die Richtung, in die sie zeigte. Und erbleichte. Wirklich. Ich spürte tatsächlich, wie mir das Blut aus den Wangen wich. Kahina blieb stehen und knurrte wieder. Diesmal klang es deutlich bedrohlicher.

Eine Wand kam auf uns zu. Kam *sehr schnell* auf uns zu. Erst sah sie grau aus, doch als sie näher kam, wurde sie heller. Erst hellgrau, dann beige.

Kahina winselte, die Falken schrien alarmiert. Nur der Affe sah irgendwie zufrieden aus. Aber der schien ja eh nicht ganz richtig im Kopf zu sein.

»Ein Sandsturm!«, schrie jetzt auch Pablo. »Wir müssen irgendwo Schutz suchen. Maria, Mario, zu mir!«

Diesem plötzlichen Befehlston hätte wahrscheinlich sogar ein Sultan gehorcht. Oder ein Dschinn!

Das bewunderte ich an Pablo. Wenn es drauf ankam, war er voll da. Nicht so wie der Rest von uns, der auf den nervös trippelnden und blökenden Kamelen eine ziemlich klägliche Figur machte.

Teresa riss ihr Kamel herum und ritt zu Pablo. »Was machen wir jetzt?«, rief sie und wirkte das erste Mal überhaupt unsicher.

Die Wand kam näher. Und mit ihr ein fürchterliches Brausen. So sah also ein Sandsturm aus? Ich hatte mir die immer hübscher vorgestellt. Ungefährlicher.

»Wir sollten zurückreiten. Wir müssen irgendwo Zuflucht suchen, wo uns der Sturm nicht trifft.«

Sie sah ihn an, als hätte er vorgeschlagen, auf Liegestühlen zu warten, bis der Sturm uns erreicht hatte. »Sei nicht albern, Pablo. Du weißt genauso gut wie ich, dass das unser sicherer Tod wäre. Wir können dem Sturm nicht entkommen.«

Mich erstaunte es ja selbst, aber ich sah das genauso.

»Und was schlägst du vor?«, gab er durch zusammengepresste Lippen zurück. »Doch nicht etwa …«

»Nur weil ein paar abergläubische Nomaden dir etwas von einem bösen Flaschengeist erzählen, muss das doch noch lange nicht stimmen. In den Hügeln gibt es Höhlen, in denen wir uns verstecken könnten. Überleben könnten.«

Also, ich hoffte jetzt einfach mal, dass sie ein wenig übertrieb. Andererseits sah dieser Sandsturm schon ziemlich fies aus. Und vor allem klang er fies, das Tosen wurde immer lauter. Waren wir wirklich in Lebensgefahr?

Pablo sah aus, als würde er gleich explodieren. »Meine Eltern waren auch ›abergläubische Nomaden‹«, gab er gefährlich leise zurück. »Und was du für einen lustigen Flaschengeist hältst, ist ein Schrecken, den du dir nicht ausmalen kannst. Meine Mutter, sie …« Er verstummte und atmete schwer. »Ach vergiss es«, spuckte er dann aus. »Du hast echt keine Ahnung.«

»Pablo, ich …«, begann Teresa, doch sie kam nicht weit.

»Wie dem auch sei«, traute sich Esteban zu unterbrechen und ritt mit erhobenem Zeigefinger zwischen die beiden Streithähne. »Hierbleiben erscheint mir in Anbetracht dieses Sturmes die schlechteste aller Optionen.«

Pablo nickte ein paarmal, um sich zu beruhigen. »Du hast völlig recht.« Er blickte um sich. Zu uns, zum heranrasenden Sturm, zu den sehr nahen Bergen. Überlegte. »Verdammt, was soll's«, rief er dann und ritt los. »Wir reiten zu den Hügeln!«

Wir trieben die Kamele zur Eile an. War aber eigentlich gar nicht nötig: Auch sie hatten in ihrer endlosen Gelassenheit kapiert, dass das, was da auf uns zukam, gar nicht gut war. Sie trabten, was die Hufe hergaben.

»Das ist kein normaler Sandsturm«, rief Pablo über das Rauschen hinweg. »Das ist Mistrals Werk!«

»Wie konnte er uns nur so schnell finden?«, fragte Mario atemlos. Er saß hinter Maria auf dem Kamel und klammerte sich verzweifelt an ihr fest.

Niemand antwortete. Als wir die ersten Ausläufer der Berge erreichten, Felsen und kleinere Hügel, war der Sandsturm so laut geworden, dass wir uns nicht mehr verständigen konnten.

Wenn das Mistral war, dann hatte er irgendwie herausgefunden, wo wir uns herumtrieben. Oder war er am Ende mir die ganze Zeit gefolgt? Hatte ich ihn auf unsere Fährte geführt?

Sandkörner wehten um uns herum wie lästige kleine Fliegen. Sie umkreisten uns beinahe in Zeitlupe. Ja, spätestens jetzt hätte auch ich gemerkt, dass das kein normaler Sandsturm war.

Immer wieder wehte mir auch ein frischer, beruhigender Hauch um die Nase, doch gegen diesen Sturm kamen wohl selbst die guten Winde der Wüste nicht an.

Ich ritt so nah wie möglich an Pablo heran. Mittlerweile klappte das mit dem Reiten ziemlich gut, mein Kamel und ich hatten uns offensichtlich aneinander gewöhnt. Oder miteinander abgefunden. »Was passiert, wenn uns der Sturm erreicht?«, fragte ich gerade laut genug, damit nur er es hörte.

Der Wüstenluchs sprang zwischen den Beinen der Kamele hindurch und bellte leise. Er schien sehr aufgeregt.

Pablo beugte sich von seinem Kamel herab und streckte seine Hand nach dem Luchs aus. »Ruhig, Kahina.« Sie trottete heran und schleckte ihm die Hand. Was für ein prächtiges Tier sie war! »Schon ein normaler Sandsturm ist eine üble Sache«, gab er zurück. Er hatte seinen Turban so eng gebunden, dass nur noch ein kleiner Schlitz seine Augen zu erkennen gab, Mund und Nase waren komplett umwickelt. Das sollte ich wohl besser auch tun. »Aber das hier …« Er blickte wieder nach hinten und ich folgte seinem Blick.

Jetzt erkannte ich diese schreckliche längliche Wolke. Mein Magen zog sich zusammen. Mistral! Er hatte uns fast erreicht. Ich konnte ihn fühlen und meine Haare stellten sich zu Berge.

»Das hier ist übler. Viel übler. Wenn ich du wäre, würde ich meinem Kamel schnell einen Namen geben. Könnte die letzte Gelegenheit sein.«

Sollte das ein Scherz sein? Aber welcher Wahnsinnige würde in einer solchen Situation scherzen? Andererseits hatte mein Kamel wirklich noch keinen Namen. »Los, Santiago«, flüsterte ich und tätschelte seinen Hals. War nur so eine Eingebung, doch dem Kamel schien es zu gefallen. Es beschleunigte und zog an Pablo vorbei.

»Gute Wahl!«, schrie Pablo, machte ein klickendes Geräusch mit der Zunge und sein Kamel beschleunigte ebenfalls.

Am Ende half alles nichts. Der Sandsturm holte uns ein. Um uns herum toste und wütete es, Sandkörner prasselten jetzt mörderisch schnell auf uns nieder wie spitze kleine Hagelkörner. Sie zerfetzten unsere Tücher und Hosen, kratzten uns die Hände auf. Richtig unangenehm wurde es aber erst durch dieses grässlich laute Tosen. Es klang wie das Ende der Welt.

Als riesige Felsbrocken von den Hängen links und rechts neben dem kleinen Pfad auf uns herabstürzten, war ich überzeugt davon, dass es wahrscheinlich nicht nur so klang. Dass die Felsen uns erschlagen und der Sturm uns verschlucken würde, bis nur noch Skelette von uns übrig waren.

Ich wartete regelrecht darauf, dass mein Leben an mir vorüberzog, um mir zu zeigen, dass es bislang noch nicht so der Hit gewesen war.

Dann tauchte plötzlich Teresa zwischen zwei Felsen auf wie ein Geist. »Schnell, folgt mir!«, schrie sie und war schon wieder in den Schatten verschwunden. »Aber runter von den Kamelen!«

Wir handelten, ohne zu überlegen. Sobald wir mit unserem Gepäck von den Kamelen abgestiegen waren, machten sich die armen Tiere laut blökend aus dem Staub.

»Was passiert jetzt mit ihnen?«, fragte Maria.

Pablo schulterte seinen Rucksack. »Mach dir um die keine Sorgen. Dieser Sturm hat es nicht auf sie abgesehen.«

Ich glaubte immer noch nicht daran, dass wir dem Sturm oder den Felsbrocken entgehen würden, als wir ihr folgten. Ein enger Pfad führte zu einer Ruine und dann weiter zu einer großen Höhle. Überall waren die Reste von Säulen und Gebäuden zu erkennen. Wir hasteten weiter, ohne darauf zu achten, wohin uns Teresa führte.

Kahina stellte sich uns in den Weg, doch in unserer Panik achteten wir nicht darauf. Leider.

Selbst als wir in einer großen Höhle landeten, die von brennenden Fackeln erleuchtet wurde und das Fauchen des Sturmes dämpfte, dachte ich noch, dass uns der Sturm erwischen würde.

Dann kehrte urplötzlich eine Totenstille ein. Kein Wind, keine Felsen.

Und schließlich Marias zaghafte Stimme. »Ist es vorbei?«

Ein leises Echo ertönte.

Pablo schaute sich so ungläubig um, wie ich mich fühlte. »Ich … ich denke schon. Teresa, wie …«

Dann merkten wir es. Nicht nur Kahina und die Falken fehlten. Auch Teresa war nirgendwo zu sehen. Wir ließen die Höhle auf uns wirken. Sie war mindestens fünf Meter hoch und doppelt so breit. Aber halt … das war keine normale Höhle.

»Das ist ein Grabmal«, stellte Esteban mit belegter Stimme fest, nachdem er seine Brille geputzt hatte.

Und er hatte recht: Im Dämmerlicht erkannte ich dicke Säulen aus grobem Stein, verwitterte Gemälde, jede Menge Särge. Wer hier wohl begraben lag?

»Und nicht nur eines«, gab Pablo dunkel zurück. Er zeigte in eine Richtung. Weiter hinten zweigte ein dunkler Gang ab. Doch den hatte Teresa wohl kaum genommen.

Irgendwas grollte in der Tiefe des Gesteins. Oder doch?

Mit einem Mal ertönte ein fürchterliches Poltern und eine dichte Staubwolke vernebelte uns die Sicht. Als sich der Staub gelegt hatte, sahen wir es.

Der Höhleneingang war mit großen Steinen verschüttet.

»Teresa?«, riefen wir alle und untersuchten die Höhle. »Wo steckst du?«

Wie auf ein geheimes Zeichen erloschen die Fackeln und wir wussten, dass wir in Schwierigkeiten waren.

Doch erst als von allen Seiten dieses schreckliche Gelächter ertönte, wurde mir klar, wie groß diese Schwierigkeiten waren.

25

Wir essen Hamburger bei einem Dschinn

Von allen Seiten der dunklen Höhle hallte das Gelächter wider.

»Bleibt zusammen«, hörte ich Pablos Stimme und fühlte kurz darauf seine Hand an meiner.

Wir tasteten blind nach den anderen, fanden sie und stellten uns mit dem Rücken zueinander auf. Viel würde es nicht bringen, aber es gab wenigstens ein bisschen Zuversicht.

»Kahina, bist du da?«, zischte Pablo in die Dunkelheit, doch nur die Stille antwortete.

Esteban fluchte leise vor sich hin, Mario wimmerte.

»Schsch«, machte Pablo beruhigend. »Nicht ausflippen. Egal, was passiert, okay?«

»Das sagst du so leicht«, jammerte Esteban. »Wir befinden uns in einem Grabmal. Mit einem Dschinn. Da flippen die Leute selbst im Märchen aus!«

»Dieser Dschinn, von dem du vorhin gesprochen hast?«, fragte ich ungläubig und starrte in die Dunkelheit vor mir. Ich musste nichts sehen, um zu wissen, dass Pablo langsam nickte. »Ernsthaft?«

»Ernsthaft.«

Das wahnsinnige Lachen erstarb und schwoll wieder an. In einem Moment dachten wir, dass sich gleich jemand auf uns stürzen würde, im nächsten glaubten wir fast, dass er verschwand. Die reinste Folter!

Ein Geräusch wie von schnippenden Fingern ertönte. Dann erwachten die Flammen zischend wieder zum Leben. Und da, direkt vor uns, auf einem der Särge, saß der Dschinn.

»Na, was haltet ihr von meinem höchst wahnsinnigen Gelächter?«, fragte er und blickte auf seine langen Fingernägel. »Übe ich schon seit einem halben Jahrtausend.«

»Nicht antworten«, raunte Pablo.

Hätte ich eh nicht gemacht. Sprechen war gerade keine Option. Ich versuchte erst mal zu verarbeiten, was da vor uns saß. Der Dschinn war weder besonders groß, noch sah er besonders bösartig aus. Gut, das war bei einem Pfeilgiftfrosch auch so, aber nach diesem Auftritt hätte ich schon etwas Spektakuläreres erwartet. Er hatte ein längliches Gesicht, aus dem uns zwei Äuglein ziemlich hinterlistig anblickten. Er sah so aus wie jemand, der bei jedem Spiel schummelte. Sein Körper war ebenso dünn wie sein Schnurrbart und er trug einen riesigen Turban. Außerdem war er … rot. Feuerrot. Und bis auf einen Lendenschurz, ausgelatschte Sandalen und ein rundes Amulett um seinen Hals komplett nackt.

Der Dschinn legte den Kopf schief und beobachtete Pablo wie ein Insekt unter dem Mikroskop. »Spielverderber. Stört erst meinen tausendjährigen Schlaf und will dann nicht mal mit mir plaudern.« Er hüpfte von dem Sarg hinunter und kam langsam auf uns zu.

»Bist du wirklich ein Dschinn?«, fragte Mario und ich konnte hören, wie Pablo scharf die Luft einzog.

»Und was für einer, mein lieber Mario«, säuselte der Dschinn.

»Woher kennst du meinen Namen?«

»Oh, ich weiß alles über euch. Ich weiß, wie ihr heißt, ich weiß, was ihr seid, und ich weiß, wo ihr hinwollt.«

»Dann lass uns gehen!«, befahl Pablo.

Mit einem Mal war seine Stimme hart. »Nanana, wo sind denn deine

Manieren, Wüstenjunge? Hat dir dein Vater nicht beigebracht, die Wüste und all das, was in ihr lebt, zu ehren?«

Pablos Stimme zitterte, als er antwortete. »Er hat mir auch beigebracht, Giftschlangen zu meiden.«

Der Dschinn zischte und für einen kurzen Moment verzog sich sein Gesicht zu einer bösen Fratze. Eine kleine Rauchwolke kräuselte sich über seinem Kopf. Das alles war so schnell wieder vorbei, dass ich gar nicht sicher war, ob es wirklich passiert war. Nur der Geruch nach etwas Verbranntem hing noch eine Weile in der Luft.

Er kehrte uns den Rücken zu und schnalzte pikiert mit der Zunge. »Ich weiß noch was«, gab er bockig zurück, ohne sich zu uns umzudrehen. »Ihr werdet die Kathedrale niemals erreichen.«

Als er an den Gräbern vorbeilief, fuhr er mit seinen langen Fingern regelrecht liebevoll über den Stein. »Ich hab diese Grabstätte immer gemocht, wisst ihr.« Seine Stimme hatte einen träumerischen Klang angenommen. »Sie ist so ...« Er streckte sich und gähnte hingebungsvoll. »So gemütlich.«

Hm. Verwundert stellte ich fest, dass er recht hatte. Ja, wenn man es genau nahm, war diese Grabstätte sogar extrem gemütlich. Ich gähnte und rieb mir die Augen. Du meine Güte, was war ich mit einem Mal müde. Ein kleines Schläfchen wäre jetzt genau das Richtige.

Auch der Dschinn gähnte wieder. »Aber wahrscheinlich habe ich einfach noch nicht genug geschlafen.«

Ich wandte mich um und sah, wie auch Mario und Maria gähnten. Esteban saß auf dem Boden und schaute verträumt ins Nichts, Pablo schüttelte den Kopf, als könne er irgendwas nicht verstehen.

»Erfüllst du auch Wünsche?«, fragte Maria. Ziemlich berechtigte Frage, fand ich. Wieso war ich nicht darauf gekommen?

Der Dschinn stand so plötzlich wieder vor uns, als habe er sich hergebeamt. »Ich dachte schon, du fragst nie, Maria«, flötete er und Marias Lippen verzogen sich zu einem breiten Grinsen. »Aber natürlich. Nichts lieber als das.« Er deutete eine Verbeugung an. »Na los, raus damit. Ich stehe zu Diensten.« Er hob die Hand. »Aber jeder nur ein Wunsch. Ich bin hundemüde, wisst ihr. Tausend Jahre Schlaf sind kein Pappenstiel.«

Maria nickte vergnügt.

Irgendwas in mir schrie auf, doch ich wusste nicht, warum. So schlimm wie Pablo gesagt hatte, war dieser Dschinn gar nicht, oder? Eigentlich fand ich ihn sogar ziemlich nett. Und total lustig.

»Lass … lass sie in Ruhe«, brachte Pablo mühsam zwischen einem heftigen Gähnen hervor. Er wedelte unkoordiniert mit den Armen und stolperte in Marias Richtung. »Geh bloß weg von ihr.«

Warum war er denn nur so fies zu diesem Dschinn? Er hatte uns doch gar nichts getan.

Der Dschinn verzog das Gesicht und äffte Pablo nach. »Lass sie in Ruhe, lass sie in Ruhe«, machte er seine Stimme so täuschend echt nach, dass ich lachen musste. Dann schnellte sein Kopf wieder zu Maria. Irgendwie sah er gierig aus, aber vielleicht war das auch nur das Licht. Ja, bestimmt war es nur das Licht. »Also, junge Dame. Ich höre.«

Mario flüsterte ihr etwas ins Ohr und Maria klatschte in die Hände. »Au ja, au ja. Also, wir wollen Hamburger und Milchshakes. Und zwar so viele, bis wir umkippen!«

Der Dschinn kreischte vor Vergnügen, klatschte ein paarmal in die Hände und schnippte mit dem Finger. Plötzlich roch ich Hamburger. Wie ein edler Kellner verbeugte er sich und zeigte zu einem der Särge, auf dem sich jetzt ein Tablett voll verführerischem Fast Food aufgebaut hatte. »Es ist angerichtet«, sagte er mit feierlicher Stimme.

»Rührt … rührt das nicht an«, keuchte Pablo dazwischen. Er hatte Mühe, sich auf den Beinen zu halten. Wahrscheinlich war er auch einfach so müde wie ich. Mein Kopf war schwer und mir schien, als surre es in der Luft. Ich schloss die Augen für einen kurzen Moment und hatte Schwierigkeiten, sie wieder zu öffnen. Meine Lider fühlten sich an, als wären sie verklebt.

Wir sollten uns alle hinlegen.

»Wir sollten uns alle hinlegen!«

»Ausgezeichnete Idee«, jubelte der Dschinn. Äh. Hatte ich das gerade etwa laut gesagt? Es fiel mir immer schwerer, einen klaren Gedanken zu fassen. Ich glaube, so müde war ich in meinem ganzen Leben noch nicht gewesen. In meinem Kopf war nur Sirup, der alle klaren Gedanken in klebrige Masse tauchte. Ich schlug mir ein paarmal auf die Wangen, aber es wurde nur schlimmer.

»Nein!« Pablo schüttelte wieder und wieder den Kopf. Ich sah es wie in Zeitlupe. »Hört nicht auf ihn!«

»Dir brenne ich gleich deine Augen aus deinem hübschen Kopf, wenn du noch einmal Widerrede gibst.«

Was, woher kamen diese Worte? Hatte das der Dschinn gerade gesagt? Ach, ich konnte es mir nicht vorstellen. Er lächelte doch sogar.

Wieder schloss ich kurz die Augen. Als ich sie mühsam öffnete, waren Maria und Mario in einen der Särge gekrochen, die sich auf einmal geöffnet hatten, und machten sich über die Hamburger her. Mensch, sahen die gut aus. Wann hatte ich eigentlich das letzte Mal was gegessen?

Der Dschinn strich um Esteban herum, der immer noch im Schneidersitz auf dem Boden saß und lächelte wie ein uralter Mönch irgendwo weit oben im Himalaya. »Und was begehrt der geniale Esteban von mir?«, fragte er mit einer süßlichen Stimme. Wieder spürte ich irgendwas in mir, aber ich hatte längst aufgegeben, darauf zu hören. Es war auch so schon schwer genug, nicht im Stehen einzuschlafen. »Esteban, das Hirn dieser Unternehmung.«

»Ein Kissen«, sagte er träge. »Einfach nur ein Kissen.«

Auf dem Sarg daneben erschien das gemütlichste und größte Kissen, das ich je gesehen hatte. »Oh ja«, grunzte Esteban und kroch auf allen vieren darauf zu.

Pablo sah mich an wie jemanden, den er gerade noch gekannt hatte und dennoch gerade zum ersten Mal sah.

»Jetzt zu dir.« Seltsam, immer wenn der Dschinn mit Pablo sprach, klang seine Stimme ganz anders. Irgendwie wie ein knurrender Hund.

Pablo wich zu den Särgen zurück, doch der Dschinn folgte ihm. »Ich kann mir schon denken, was du dir wünschst. Aber du wirst sie nie zurückbekommen. Die Wüste hat sie verschluckt. Meine Brüder haben sie verschluckt, so wie ich jetzt dich verschlucken werde.«

Das klang jetzt aber gar nicht gut. Für einen kurzen Moment beobachtete ich fasziniert einen schwarz schimmernden Käfer, der vor mir über den Boden krabbelte. Als ich wieder aufsah, fehlte von Pablo, Esteban und den Zwillingen jede Spur. Gerade schob der Dschinn eine dicke Steinplatte über einen der Särge und tätschelte dreimal kurz mit der Hand darauf. »Süße Träume«, zischte er und kicherte.

Dann kam er wieder auf mich zu. Mein Nacken kribbelte. »Lola, Lola, Kind des Windes«, stimmte er einen Singsang an und ließ mich nicht aus den Augen. Er durchbohrte mich mit Blicken. »Die, deren Macht größer ist, als sie sein dürfte. Die, die ihm wirklich gefährlich werden könnte.« Seine Stimme wurde mit einem Mal tiefer und er streckte eine lange Hand nach mir aus. Ich war unfähig, mich zu bewegen. Als würden meine Füße in Sirup stecken. Er senkte die Stimme auf ein gruseliges Brummen. »Die, die die Wüste niemals lebend verlassen darf.«

Hinter ihm knirschte es und ein weiterer Sarg öffnete sich. Ein fauliger Hauch kroch daraus hervor.

Das war mein Sarg.

Von irgendwo zog ein wunderbar kühler Lufthauch an mir vorbei. Als ich ihn spürte, hob sich die bleierne Schwere und ein Bild flackerte vor mir auf.

Der Dschinn wand sich kreischend am Boden, auf seinem Gesicht etwas, das verdächtig nach meinem alten Hoodie aussah.

Dann war das Bild wieder verschwunden.

»Schlafenszeit«, säuselte der Dschinn und streckte seine Hand nach mir aus.

Es fiel mir immer noch schwer, einen klaren Gedanken zu fassen, doch ich streckte meine Arme aus und berührte ihn mit meinem Pulli.

Im ersten Moment kam ich mir einfach nur dämlich vor. Da zuckte er zurück, als hätte er sich verbrannt. Er schaute zuerst verwundert auf meine Hand, dann zu mir, dann auf seine Hand. Dann nieste er so laut, dass ich vor Schreck fast umfiel.

Mit einem Mal war ich wach. Mit einem Mal war diese bleierne Schwere weg, war die Müdigkeit verflogen. Ich blickte mich hastig in dem Grabmal um. Was war gerade geschehen? Und wo waren die anderen?

Wieder nieste der Dschinn.

Meine Erinnerungen waren nur sehr bruchstückhaft – und das, was noch da war, floss sehr schnell in den Abfluss. Dahinten, die verschlossenen Särge! Wie konnte ich nur geglaubt haben, er wäre nett?

Knurrend ging der Dschinn vor mir in die Hocke und blickte mich aus zwei funkelnden Augen an. Aus seinen Ohren rauchte es! »Du Hexe!«, spuckte er aus. »Was hast du mit mir gemacht?«

Wieder ein kolossales Niesen.

Ich wusste nicht, was gerade eben passiert war. War wahrscheinlich besser, ich würde mir das nicht anmerken lassen. Ich machte mir zwar fast in die Hose, ging aber dennoch einen Schritt auf ihn zu. Er wich zurück. Wieder spürte ich diesen Hauch der Geborgenheit. Der Wind fand eben immer eine Öffnung. Selbst in ein unterirdisches Grab.

Ich war nicht mehr allein.

»Lass sie frei«, sagte ich mit möglichst fester Stimme.

Er verzog die Lippen zu einem Grinsen voller spitzer Zähne. »Sonst was?«

»Sonst werde ich es wieder tun.«

Wirklich selbstsicher hatte das nicht geklungen. Sah der Dschinn ganz ähnlich. »Glaub ich dir nicht«, knurrte er. Dann stürzte er sich auf mich.

Doch ehe mir der Dschinn irgendeinen ernsthaften Schaden zufügen konnte, prallte er zurück und rieb sich wie verrückt über Körper, Gesicht und sogar über seine lange Zunge, als wäre er voller Insekten. Er schrie wie am Spieß und hüpfte herum, dann nieste er gleich mehrmals nacheinander und qualmte.

Vollkommen baff blickte ich auf meine Hände und dann an mir herab. Da dämmerte es mir. Mein Pulli war voller Katzenhaare. Er war aus einem Stoff, der Haare wie magnetisch anzog.

Ziemlich verrückt, aber dieser Dschinn hatte eine Katzenhaarallergie!

Er wand sich auf dem Boden, würgte, spuckte und nieste wie jemand mit Heuschnupfen auf einer blühenden Wiese. Das war meine Chance! Ich sprang auf, rannte zu den Särgen und versuchte, die Steinplatten zur Seite zu schieben.

Nichts. Sie bewegten sich keinen Millimeter. Früher hätte ich wahrscheinlich einfach aufgegeben. Wäre einfach die Wand des Steinsargs runtergerutscht und voller Selbstmitleid auf dem Boden liegen geblieben, bis sich der Dschinn von den Katzenhaaren erholt hätte.

Aber ich war nicht auf einem Pferd vor einem Schwarm Geier geflohen, war nicht um ein Haar auf der Straße von Gibraltar gekentert und nicht auf einem Kamel durch die Wüste geritten, um jetzt aufzugeben.

Ich zog mir kurz entschlossen den Pulli aus und warf ihn dem jaulenden Dschinn direkt ins Gesicht.

Mit geschlossenen Augen fasste ich die erste Steinplatte an, atmete tief durch, horchte auf den Wind in mir. Und drückte mit aller Kraft gegen den Stein. Zunächst passierte nichts. Dann knirschte es. Zentimeter um Zentimeter bewegte sich die Steinplatte. Pablos vollkommen ratloses Gesicht kam darunter zum Vorschein.

»Was …?«

Ich winkte ab und half ihm aus dem Sarg heraus. »Keine Zeit für Erklärungen«, meinte ich und zeigte auf den wild niesenden und rotzenden Dschinn hinter uns.

Pablo machte große Augen, sparte sich aber weitere Fragen. Gemeinsam öffneten wir die anderen Särge, befreiten zunächst Esteban und zogen dann Maria und Mario zwischen matschigen Hamburger-Resten hervor.

Eine Zeit lang blickten wir alle stumm auf den zappelnden und niesenden Dschinn.

»Oookay«, sagte Esteban langsam. »Ich glaube, ich will gar nicht wissen, was hier passiert ist.«

»Willst du echt nicht. Also, wie kommen wir jetzt hier raus? Ich denke, es ist Zeit, Abschied von unserem Freund hier zu nehmen.«

Maria sprach das aus, was wir alle dachten. »Und Teresa?«

»Sie ist in keinem der Särge«, erwiderte ich.

»Vielleicht ist sie ja entkommen. Los.«

Ich schaute mich fragend in der Höhle um, als von irgendwo ein Jaulen ertönte.

»Kahina, da bist du ja!«, rief Pablo. »Gutes Mädchen.« Pablo deutete auf den dunklen Tunnel. »Sie hat einen Weg nach draußen gefunden!« Er nahm eine Fackel von der Wand und reichte sie weiter. »Schnell, für jeden eine. Rucksäcke auf und dann nichts wie raus hier!«

26

Älter als die Zeit

Begleitet von den erbärmlichen Schreien des Dschinn stürzten wir Hals über Kopf in den dunklen Gang. Unsere Fackeln zeichneten wild tanzende Schatten an die Steinwände, hin und wieder erleuchteten sie Schädel und andere Knochen. Längst nicht alle stammten von Tieren, das erkannte sogar ich mit meinen miesen Biologie-Kenntnissen. Leider.

»Kann mir mal einer sagen, was das war?«, rief ich, während wir atemlos bergauf hasteten.

»Ein Dschinn«, gab Pablo nur zurück, als würde das reichen. Seine Miene hatte sich verdüstert, seit er wieder zu sich gekommen war. »Ich hätte es wissen müssen und war trotzdem nicht auf seine miesen Tricks vorbereitet.«

Maria hatte sich beneidenswert schnell von dieser Sache erholt. »Ist ja noch mal gut gegangen«, meinte sie bloß. »Und es gab was zu essen.« Damit war es für sie erledigt.

Mario hatte es nicht so gut verkraftet. Er wirkte immer noch wie weggetreten und machte wie hypnotisiert schmatzende Kaubewegungen.

Esteban lief ganz hinten. Er murmelte Dinge wie »äußerst besorgniserregend« oder »höchst unwahrscheinlich«, schien sonst aber okay. Aber bei ihm wusste man irgendwie nie, was in seinem Kopf gerade so vor sich ging.

Wir rannten durch die Dunkelheit, jeden Moment darauf gefasst, die bucklige Gestalt des Dschinn aus dem Nichts vor uns auftauchen zu sehen. Doch sie kam nicht, auch ihr Gezeter war kaum noch zu hören. Stattdessen zweigten sich überall kleine Seitengänge ab. Immer, wenn wir nicht wussten, welchen wir nehmen sollten, tauchte Kahina aus der Dunkelheit vor uns auf und wies uns bellend den Weg. Treue Kahina! Ein besseres Totemtier konnte man sich ja wohl kaum wünschen!

Irgendwann wurde der Pfad breiter, aber auch holpriger. Es war ziemlich rutschig.

Pablo drehte sich zu uns um. »Bleibt auf dem Weg. Diese Höhlen sind tückisch«, rief er uns warnend über die Schulter zu. Und wäre dann um ein Haar selbst in die Tiefe gestürzt.

Ich wusste nicht, wie das so schnell passieren konnte, doch er taumelte mit rudernden Armen über einem Abgrund, der urplötzlich vor uns aufklaffte.

War der gerade auch schon dagewesen?

Esteban reagierte am schnellsten. Er schoss nach vorne, packte Pablo am Arm und zog ihn von der Kante weg. Ehrlich, seit ich ihn kannte, hatte er sich noch nie so schnell bewegt. Atemlos blieben sie am Boden liegen. Mit klopfendem Herzen trat ich an den Rand des Abgrunds und leuchtete mit meiner Fackel nach unten. Sie flackerte in einem muffigen Windhauch, der aus der schwarzen Tiefe emporstieg.

»Weg da«, keuchte Pablo, der noch immer japsend am Boden lag. »Wer weiß, was da unten ist. Scheuche es nicht durch das Licht auf.«

Er hatte die Worte kaum ausgesprochen, als ein tosendes Geräusch ertönte. Ich konnte gerade noch vom Abgrund wegspringen, bevor ein gewaltiger Fledermausschwarm aus der Tiefe emporschoss und panisch um unsere Fackeln flatterte.

»Runter!«, brüllte Pablo, aber das war gar nicht nötig. Längst lagen wir alle auf dem steinigen Boden des Ganges und hielten uns die Hände über den Kopf. »Das sind vielleicht Späher.«

Stumm eilten wir weiter.

Mehr als einmal war ich fast sicher, das Gesicht dieses unangenehmen Affen über mir in der Dunkelheit auftauchen zu sehen. Wahrscheinlich spielte mir meine Fantasie einfach einen Streich.

Die Felsbrocken, die nur wenige Zentimeter vor uns auf den Boden krachten, waren dann aber sehr real. Wieder war Kahina zur Stelle. Sie schoss aus dem Nichts zwischen Pablos Beine und brachte ihn gerade noch zum Stehen, ehe er direkt in diese Lawine lief.

Ich hätte schwören können, frustriertes Meckern zu hören, als sich das Gepolter gelegt hatte, für Nachforschungen blieb allerdings keine Zeit. Hoffentlich war es nicht der Dschinn.

»Danke, Kahina«, flüsterte Pablo, doch der tapfere Luchs war schon wieder vorausgeeilt. Wir tauschten kurz einen Blick, versicherten uns, dass es allen gut ging, klopften uns den Staub von den Klamotten und eilten weiter, immer weiter, bis wir einen Luftzug auf unseren Wangen fühlten.

»Da vorn!«, rief Pablo, der vorauslief. »Ich glaube, ich sehe Licht.«

Wir beschleunigten alle, bis uns die Lungen brannten. Raus, wir wollten nur noch raus aus dieser fürchterlichen Höhle. Um Haaresbreite wären wir alle lebendig begraben worden. Mich überlief es auch jetzt noch eiskalt.

Pablo hob die Hand und bedeutete uns, anzuhalten. Jetzt konnten wir alle das Tageslicht weiter vorn erkennen. »Leise«, mahnte er mit strengem Blick. »Wir wissen nicht, was uns draußen erwartet.«

Es fiel schwer, nicht einfach loszurennen. Ich hatte das Gefühl, seit Tagen keine frische Luft mehr geatmet zu haben. Doch Pablo gab das Tempo vor. Und das bewegte sich eher so im Bereich Schnecke.

Mario zog Pablo am Ärmel. »Was soll denn da draußen sein?«

»Weiß ich nicht. Das macht mich ja so unruhig. Vielleicht irre ich mich, aber das fühlt sich alles irgendwie nicht richtig an.«

»Nicht richtig?«, fragte ich.

»Der Dschinn wusste so viel über uns. Zu viel, würde ich sagen. Normalerweise interessieren sich die Wüstengeister nicht für diese Dinge. Außerdem hat er uns nicht verfolgt. Und dann Teresas Verschwinden …«

Maria hob sich die Hand vor den Mund und machte große Augen. »Vielleicht hat sie der Dschinn erwischt?«

»Nein.« Pablo schüttelte den Kopf und machte eine finstere Miene. »Da waren nur vier Särge. Außerdem hab ich Fußspuren am Anfang dieses Tunnels gesehen. Könnten ihre gewesen sein.«

»Aber wieso hat sie nicht gewartet?«

Wir hatten das Ende des Tunnels erreicht und blickten in den gleißend hellen Tag.

Pablo lächelte gequält. »Wenn ich das wüsste.«

Eine Weile standen wir einfach nur so in der untergehenden Wüstensonne und genossen den warmen Wind auf unseren Gesichtern. Gott, wie ich dieses Gefühl vermisst hatte!

Von dem Sandsturm fehlte jede Spur. Von Teresa auch.

Wie viel Zeit wohl in dieser Höhle vergangen war? Wir befanden uns auf einer kleinen Hügelkuppe, ein ganzes Stück von den Ruinen des Grabmals entfernt. Alles schien ruhig, bis …

Da war es wieder, das Sausen und Brausen. Wie aus dem Nichts schwärmten die Fledermäuse aus. Hunderte, nein, Tausende von ihnen schossen aus einer engen Felsspalte hervor.

Pablo schluckte. »Oh oh«, machte er dann.

Ein Donner ließ die Erde erzittern. »Runter«, zischte er und wir kauerten uns schnell hinter einige Felsen.

Ich spähte durch eine Lücke hindurch. Atemlos sah ich dabei zu, wie der Hügel über dem verfluchten Grabmal einfach so entzweibrach, als wäre er aus Zucker. Als sich das Getöse und der Staub etwas gelegt hatten, kroch der Dschinn aus der Erde an die Oberfläche wie eine Echse. Er war mindestens fünfmal so groß wie vorher. Und seinem Gebrüll nach zu urteilen auch fünfmal so wütend.

»Windkinder!«, fauchte er. »Windkinder!« Dann schoss eine Rauchsäule aus seinem Mund in den Himmel.

Ich senkte meine Stimme auf ein Flüstern. »Was macht er da? Pablo?«

Pablo reagierte nicht. Er sah mit großen Augen zu, wie der Dschinn diese gewaltige Rauchsäule ausspuckte. Sie sah aus wie von einem Vulkan.

»Windkinder!« Wieder und wieder wiederholte er es, bis Pablo langsam aufstand und den Kopf schüttelte.

»Er ruft jemanden«, sagte er mit belegter Stimme.

Wir sahen beklommen zu, bis Esteban langsam seinen Arm ausstreckte und mit einem zitternden Finger in die Ferne zeigte.

Pablo legte ihm beruhigend die Hand auf den Arm. »Keine Sorge, Esteban. Ein Dschinn kann sein Grab nicht verlassen.«

Esteban schüttelte nur stumm den Kopf. »Da.«

Zunächst erwartete ich, wieder diesen Sturm auf uns zurasen zu sehen.

»Wir bekommen Gesellschaft«, raunte Pablo und sprang auf.

Geier. Ein Haufen kleiner Punkte ergoss sich über die Dünen in der Ferne. Und Windhunde, kein Zweifel!

Der Dschinn hatte sich zu seiner ganzen schrecklichen Größe aufgerichtet und zeigte auf uns.

»Er lockt sie zu uns!«, schrie Esteban und nestelte alarmiert an seiner Brille herum, wie er es immer tat, wenn er angespannt war. »Wir müssen weg!«

Pablo stand auf einem Felsen, die Arme hingen schlaff an den Seiten herab. »Das … das kann nicht sein«, stammelte er und schüttelte den Kopf, als wäre er immer noch in Trance. »Das ist unmöglich.«

»Ist es nicht«, sagte ich möglichst laut und deutlich. »Pablo, wir müssen weg!«

Pablo sah vollkommen fassungslos aus. Wie verzaubert glotzte er den Dschinn an. »Die Wüste ist älter als die Zeit. Sie steht auf keiner Seite. Nicht auf unserer, nicht auf seiner. Sie ist ihre eigene Seite. Sie ist …«

Der Dschinn begann sich zu drehen, als würde er einen grausamen Tanz aufführen. Erst langsam, dann wirbelte er schneller und schneller um die eigene Achse. Er sah aus wie ein wahnsinniger Derwisch, der mehr und mehr hinter einem Schleier aus Sand verschwand.

Jetzt versuchte es Esteban wieder. Er rüttelte sanft an Pablos Schulter. »Sieht nicht so aus, Mann. Komm, wir müssen abhauen!«

Pablo reagierte nicht. Die Geier rauschten heran, die Windhunde wurden wie eine böse Welle über die nächste Düne gespült. Und der Dschinn bohrte sich wie ein Kreisel in die Erde. Ich stand noch eine ganze Weile wie versteinert da, bis es im Boden dumpf rumorte, als würde man bei Musik den Bass maximal aufdrehen. So wie Onkel Carlo in seinem Cabrio.

Dann merkte ich es. Der Sand gab unter unseren Füßen nach. Der Wüstenboden wurde zu einem Trichter, in dessen Zentrum der Dschinn wirbelte wie ein Besessener. Und wir würden gleich direkt vor seinen Füßen landen, wenn wir nicht etwas unternahmen.

»Pablo«, schrie ich jetzt ziemlich verzweifelt. Nichts, keine Reaktion.

Erst als Maria ihm beherzt gegen das Schienbein trat, kam Pablo endlich zu sich.

Er blinzelte ein paarmal, stolperte im rieselnden Sand umher, rieb sich sein Schienbein. Dann endlich kapierte auch er.

»Weg hier!«, schrie er überflüssigerweise, doch es war bereits zu spät. Um uns herum floss feinster Sand den Trichter hinunter wie ein goldener Fluss. Wir hatten Mühe, uns auf den Beinen zu halten, versuchten vergeblich, uns irgendwo festzuhalten.

Jetzt lachte der Dschinn wieder.

Wir rutschten aus, stützten uns gegenseitig, schrien ziemlich viel. Es half nichts. Irgendwann landeten wir alle unsanft auf dem Hintern und rutschten schneller und schneller bergab in Richtung Dschinn.

Die Geier umkreisten uns. Sie warteten. Meine Ohren, Augen, Nase und Mund waren voller Sand. Aber was machte das schon? Nichts würde von uns bleiben, wenn die Wüste uns verschluckt haben würde. Nicht mal ein namenloses Grab.

»Maria, jetzt!«, schrie Pablo über das Rauschen des Sandes hinweg, während er neben mir in die Tiefe rutschte. Ich sah nicht, was Maria tat, doch Pablo zog mit einiger Mühe etwas aus seinem Rucksack hervor, das ich im spritzenden Sand erst beim zweiten Hinsehen erkannte.

Es war ein Teppich.

Ein Teppich!

»Willst du mich verarsch–«, wollte ich gerade von mir geben, als sich Pablo mit einiger Mühe aufrichtete und es irgendwie schaffte, auf dem Sand zu surfen. Dann schmiss er den Teppich den mittlerweile echt steilen Trichter hinunter. Und sprang einfach hinterher.

Es dauerte eine Weile, bis ich kapiert hatte, was dann geschah. Weiter unten sah ich den feuerroten Dschinn, hinter mir hörte ich Esteban etwas rufen. Und der Teppich schwebte vor mir in der Luft, während ich weiter bergab rutschte. Ich hätte davon abgelenkt sein sollen, dass ich geradewegs einem riesigen Dschinn vor die Füße kullerte.

Aber der Teppich. Er schwebte.

Pablo saß im Schneidersitz darauf, als sei es das Normalste von der Welt. Im Ernst, mit seinem Turban sah er aus wie ein arabischer Prinz! Er reichte mir die Hand und zog mich einfach zu sich hinauf, als ich Maria, Mario und Esteban auf einem anderen Teppich an uns vorbeisausen sah.

»Yippie«, rief Maria nur und riss die Arme in die Luft, als wäre sie auf einem Karussell auf dem Spielplatz, das sie schon tausendmal gefahren war.

Ich saß auf einem fliegenden Teppich! Und das sogar ziemlich bequem.

Pablo wandte sich kurz zu mir um. »Gut festhalten«, raunte er. Er steuerte den Teppich zu den anderen. »Bleibt dicht hinter mir und haltet euch fest. Könnte ein turbulenter Flug werden.«

Mario grinste breit. »Na hoffentlich!«

Dann schossen wir auf einem fliegenden Teppich den Hang hinauf.

27

Wir fliegen auf einem Teppich

Der warme Wüstenwind wehte mir ins Gesicht wie ein alter Vertrauter. Ich klammerte mich abwechselnd am Teppich und an Pablo fest, bis ich merkte, dass das eigentlich gar nicht nötig war. Ich wusste zwar nicht, wie das funktionierte, aber irgendwie sorgte der Teppich dafür, dass wir nicht runterfielen. Zumindest im Moment.

»Ein fliegender Teppich«, stellte ich tonlos fest.

Ich sah Pablos Gesicht nicht, konnte aber spüren, wie er grinste. »Was hast du denn gedacht? Wir sind schließlich in der Wüste, oder?«

»Wie macht ihr das?«

»Windkraft. Gar nicht so schwer, wenn man mal rausgefunden hat, wie der Wind pusten muss, um uns zu tragen.«

Mein Herz sank. Wie sollte ich jemals aufholen, was alle schon konnten? Und nach ihren Aussagen war selbst das nicht allzu viel.

Die anderen flogen dicht hinter uns. Den Geräuschen nach zu urteilen, genossen zumindest zwei der drei Fluggäste den wilden Ritt sichtlich. Esteban rechnete wahrscheinlich gerade aus, wie hoch unsere Überlebenschancen waren, auch die Falken waren wieder da. Sie segelten stolz und ruhig neben uns, den scharfen Blick wie immer in alle Richtungen. Aber wo –

»Sie folgt uns, keine Sorge.« Pablo schien mal wieder genau zu wissen, was ich dachte. »Kahina ist gut darin, nicht aufzufallen.«

Die Wüste flog einige Meter unter uns hinweg. Die Windhunde wurden wir trotzdem nicht los. Im Gegenteil: Einige von ihnen holten auf und überholten uns am Boden. Ihr Hecheln hörte ich bis hier oben.

»Haben wir einen Plan?«, rief ich über das Sausen und Brausen hinweg.

»Am Leben bleiben«, gab Pablo zurück. Er war hoch konzentriert und ich konnte sehen, dass ihn das Fliegen ziemlich viel Kraft kostete. Das Schlimme war: Ich konnte ihm nicht mal helfen.

»Pablo!« Eine heftige Windböe erfasste uns und um ein Haar wären wir mit dem anderen Teppich zusammengeprallt. Pablo konnte gerade noch so in einem ziemlich abgefahrenen Manöver ausweichen. Das hier war wilder als jede Achterbahnfahrt!

Sobald wir mit unserem Teppich etwas tiefer flogen, schnappten die Windhunde am Boden nach uns. Versuchsweise nahm ich ein besonders widerwärtiges Exemplar ins Visier und ließ meine Hand mit ausgestreckter Handfläche nach vorn schnellen.

Der Windhund wurde jaulend gegen einen Felsen geschleudert und blieb reglos liegen. Diesmal merkte ich zum ersten Mal, wie anstrengend das war. Meine Hand tat weh und mein Arm war schwer, als hätte ich lange einen Teig geknetet. Unbegrenzt waren unsere Fähigkeiten also nicht.

Pablo schien schon wieder zu ahnen, was mir durch den Kopf ging. »Teile deine Kräfte ein. Wer weiß, wann du sie brauchst.«

Natürlich war das früher, als uns allen lieb war. Es wäre ja auch zu viel verlangt gewesen, dass man uns einfach mal in Ruhe ließ.

»Haben wir sie abgehängt?« Maria blickte uns fragend an.

Wir flogen nebeneinander und hatten gerade das Tempo ein wenig rausgenommen, um unseren Piloten eine Verschnaufpause zu gönnen.

»Keine Ahnung«, gab ich zurück. Unter uns konnte ich keine Windhunde ausmachen, auch hinter uns waren keine Geier zu sehen.

Pablo schüttelte düster den Kopf. »Ich würde nicht davon ausgehen. Vielleicht wollen sie nur, dass wir uns in Sicherheit wiegen.«

Natürlich hatte Pablo recht. Gerade als wir eine weitere kleine Hügelkette passierten, schossen die Windhunde aus einem dunklen Canyon hervor. Dann geschah etwas, womit niemand von uns gerechnet hätte.

Unsere fliegenden Teppiche gaben den Geist auf.

Keine Ahnung, ob es daran lag, dass Pablo und den anderen die Kraft ausging, ob wieder mal irgendein fauler Zauber dahintersteckte oder ob die Wüste einfach langsam genug von uns hatte.

War ja auch egal: Wir trudelten langsam, aber sicher in Richtung Boden. In Richtung Windhunde. Ich konnte bereits sehen, wie sie ihre Zähne fletschten. Grässliche Dinger!

Auf dem anderen Teppich riss Esteban die Arme hoch und konnte zwei unschädlich machen. Irgendwie sah er dabei aus wie ein Zauberer.

Mir gelang es immerhin, einen im Sprung zu erwischen. Doch es waren einfach zu viele. Aus den Augenwinkeln sah ich, wie sich Kahina todesmutig auf gleich drei von ihnen stürzte, aber ich war zu beschäftigt mit meinem eigenen Überleben und konnte den ungleichen Kampf nicht verfolgen.

Die Teppiche stürzten jetzt schneller ab. »Gut festhalten!«, rief Pablo warnend.

Dann begann ein Sinkflug, der selbst meine Irrfahrt auf der Straße von Gibraltar wie eine Tretbootfahrt auf einem Badesee wirken ließ.

Pablo, Maria und Mario versuchten alles, um wieder die Kontrolle über die Teppiche zu erlangen, da allerdings war nichts zu machen.

Wir trudelten sehr schnell und sehr unangenehm in Richtung Boden. Der Aufprall im Sand war zwar gedämpft und würde wohl nur einige hässliche blaue Flecken nach sich ziehen. Aber das war gerade echt nicht unser größtes Problem. Die Windhunde hatten uns umkreist und krochen langsam auf uns zu.

Sie waren sehr viele und hatten es nicht eilig. Wo sollten wir auch hin? Die Falken flogen jetzt einen Angriff nach dem anderen, doch gegen eine solche Meute kamen selbst sie nicht dauerhaft an. Immerhin verschafften sie uns etwas Zeit, um wieder auf die Beine zu kommen und unsere Chancen abzuwägen. Das ging schnell: Wir hatten keine.

Irgendetwas geschah hinter uns. Wir waren wieder eng zusammengerückt und versuchten halbherzig, uns dieses widerwärtige Rudel vom Leib zu halten. Unsere Kraft ließ nach.

Erst, als ein gewaltiger Schatten auf uns fiel und ein dröhnendes, knarzendes Geräusch ertönte, wandte ich den Blick von den Windhunden ab. Auch sie hatten es offensichtlich bemerkt und waren verunsichert stehen geblieben.

Hinter uns stand ein riesiger Palast. Ein riesiger Palast mitten in der Wüste, den es bis vor einer Sekunde noch nicht gegeben hatte.

Ein gewaltiges Holztor hatte sich geöffnet und gab den Blick auf eine steinerne Brücke frei, die in einen Hof führte. Ein Springbrunnen plätscherte in einiger Entfernung.

»Dürfte ich dann bitten?«, sagte ein kleines Männlein in weiten Gewändern. Es trug einen gewaltigen Turban und lächelte uns freundlich, aber ungeduldig an. Seine Hände hatte es hinter dem Rücken verschränkt. Jetzt räusperte es sich höflich und wippte dabei leicht auf seinen Zehen auf und ab. »Oh, und die Hunde müssen leider draußen bleiben.« Dann kicherte der Mann über seinen kleinen Scherz.

Die Falken flatterten durch das Tor. Wir sprangen kommentarlos auf und rannten mit dem Wüstenluchs an Pablos Seite durch das Tor, das sogleich mit ordentlich Getöse hinter uns zufiel.

Manchmal muss man nicht lange überlegen.

»Herzlich willkommen«, sagte der kleine Mann in seinem Singsang, als wir über die Brücke liefen, »in der Kathedrale der Winde.«

28

Die Kathedrale der Winde

Die Kathedrale der Winde war anders, ganz anders als ich sie mir vorgestellt hatte. Ich hatte irgendeinen dunklen ernsten Bau mit viel Stein und jeder Menge hoher Türme erwartet, in dem man nicht reden durfte, ohne von alten Männern in weiten Roben streng angeschaut zu werden. Eine Kathedrale eben.

Das hier war eher ein Palast aus einem Märchen. Gut, nach dieser Sache mit den Windhunden gerade eben wäre mir auch die alte Tankstelle am Hafen wie ein Palast erschienen. Aber das hier war ein richtiger Palast. Riesengroß, verwinkelt, mit Säulen, poliertem Marmorboden, plätschernden Brunnen, einer Menge riesiger Pflanzen und einem Pfau, der stolz durch einen der Seitengänge schritt. Nein, gleich eine ganze Pfauenfamilie.

»Reichlich unangenehme Burschen, diese Windhunde, nicht wahr?«, säuselte der kleine Mann, als er überraschend schnell vor uns durch die Gänge watschelte. Er redete so vergnügt und unbesorgt, als hätte er uns gerade zu einem Nachmittag im Freibad abgeholt. »Aber wer will es ihnen verübeln, bei dem Aussehen.«

Er schien nicht zu erwarten, dass jemand antwortete, denn er redete einfach weiter. »Wir haben euch schon vor einiger Zeit erwartet.« Ein kurzer Blick über die Schulter, als würde er sich vergewissern wollen, dass wir noch da waren. »Aber dann wiederum sind wir nicht unbedingt die Richtigen, wenn es um solch mühselige Dinge wie die Zeit geht. Vielleicht haben wir euch auch erst übermorgen erwartet?« Wieder wehte sein schnaubendes Kichern zu uns herüber. »Aber das werdet ihr noch früh genug selbst feststellen. Oder spät genug?«

Wir warfen uns fragende Blicke zu, als wir dem dicken Mann in seinen vorne eingerollten Schuhen hinterhereilten. Das hier sollte also der Ort sein, an dem wir das nötige Training für unseren Kampf gegen Mistral erhalten würden? Sah eher so aus, als würde es hier gutes Essen, weiche Betten und ein Märchen als Gutenachtgeschichte geben.

In einem herrlich duftenden Kräutergarten werkelte ein sehr alter Mann an einem gewaltigen Rosmarinstrauch. »Hallo, Karl«, rief ihm unser Führer zu und winkte. Karl brummte etwas, ohne aufzusehen, und machte sich dann wieder an seinem Rosmarin zu schaffen.

»Karl ist einer der ältesten Hüter«, sagte er. »Nicht mehr zu viel zu gebrauchen, aber niemand kümmert sich besser um unsere Kräuter als er. Unser Koch ist immer ganz begeistert.«

»Wie alt ist er denn?«, wollte Esteban wissen, doch der kleine Mann antwortete nicht. Aus Richtung des Kräutergartens ertönte etwas, das irgendwie nach »4000 Jahre« klang, aber da hatte ich mich wohl verhört. Esteban schaute allerdings auch ziemlich seltsam aus der Wäsche und schien nachzurechnen.

»Wo sind denn die Hüter der Winde?«, fragte Maria, die für ihre Verhältnisse rekordverdächtig lang still gewesen war.

Der kleine Mann blieb stehen und wandte sich in einer schwungvollen Bewegung zu uns um. Stolz strahlte er uns an. »Ihr steht vor einem.« Er kicherte und deutete eine Verbeugung an. »Hüter Alfredo, um genau zu sein. Neunter im Bunde und Windgeweihter dritten Grades.«

Wir sahen uns an und dachten wohl alle dasselbe. Dieses Kerlchen, einer der Hüter der Winde? Auf mich wirkte er eher wie ein Hausmeister. Ein sehr sympathischer natürlich, aber na ja, ein Hausmeister eben.

»Typische Reaktion.« Er winkte ab. »Ihr müsst aber nicht in Ehrfurcht erstarren. Ich bin auch nur ein Mensch, der sich halt dafür entschieden hat, sein Leben in den Dienst der Winde zu stellen. Der *guten* Winde, wie man ja mittlerweile sagen muss, nicht wahr? Eine Schande ist das.«

»Und wie viele Hüter leben hier?«, bohrte Maria weiter, ohne auf ihn einzugehen. Sie hätte eine gute Kommissarin abgegeben.

Seine Stirn legte sich in Falten. Also, in noch mehr Falten als sowieso schon. »Oh, das ist eine etwas komplizierte Geschichte. Eigentlich sind wir hier nur 17 Hüter. Aber weil wir manchmal zu verschiedenen Zeiten gleichzeitig hier sind, kann es schon mal etwas voll werden in der Kathedrale.« Er zog die Augenbrauen hoch. »Vor allem beim Frühstück und vor dem Klo.«

Er wandte sich schon wieder zum Gehen, doch jetzt war Estebans Interesse geweckt. »Ihr … ihr reist in der Zeit?«

Hüter Alfredo schürzte die Lippen. »Oh ja. Ständig. Ziemlich praktische Sache, wenn auch manchmal verwirrend. Erst kürzlich traf ich mich selbst. Ich kam aus der Zukunft und warnte mich dennoch nicht, lieber die Finger von diesen runden Bohnen zu lassen. Ganz schön gemein, findet ihr nicht?«

Er watschelte weiter und wir folgten ihm schweigend, jeder in seine eigenen Gedanken versunken. Hier sollten wir etwas lernen, das uns gegen Mistral helfen würde?

Zwischen einigen imposanten Säulen probte eine Jazz-Band. »Ah, Hüterin Eve«, rief Alfredo und winkte einer fülligen Sängerin zu, die eine ziemlich beeindruckende Stimme hatte. »Wie läuft's?«

»Großartig«, flötete sie. »Ich liebe die Akustik hier.«

»Eve singt schon seit vielen Jahren in unserer Band.«

»Ihrer Band?«, wiederholte Pablo tonlos. »Sie haben eine Band hier?«

Alfredo sah ihn an, als hätte er etwas total Dummes gesagt. »Wieso um alles in der Welt sollten wir denn keine haben? Es kann ja schließlich nicht jeder Yoga machen!«

Wir kamen vor einer großen, reich verzierten Holztür voller geschwungener Symbole zum Stehen. Wenn man genau hinsah, bewegten sie sich: Kreisende, wehende, wogende Bewegungen wie von einem Blatt im Wind. Dahinter war jede Menge Gemurmel zu hören. Ein bisschen klang es wie in einem aufgeregten Bienenstock.

Der kleine Mann wandte sich zu uns um, wippte ein paarmal und zupfte sich seine Gewänder zurecht. »Wir sind da. Hinter dieser Tür befindet sich die große Halle. Und in ihr die Obersten Hüter des Windes. Nun, mit Ausnahme von Hüterin Elisabeth. Die ist noch nicht aus der Vergangenheit zurückgekehrt. Oh, und natürlich auch mit Ausnahme von Hüter Edvin. Aber das werdet ihr schon noch erfahren.«

Wir sahen uns an. Da warteten sie also, die Hüter des Windes. Ich gebe zu, ich war jetzt doch ein wenig aufgeregt. Nach allem, was Pablo mir erzählt hatte, befanden sich hinter dieser Tür die einzigen Menschen, die uns helfen konnten. Die Hüter der Winde. Gut, streng genommen gehörte da auch Alfredo dazu, aber es gab ja sicherlich auch unter den Hütern des Windes wichtige und, äh, weniger wichtige.

Pablo blickte uns an. Dann nickte er kurz, atmete tief durch und öffnete die schwere Tür.

Sie schwang langsam und mit einem dumpfen Knarzen auf. Wir betraten einen Raum, wie ich ihn noch nie zuvor gesehen hatte. Große Säulen trugen eine Decke, die weit über uns in dichten Wolken verschwand. Kein Rauch oder Nebel. Es waren echte weiße Wolken. Und sie zogen ziemlich schnell über uns hinweg.

Ich machte einige Schritte und blieb dann abrupt stehen. Der Boden war durchsichtig. Darunter kreisten wirbelnde Winde in allen Formen und Größen. Mario und Mario schrien kurz auf, dann bereitete es ihnen großes Vergnügen, zwischen den Wirbelstürmen hin und her zuspringen.

»Hey!«, zischte Pablo und die beiden erstarrten mitten in ihren Bewegungen.

Über die Wände des hohen Saals zogen träge einige weitere Windsysteme hinweg, deutlich größer und, bei näherem Hinsehen, seltsam vertraut.

»Das sind die Windsysteme der Erde«, raunte Esteban fasziniert und rückte sich seine Brille zurecht. »Da, das ist eindeutig die Bahn des Passats.«

Die Stimme kam aus dem Nichts. »Sehr gut, junger Mann. Esteban, nehme ich an?«

Erst jetzt merkte ich, dass das Gemurmel, das wir draußen gehört hatten, verstummt war. Dafür hörte ich etwas anderes. Ein Geräusch, das ich nicht beschreiben konnte. Wenn Flüstern Musik wäre, dann würde es sich genau so anhören. Leise und doch deutlich zu verstehen, fremdartig und doch vertraut. Es klang wunderschön.

Diesmal war es Pablos Stimme, die voller Ehrfurcht erklang. »Die Musik der Winde.«

Ein kurzes Klatschen ertönte. »Bravo!« Wieder diese durchdringende Stimme. »Ihr kommt vorbereitet, wie ich sehe. Das ist gut.«

Auf einmal standen wir vor einer seltsamen Versammlung. Ich war so abgelenkt gewesen von diesem unwirklichen Schauspiel, dass ich die Hüter gar nicht bemerkt hatte.

Vier, nein, fünf von ihnen saßen in einem Halbkreis und im Halbdunkel vor uns, ein jeder war in andere Roben gekleidet und hatte einen ganz bestimmten Wind über sich wehen wie ein Namensschild. Ich weiß, Winde sind eigentlich unsichtbar, aber hier über den Hütern wurden sie irgendwie sichtbar. In einem Raum mit Wolken statt einer Decke war das tatsächlich passend.

Zwei Stühle waren leer. Der eine gehörte wahrscheinlich Hüterin Elisabeth. Es war der andere, der mir ein seltsames Gefühl bescherte. Über ihm schwebte kein Wind, wie ich jetzt erkannte, sondern etwas anderes. Etwas, das ziemlich große Ähnlichkeit mit der Wolke hatte, von der ich kürzlich verfolgt worden war.

Mistral!

In der Mitte saß eine junge Frau auf einem erhöhten Stuhl. Kein Thron oder sonst was Protziges. Einfach nur ein schöner alter Stuhl mit hoher Lehne und einem bunten Sitzkissen.

Sie erhob sich und breitete die Arme aus. Sie war groß und schlank, hatte dunkle Haut und schwarzes Haar, das kunstvoll aufgetürmt war. Dazu trug sie ein umwerfendes Kleid und funkelnden Schmuck. Ich sah, dass auch über den dunkelblau schimmernden Stoff kleine Winde tanzten. Also, wir haben in Spanien ja auch eine Königin, aber ich hatte noch nie jemanden gesehen, der so, nun ja, königlich aussah.

»Willkommen, Windgeborene«, sagte sie dann mit feierlicher Stimme. Sie wandte sich dem kleinen Hüter zu, der uns hergebracht hatte. »Danke, Hüter Alfredo, mir scheint, du hast die Tore genau zur richtigen Zeit geöffnet. Mal wieder.«

Der kleine Mann strahlte und deutete eine Verbeugung an. »Stets zu Diensten, Hüterin Malissa Al-Quain.«

Die Frau schürzte die Lippen. »Immer ganz der Gentleman, was, Alfredo? Gibst du den anderen Bescheid? Ich vermute, fürs Erste dürften unsere Neuankömmlinge vor allem Interesse an warmem Essen und weichen Betten haben.«

Also, das war das mit Abstand Beste, das ich seit einer Ewigkeit gehört hatte!

»Pablo«, wandte sich die Hüterin dann direkt an ihn. Mist, es schien noch zu dauern, bis es was zu beißen gab. Er versteifte, strich sich die Haare aus dem Gesicht und machte einen Schritt vorwärts.

»Ja, Hüterin?«

»Wo ist der Rest von euch?«

»Das sind alle, Hüterin.«

Ein Murmeln schwoll an, das von Malissa Al-Quain mit einer knappen Handbewegung zum Schweigen gebracht wurde. »Alle?« Sie zog eine Augenbraue hoch und beäugte uns. »Versteht mich nicht falsch, ich freue mich über jeden Einzelnen von euch wie über meine eigenen Kinder. Aber … das sind alle, die du seit unserem letzten Treffen finden konntest, Pablo?«

Woher kannte Pablo diese Frau nur?

Er nickte zerknirscht. »Ich fürchte ja. Das heißt, eine fehlt. Wir haben sie in der Wüste verloren.«

Wieder das Murmeln und Wispern. Wieder das plötzliche Schweigen. »Höchst tragisch«, meinte die Hüterin leise, aber nicht sonderlich geschockt, wie ich feststellte.

»Das heißt, hier ist sie auch nicht?«, platzte es aus Maria heraus. Pablo schickte ein entschuldigendes »Wir hatten gehofft, sie wäre schon hier« hinterher und durchbohrte Maria mit Blicken. Ganz klar, die Welt brauchte mehr Marias. Viel mehr!

Malissa Al-Quain schloss die Augen und schüttelte den Kopf. »Die Wüste ist tückisch. Doch es hilft nichts. Wir müssen beginnen. Uns bleibt nicht viel Zeit.« Sie sah mich so direkt und unerwartet an, dass ich zurückzuckte. »Zwei Wochen, habe ich nicht recht?«

Erst kapierte ich gar nicht, was sie von mir wollte. Dann dämmerte es mir. Mein 13. Geburtstag war in zwei Wochen! »J-ja, Hüterin«, stammelte ich ungeschickt.

Sie nickte. »Esst nun und schlaft dann. Ihr werdet eure Kräfte brauchen. Euer Unterricht beginnt in exakt neun Stunden.«

»Unterricht?«, platzte es gleichzeitig aus Maria und Mario heraus. Sie machten entsetzte Gesichter. Pablo zischte etwas, doch die Hüterin erhob sich, machte einige Schritte auf uns zu und lächelte. »Keine Sorge, bei uns gibt es keine Mathematik. Und wenn doch mal, dann macht sie euch sicherlich Spaß, nicht wahr, Hüter Schwarzfeder?«

Ein schlanker Mann mit Schnurrbart und strähnigen langen Haaren schreckte hoch. Er war wohl nicht bei der Sache gewesen, wie es schien, denn er sprang schuldbewusst auf und blickte gehetzt hin und her.

»Wie, äh – ja, natürlich. Die Mathematik der Winde ist Magie und Feuerwerk im Vergleich zu dieser langweiligen Soße, die ihr in der gewöhnlichen Schule beigebracht bekommt.« Er grinste wie ein Magier auf dem Jahrmarkt. »Denke ich mir zumindest, ich war seit Ewigkeiten nicht mehr in einer gewöhnlichen Schule.«

Ein echt seltsamer Typ, aber irgendwie mochte ich ihn schon jetzt. Über die anderen Hüter konnte ich noch nichts sagen, die meisten von ihnen sah ich nicht mal richtig. Ich würde sie wohl später noch kennenlernen.

Die Hüterin ergriff wieder das Wort. »Geht nun.«

»Eine Sache wäre da noch, Hüterin.« Pablo räusperte sich. Malissa Al-Quain hatte sich schon wieder zum Gehen gewandt und hielt inne. Sie blickte ihn fragend an. »Es … es ist etwas passiert. In der Wüste.«

Sie wandte sich langsam um, ihre Augen hatten einen seltsamen Glanz angenommen. »Was? Was ist passiert?«

»Ein Dschinn, er hatte uns in seinem Bann. Wir konnten fliehen, doch dann …« Er verstummte.

Einer der anderen Hüter erhob die Stimme. Er hatte noch dunklere Haut als Malissa Al-Quain und trug einen eckigen Hut zu einem langen Gewand. »Und dann, Junge?«

»Er hat die Windhunde gerufen. Er hat sie gerufen und zu uns geführt.«

Diesmal beschränkten sich die Hüter nicht auf Murmeln und Flüstern. »Das ist unmöglich!«, sagte der Hüter mit dem Gewand entrüstet.

Einige wiederholten wortwörtlich das, was Pablo schon in der Wüste gesagt hatte. »Absolut unmöglich, der Junge muss sich irren!«

Auch Malissa Al-Quain schüttelte ungläubig den Kopf. Doch in ihren Augen funkelte etwas, das eine andere Sprache sprach. »Die Wüste ist älter als die Zeit«, sagte sie langsam, wie unter Schock. »Die Wüste steht auf niemandes Seite. Sie ist ihre eigene Seite. Das war sie immer und das wird sie immer sein. Pablo, weißt du, was du da sagst?«

Pablo nickte und ich sah, wie schwer es ihm fiel. »Wir haben es alle gesehen. Hüterin, was bedeutet das?«

»Es bedeutet«, antwortete sie und ich sah, dass sie mit ihrer Fassung rang, »dass ein gewaltiger Sturm aufzieht.« Aufgeregtes Murmeln brach nach diesen Worten aus, entgeisterte Blicke wurden getauscht. »Rasch, geht jetzt. Alfredo wird euch in den Speisesaal führen. Wir haben viel zu bereden.«

Ich verstand nicht mehr viel, als wir die Hüter hinter uns zurückließen und Alfredo den Saal der Winde mit der dicken Holztür verschloss. Doch das, was ich noch verstand, ließ mir die Haare zu Berge stehen.

29

Der Weg des Windes

»Nehmt es nicht schwer, dass die Begrüßung so frostig ausfiel. Die sind immer so!«, plapperte Alfredo einfach weiter, als wäre gerade nichts geschehen. Wir folgten ihm durch Flure und Gänge, stets begleitet von einem angenehmen Windhauch. Mal duftete er nach Zitronen, mal nach Zimt, mal nach Pfeffer. »Wir bekommen nicht oft Besuch und sind wohl etwas eingerostet, was unsere Manieren angeht.« Er räusperte sich. »Nun ja, manche von uns.«

Ich staunte noch immer über dieses wundersame Bauwerk. Mal sahen wir den großen Garten im Zentrum der Kathedrale von oben, mal in der Ferne, mal von unten. Doch mir war noch kein einziges Mal aufgefallen, dass wir Treppen gestiegen wären.

Pablo winkte ab. Seit wir hier waren, wirkte er total erwachsen. »Was passiert als Nächstes?«

»Oh, wir werden eure Ausbildung beginnen und euch gegen den Sturm wappnen, der sich da draußen zusammenbraut.«

Wir eilten an einer Tür vorbei, hinter der die seltsamsten Geräusche ertönten. Quieken, Schnauben, Wiehern, Quaken, Bellen … es klang wie ein ganzer Zoo! »Abteilung ›Totemtiere‹«, teilte uns Alfredo mit erhobenem Zeigefinger mit. »Wichtige Sache, aber zurzeit leider, nun, nicht verfügbar. Wenn wir nur wüssten, wohin Hüterin Elisabeth gereist ist …«

Eine Frage brannte mir schon eine Weile auf der Zunge. »Wie lang wird unsere Ausbildung dauern? Ich meine, wir haben ja nicht ewig Zeit, oder?«

Alfredo watschelte unbeirrt weiter, sah über seine Schulter und schenkte mir ein kleines wissendes Grinsen. »Ewig … gutes Stichwort, sozusagen.« Er wackelte weiter und schwieg erst mal eine Weile. »Was ist schon ewig?«, fragte er dann so plötzlich, dass ich erst kurz nachdenken musste, worüber wir überhaupt gesprochen hatten.

Pablo und ich tauschten einen ratlosen Blick. Gut, immerhin war ich mal nicht die Einzige, die von diesem Alfredo ziemlich verwirrt war.

»Ewig bedeutet so viel wie zeitlich ohne Ende«, kommentierte Esteban knapp und sah gleich darauf ziemlich schuldbewusst zur Seite. »Äh, sorry.« Ich musste mir ein Lachen verkneifen. Es stimmte schon: Einmal Besserwisser, immer Besserwisser.

Alfredo sah Esteban kurz verwirrt an, dann grinste er wieder. »Korrekt. Oder in unserem Fall: zeitlich eher sehr flexibel.«

Er schien zu merken, dass er da bei uns gerade nicht weiterkam. Er seufzte, blieb stehen, schloss die Augen und rieb sich die Stirn. »Was soll's«, sagte er dann leise und bog in einen anderen Gang ein. »Los, kommt mal mit. Und macht keinen Mucks, ja?«

Der Gang führte zu einer Art Balkon, der die leere Weite der Wüste vor uns offenlegte. An diesen Anblick würde ich mich wohl nie gewöhnen! Die Sonne stand tief, war schon rötlich und überzog den Sand mit einem magischen Glanz.

»Ich dürfte euch das eigentlich nicht zeigen, aber ich denke, ihr befindet euch nun auf dem Weg des Windes und habt das Recht darauf, zu erfahren, wo ihr euch hier eigentlich befindet.« Er senkte die Stimme auf ein verschwörerisches Flüstern. »Die anderen meinen, dass das geheim bleiben soll, aber ich halte das für ziemlich arrogant und elitär. Ihr seid schließlich unsere einzige Hoffnung.«

Mein Herzschlag beschleunigte sich. Und dann geschah etwas Unbeschreibliches.

Alfredo wandte sich zur Wüste um, hob die Arme und bewegte seine ausgestreckten Hände leicht nach links. Die Sonne wanderte ein Stückchen zurück. Er bewegte die Hände leicht nach rechts – und die Sonne rutschte ein ganzes Stückchen in diese Richtung, bis sie binnen weniger Sekunden fast ganz untergegangen war und blutrotes Licht über den fernen Bergen ausgoss.

Mal ganz langsam jetzt. Wir wurden gerade Zeuge, wie Alfredo die Zeit vorspulte und zurückdrehte wie ein Video. Wenn ich das auf YouTube laden würde, würde ich Millionen Klicks bekommen!

Ich starrte auf den glutroten Ball, komplett gelähmt und bestimmt mit einem megadämlichen Gesichtsausdruck. Wie konnte das möglich sein? Und wenn es möglich war: Was war dann noch alles möglich? Zeitreisen zumindest schienen plötzlich kein großes Problem mehr zu sein.

»Bemerkenswert!«, hauchte sogar Esteban ergriffen. Wow, so viel Gefühl zeigte er sonst nie.

»Nicht wahr?«, gab Alfredo erfreut zurück, nachdem er die Sonne sorgfältig in ihre letzte Position gesetzt hatte. »Zeit und Raum sind in der Kathedrale, sagen wir, biegsam. Wenn wir nicht wollen, dass die Tage rasch vergehen, haben wir Mittel und Wege, sie zu verlängern. Und andersherum natürlich genauso.« Er kicherte kurz. »Manchmal kann es ganz schön langweilig sein, dann spulen wir einfach vor und sagen es niemandem.«

»Heilige Scheiße!«, rutschte mir heraus, als ich endlich meine Sprache wiedergefunden hatte. »Ihr seid ja wirklich Zeitreisende!«

Alfredo strahlte bis über beide Ohren. »Wenn du es so sagst, klingt es sogar richtig verwegen. Aber nun kommt, niemand darf wissen, dass ich euch das gezeigt habe.«

Für einen Mann, der aussah wie 100, benahm sich Alfredo immer noch wie ein kleiner Junge.

»Hüter Alfredooooo!«, hallte es unheilvoll durch die Gänge. Alfredo erbleichte.

»Jetzt aber nichts wie los«, zischte er und flitzte wieder zurück in Richtung unserer alten Route. Er sah aus wie ein Schuljunge, den man bei einem Streich erwischt hatte.

Noch bevor wir den Speisesaal erreicht hatten, war die Farbe wieder in Alfredos Gesicht zurückgekehrt. Er plapperte unentwegt, beschrieb uns unsere Lehrer, schwärmte von den vielen Vogelarten hier in der Kathedrale (es waren über 70!) und erzählte uns von seinem Unterricht im Fach Windgeschichte, das er als »gewaltiges Abenteuer und Jahrmarkt des Wissens« bezeichnete.

»Doch jetzt heißt es erst mal: Es ist angerichtet.« Er öffnete eine große hölzerne Doppeltür, aus der uns tausend verlockende Gerüche entgegenschlugen.

Der Speisesaal war das Schönste, was ich seit unserer Ankunft in der Oase gesehen hatte. Eine lange Tafel, vollgepackt mit dampfenden und duftenden Leckereien wie aus dem Schlaraffenland. Einige Hüter und ein paar andere, bisher unbekannte Gesichter saßen schon am Tisch und ließen es sich angeregt schnatternd gut gehen. Als wir den Raum betraten, sahen sie kurz zu uns auf, nickten uns respektvoll zu und widmeten sich dann wieder ihren vollgeladenen Tellern.

An den reich verzierten Wänden brannten Fackeln, und obwohl es hier keine Fenster gab, wirkte alles luftig und freundlich. Lag vielleicht auch wieder an dieser hohen Decke, über die gewaltige Wolkenformationen zogen.

Die eine Hälfte des hohen Raumes war komplett von einer offenen Küche belegt, in der es munter brodelte und brutzelte. Köchinnen und

Köche rührten in Töpfen und rüttelten an Pfannen, riesige Schüsseln wanderten an den Tisch, dazu gab es Tonkrüge, die mit irgendeiner dunklen Flüssigkeit gefüllt waren.

Alles sah so zum Anbeißen aus, dass mir das Wasser im Mund zusammenlief. Wann hatten wir eigentlich das letzte Mal etwas gegessen?

»Nehmt Platz und schlagt zu«, verkündete Alfredo mit einem Augenzwinkern und einer ausladenden Handbewegung. »Heute Abend werdet ihr bedient, ab morgen müsst ihr mit anpacken. Und eins sage ich euch: Diese Töpfe sind höllisch schwer!«

Das ließen wir uns nicht zweimal sagen. Kaum hatten wir uns Plätze zwischen den anderen gesucht, fielen wir über die Köstlichkeiten her. Alfredo war neben uns in einen Stuhl gesunken, doch fürs Erste siegte der Hunger über die Neugier. Und das hatte echt was zu heißen, denn allein mir brannten noch 713 Fragen unter den Nägeln. Mindestens.

Ich weiß gar nicht, was mir am besten schmeckte. Das geschmorte Huhn oder die Datteln im Speckmantel, der samtig-weiche Couscous mit den Rosinen und Mandeln oder die gefüllten Auberginen, das warme Fladenbrot oder die Stockfische.

Bei meiner dritten Schüssel Joghurt mit Honig und Feigen konnte ich endlich wieder an etwas anderes denken. »Die Hüterin«, begann ich und schlürfte an meinem Kakao, »Malissa Al-Quain …«

Alfredo sah mich erwartungsvoll an und schmatze fröhlich weiter. Ihm war der Appetit auch nach all den Jahren offensichtlich nicht vergangen.

»Ist sie die Chefin hier?«

Alfredo kaute noch eine Weile, schluckte und legte den Kopf schief. »Oberste Hüterin sagen wir hier, aber im Grunde ist es dasselbe. Sie führt die sieben obersten Hüter, von denen es zurzeit nur sechs gibt.«

»Mistral«, kommentierte Esteban.

Alfredo nickte traurig. »Seit sich Mistral dazu entschieden hat, uns alle vom Gesicht dieser Welt zu fegen, sind die Dinge etwas … verzwickt geworden. Hüter Edvin verließ die Kathedrale schon vor langer Zeit, doch bis heute wussten wir noch nicht, wie ernst es wirklich steht.« Er schnappte sich eine Dattel, schob sie sich in den Mund und grinste breit. »Aber genug davon. Fürs Erste zumindest. Kommt, ich zeige euch, wo euer Schlafsaal ist.«

Auf dem Weg dorthin plapperte Alfredo pausenlos weiter, allerdings konnte ich so langsam nichts mehr aufnehmen. Zu viel. Einfach zu viel von allem. Ich tauschte einen verzweifelten Blick mit Pablo, der auch nur die Augen verdrehte. Yep, es ging wohl allen so.

»Und das hier ist die Ahnenreihe der Hüter«, erzählte Alfredo gerade, als wir durch eine hohe Halle kamen. Die Decke wurde von Säulen gestützt, die weiß-rot verziert waren. Überall hingen Bilder von sehr alten und sehr wichtig dreinblickenden Menschen.

»Wie lange bist du schon Hüter?«, wollte Mario zwischen zwei hingebungsvollen Gähnern wissen. »So tausend Jahre?«

Alfredo lachte und ich musste auch grinsen. »Kaum mehr als 250, junger Mann«, gab er zurück und ich erstarrte.

Hatte er gerade gesagt, dass er über 250 Jahre alt war?

»So, da wären wir«, sagte der Hüter dann, bevor ich weiter nachfragen konnte. »Tadaa, euer Schlafsaal.«

Die Tür öffnete sich wie von selbst und gab den Blick auf einen runden Raum frei. Große Himmelbetten standen in einem Halbkreis, verhüllt von feinen Tüchern, die im Windhauch der geöffneten Fenster tanzten. Auf kleinen Tischen standen dampfende Teekannen, Teller voller fremder Früchte und Schokolade. An der Wand hing eine Karte von der Kathedrale, aber sie sah so aus, als würde man für ihr Verständnis ein dreijähriges Studium brauchen. Oder zumindest eine Nacht voll tiefem Schlaf.

»Angenehme Nachtruhe«, flötete er. Dann senkte er die Stimme.

»Wirklich spitze, dass ihr da seid. Dürfte eine Menge frischen Wind in den alten Laden hier bringen. Frischer Wind, versteht ihr? Alter Hüter-Witz.« Er wandte sich kichernd zum Gehen, als ihm noch etwas einfiel. »Ach ja, eines noch. Die erste Nacht in der Kathedrale der Winde ist naturgemäß traumlos, also nicht darüber wundern. Es sei denn …« Er legte die Stirn in Falten und sah kurz unsicher aus. Als er sprach, klang es so, als würde er nur für sich sprechen. »Nicht doch, nicht doch. Das wird ja wohl kaum möglich sein …«

Natürlich wusste ich mal wieder nicht, was zur Hölle er damit meinte. Aber ausnahmsweise war mir das in diesem Moment vollkommen egal: Ich war schneller eingeschlafen, als ich »Gute Nacht« sagen konnte.

30

Tochter des Levante

Das mit Abstand Seltsamste an den nächsten Tagen war, dass ich beim besten Willen nicht merkte, wie schnell die Zeit verging.

Oder wie langsam.

Wir waren an diesem seltsamen Ort mitten in der Wüste, dessen Gänge gefühlt jeden Tag die Richtung änderten, dessen Bewohner aus verschiedenen Zeiten stammten und der sich aus irgendeinem verhexten Grund nicht der Zeit beugen musste.

Und ich fand es schon bald völlig normal.

Lag natürlich auch an dem straffen Unterricht, der unsere Tage mehr oder weniger komplett ausfüllte und kaum Zeit zum Nachdenken ließ. Abgesehen von den Nächten in den herrlich weichen Betten, dem gemeinsamen Essen und der wenigen Freizeit, in der wir meist über den Unterricht sprachen, sah jeder Tag gleich aus. Aufstehen, tauchen, Frühstück, Unterricht, Pause, Unterricht, Abendessen, Bett.

Und ich liebte es! Ein bisschen kam ich mir vor wie auf Hogwarts, nur dass Snape hier nicht unterrichtete und es auch keine fiesen Slytherin-Schüler gab.

Klar, ich hätte irgendwie gedacht, dass man uns erst noch mehr erzählte und erklärte, ehe es mit der Ausbildung losging. Wer unsere Väter waren, was es mit den Totemtieren auf sich hatte, wie wir unsere Spezialkräfte trainierten, wie wir es mit Mistral aufnehmen sollten und so weiter. Aber dafür war wohl keine Zeit. Und es machte mir nichts aus. Das erste Mal in meinem Leben genoss ich den Unterricht, mochte ausnahmslos alle meine Lehrer und Mitschüler.

Im Grunde also lief alles spitze. Mit einer Ausnahme.

Ich hatte in meiner ersten Nacht hier geträumt.

Bislang hatte ich es niemandem erzählt, weil ich einfach nicht wusste, was ich davon zu halten hatte. Und weil wir so gut wie keine Zeit hatten, uns vor dem Schlafengehen mal länger über irgendwas zu unterhalten, ohne dass uns die Augen zufielen. Schon nach kurzer Zeit verschwammen die Tage so sehr, dass es unmöglich war, uns genau an Dinge zu erinnern, die nicht mit dem Unterricht zu tun hatten. Na, es war wohl kaum so schlimm, dass ich geträumt hatte. Oder?

Jeder Tag begann mit einem Tauchgang in einem der herrlichen Pools der Kathedrale. Das hatte allerdings nichts mit Entspannung zu tun: Wir trainierten unsere Lungen unter Wasser. Wir Windgeborenen konnten nur so viel Windkraft einsetzen, wie unsere Lungen Luft hergaben. Das klang logisch, stellte uns aber vor die schwere Aufgabe, lange die Luft anhalten zu müssen.

Maria und Mario zeigten uns, wie das ging. Sie konnten ewig unter Wasser bleiben und waren nicht mal außer Atem, wenn unsere Trainerin, Hüterin Theodora, sie wieder auftauchen ließ. Echte Naturtalente eben, das sah man sofort!

Die nächsten Stunden des Tages verbrachten wir immer bei Hüterin Aria in ihrem Turmzimmer, einer sehr schlanken Frau mit streng nach hinten gekämmten Haaren und schwarzer Kleidung. So hatte ich mir eine Ballettlehrerin immer vorgestellt. Sie war sehr streng, aber eine echte Meisterin im Windkampf. Das hatte sie uns schon in unserer ersten Unterrichtsstunde bei ihr gezeigt.

Pablo war wohl ein wenig zu selbstsicher ans erste Training rangegangen und so schnell von ihr auf den Boden, an die Decke oder gegen jegliche Wände des Turmzimmers gefegt worden, dass er irgendwann einfach nur noch benommen sitzen blieb und gar nicht mehr wusste, wie ihm geschah. In einem Comic wären wohl kleine Vögelchen um seinen Kopf geflattert.

Hüterin Aria hatte ihre Hände so schnell bewegt, dass nicht mal wir Zuschauer ihr hatten folgen können. Doch das Beste war: Sie betrachtete ihre Fähigkeiten nicht als Vorteil für sich, sondern als Ansporn für uns. Und den nutzten wir.

Im Windkampf gab es Windstöße und Windschläge, Zyklone und Fallwinde sowie unzählige weitere, höllisch komplizierte und anstrengende Attacken. Je nachdem, wie wir unsere Hände und Arme bewegten, konnten wir unsere Fähigkeiten anders einsetzen. Ein Schlag mit der flachen Hand oder ein Faustschlag wie bei einem Boxer lösten einen Windstoß aus. Relativ einfach zu beherrschen und kraftsparend.

Mir war längst klar geworden, dass es ein Windstoß gewesen war, den ich damals am Strand ohne mein Wissen abgefeuert hatte.

Windschläge waren deutlich anstrengender, aber auch eine ganze Ecke stärker. Dabei musste man seinen Arm mit der ausgestreckten Hand so fest wie möglich nach unten sausen lassen. Wie ein Karatekämpfer, der einen Ziegelstein zertrümmert. Ein perfekt ausgeführter Windschlag, versicherte uns Hüterin Aria, konnte sogar einen Elefanten von den Beinen holen. Obwohl natürlich niemand von uns wusste, wieso zum Teufel wir uns mit einem Elefanten anlegen sollten.

Zyklone und Fallwinde, das war schon ein ganz anderes Kaliber. Selbst geübte Windkämpfer konnten diese speziellen Kampftechniken nur über sehr kurze Zeit aufrechterhalten und waren danach fast immer einer Ohnmacht nah.

Wir lernten schneller, als ich das bei einem Lehrer jemals für möglich gehalten hätte. Gut, hier ging es nicht um Formeln, Vokabeln oder

Jahreszahlen, doch auch die ganze Herangehensweise von Hüterin Aria war anders. Abenteuerlicher. Und gefährlicher, wie ich ziemlich erfreut feststellte.

»Also gut, genug mit den Spielchen«, sagte sie am elften Tag unserer Ausbildung. Das Tauchen klappte schon deutlich länger und selbst die Mathematik der Winde hatte ich bei Hüter Schwarzfeder mittlerweile im Griff. Dennoch: Dass das hier bisher »Spielchen« gewesen waren, würde ich doch stark bezweifeln! »Zeit für den ersten richtigen Kampf. Lola, Pablo, zeigt mal, was ihr gelernt habt.«

Wir traten in den mit bunten Teppichen ausgelegten Kreis. Unter ihnen befand sich ein ziemlich harter Boden, wie wir in den vergangenen Tagen mehrfach feststellen mussten.

»Lola, Lola!«, feuerte mich Maria an, übertönt von Marios »Pablo! Pablo!«-Rufen.

Wir bewegten uns langsam im Kreis, ohne uns aus den Augen zu lassen. Mittlerweile wusste ich deutlich besser, was in meinem Körper los war. Was ich immer für ein seltsames Kribbeln, Ziehen oder Rauschen gehalten hatte, war nichts anderes als der Wind, den ich in mir trug. Er rauschte durch meinen Körper wie das Blut durch meine Adern. Er war immer da. Und er machte mich stärker.

Pablo natürlich auch. Er verengte die Augen und lächelte spöttisch. »Ich werde ganz sanft sein«, sagte er und Mario johlte.

Jungs! Ich tat so, als würde ich mir eine gelockerte Strähne aus dem Gesicht wischen, machte mit meiner Hand dann aber eine blitzschnelle Handbewegung zur Seite, als würde ich einem unsichtbaren Angreifer eine ordentliche Ohrfeige verpassen.

Etwas schoss aus mir heraus und wirbelte Pablo einmal um die eigene Achse. Mit einem dumpfen Schlag landete er auf den Teppichen und stöhnte. »Lieb von dir, aber das wird nicht nötig sein«, sagte ich ruhig und erntete von Maria einen begeisterten Jubelschrei.

»Gut gemacht«, lobte Hüterin Aria, ohne eine Miene zu verziehen, und klatschte dreimal kurz in die Hände. Für ihre Verhältnisse war das schon eine Art Ritterschlag.

Ich strahlte. »Danke, ich …«, sagte ich gerade, als mich etwas von hinten traf und mit dem Gesicht nach vorn auf den Boden schickte. »Autsch!«

Ich hob den Kopf und blickte direkt in Pablos breites Grinsen. »Nicht ablenken lassen«, meinte er trocken und hielt mir die Hand hin.

Er wollte spielen? Das konnte er haben. Ich schlug seine Hand beiseite, kam wieder auf die Beine und machte einige Schritte zurück. »Ich doch nicht«, gab ich betont locker zurück.

Wir umkreisten uns wieder. Hüterin Aria beobachtete uns aufmerksam. »Nicht schlecht für einen Windstoß«, sagte sie. »Versucht es jetzt mal mit etwas … Aufwendigerem.«

Aufwendig, damit konnte sie ja nur einen Windschlag meinen. Der war mir schon gelungen, aber noch nicht unbedingt zufriedenstellend. Außerdem hatte ich danach Kopfschmerzen bekommen.

Ich sah Pablo fragend an. Er nickte. Hier im Ring waren wir zwar Gegner, aber wir wollten einander nicht verletzen.

Der stärkste Windschlag, den wir bei Hüterin Aria bisher gelernt hatten, war der beidhändige. Die Arme ausstrecken, die Handflächen zum Gegner und dann zuschlagen, als würde man eine Fliege erwischen wollen. Das Problem an diesem Schlag war, dass der Gegner sofort merkte, was man vorhatte. Und dann kam es eigentlich nur noch darauf an, wer den Schlag besser ausgeführt hatte.

Wir umkreisten uns, ließen uns nicht aus den Augen. Ich täuschte an, er täuschte an. Nichts passierte.

Der Raum hielt den Atem an.

Ich drehte die Handflächen nach außen. Pablo drehte die Handflächen nach außen. Ich hob die Arme. Er hob die Arme.

Diesmal bluffte ich nicht. Ich schlug zu, so schnell ich konnte. Unsere flachen Hände prallten fast gleichzeitig aufeinander.

Der Wind schoss aus mir heraus, traf in der Mitte des Feldes auf Pablos Wind. Ein unglaublicher Druck entstand, der meine Ohren zum Knacken brachte und durch jede Faser meines Körpers drang.

Dann passierte es.

Das Erste, was ich bemerkte, waren Pablos ungläubige Augen. Das Zweite war, dass wir schwebten. Wir beide schwebten einige Zentimeter über dem Boden, während sich unsere Winde um uns wanden wie Schlangen.

Eine wilde, pure Energie durchzuckte mich, wie ich sie noch nie gefühlt hatte. Ich spürte, wie sich meine Nackenhaare aufstellten und meine Lungen mit neuer Luft füllten. Mit viel, viel mehr Luft als bisher.

Es toste und dröhnte, nur sehr verschwommen nahm ich wahr, dass reihenweise Bilder von der Wand des Turmzimmers fielen.

»Windstill!«, durchschnitt Hüterin Arias Kommando diesen Tumult.

Wir fielen zu Boden wie nasse Säcke und blieben einige Augenblicke benommen liegen.

»Das – war – Wahnsinn!« Mario und Maria kamen auf uns zugestürmt, auch Esteban kniete plötzlich neben uns. »Wie habt ihr das nur gemacht?«

»In der Tat: Wie nur?«, fragte Esteban mit großen Augen. Er war es wirklich nicht gewohnt, keine Erklärung für irgendetwas zu haben.

Ich rappelte mich auf. »Alles okay?«, fragte ich Pablo, der abwesend nickte und sich abtastete, ob noch alles an ihm dran war. Alles in mir summte und knisterte, als wäre ich elektrisch aufgeladen.

Hüterin Aria kam mit langsamen Schritten auf uns zu. Ihr Gesicht war unmöglich zu lesen. Sie schüttelte leicht den Kopf, als schien sie zu versuchen, irgendeine seltsame Wahrheit zu verstehen. »Ist das möglich?«, sagte sie leise. »Ist das wirklich möglich?«

Ich verstand natürlich mal wieder gar nichts. »Haben wir etwas falsch gemacht, Hüterin Aria?«, fragte ich vorsichtig.

»Ich glaube nicht«, brummte Pablo und sah mich seltsam an. »Ich glaube ganz und gar nicht.«

Hüterin Aria kam näher und legte mir eine Hand auf die Schultern. Sie sah mich seltsam an und ich spürte, dass sie zitterte. »Willkommen«, sagte sie dann mit trockener Stimme. »Willkommen, Tochter des Levante.«

Und auch wenn ich beim besten Willen nicht wusste, war gerade passiert war, schien es etwas Wichtiges gewesen zu sein. Den Rest des Tages hatten wir nämlich frei.

31

Die Sache hat wie immer einen gewaltigen Haken

»Was soll das heißen, wie Bruder und Schwester?«

Ich wusste, dass ich mich wiederholte, aber so funktionierte ich nun mal.

Wir saßen in unserem Schlafsaal und sprachen zum gefühlt hundertsten Mal durch, was da gerade passiert war. Alle waren aufgeregt. Das heißt, alle außer mir. Jetzt war ich schon als Kind des Windes in der Kathedrale und kapierte trotzdem immer noch als Letzte, was gerade vor sich ging. Echt frustrierend!

»Na ja, so ungefähr«, erklärte Esteban geduldig. Das tat er besonders gern! »Levante und Poniente gehören zusammen. Schon immer. Der eine Wind weht von Ost nach West, der andere von West nach Ost. Diese Winde prägen die Straße von Gibraltar wie nichts anderes. Es kann den einen nicht ohne den anderen geben.«

»Und welcher … welcher bin ich?«

»Ost nach West«, sagte Pablo und streichelte Kahina geistesabwesend. Wenn wir keinen Unterricht hatten, wich sie ihm nicht von der Seite. »Ein Teil von mir hat gehofft, dass du es bist, aber ich war nicht sicher. Andererseits war es immer besonders leicht, dich zu finden. Dich zu spüren.«

Mario und Maria machten schmatzende Geräusche und warfen sich kichernd Kusshände zu. Die Falken waren mittlerweile auf ihren Schultern gelandet und machten ein Geräusch, das ich mal als Lachen verbuchte.

Pablo verdrehte die Augen.

»Und der andere Teil?«, wollte ich wissen, als die Tür krachend aufflog.

Malissa Al-Quain marschierte in den Raum, dicht gefolgt von einem keuchenden Alfredo. Hinter den beiden baute sich ein ganzer Schwarm neugieriger Hüter auf.

»Weil es bedeutet, dass wir eine echte Chance haben«, verkündete sie.

»Wofür?«, fragte ich.

Hüterin Al-Quain schüttelte den Kopf. Dann lächelte sie ihr warmes Lächeln, das den ganzen Raum zum Leuchten brachte. »Nicht wofür. Wogegen.«

Ich blickte Esteban ratlos an. Er kannte diesen Blick bereits und ließ mich auch heute nicht im Stich. »Du und Pablo, ihr seid so was wie eine Einheit. Ihr gehört zusammen. Gemeinsam seid ihr erst so richtig stark.«

»Stark?« Ich wandte mich zu Pablo um, doch der wandte sich ab. »Wie stark?«

Hüterin Al-Quain setzte sich neben mich auf mein Bett und strich mir über den Rücken. »Stark genug.«

Ich dachte an meinen Kampf mit Pablo. Eine solche Energie hatte ich noch nie gefühlt. Sie war immer noch nicht ganz abgeklungen, zuckte durch meinen Körper wie eine Horde Blitze.

»Wir hatten immer gehofft, dass es dich geben würde. Dass sich Levante auch für ein Kind des Windes entschieden hat.« Alfredo hatte es erstaunlich lange ausgehalten, nichts zu sagen. Wie es schien, musste jetzt so einiges raus. »Es gab Gerüchte. Nun, viel eher Legenden. Legenden über euch. Die Kinder des Levante und Poniente, vereint im Kampf gegen Mistral.«

»Moment mal.« Ich verstand nicht ganz. »Was meint ihr damit, es gab Legenden? Wusstet ihr schon, dass das mit Mistral eines Tages passieren würde?«

»Ganz so einfach ist das nicht«, sagte Hüterin Al-Quain. »Es gibt alle möglichen Legenden hier in der Kathedrale der Winde. Das heißt aber noch lange nicht, dass auch alle wahr werden müssen.«

»Es sind eher Möglichkeiten«, erklärte Alfredo und zuckte mit den Schultern. »Und nachdem erst die schlimmste von ihnen eingetreten ist, wird nun doch tatsächlich die wahr, auf die wir am meisten gehofft hatten. Und das auch noch kurz vor deinem 13. Geburtstag!«

Hüterin Al-Quin wurde ernst. »Mistral weiß, dass es Pablo gibt. Er weiß, wer sein Windvater ist. Niemals darf er erfahren, dass es dich gibt, Lola.«

Jetzt war es an mir, zu schlucken. »Ich fürchte, das weiß er schon.«

Nach diesen Ereignissen war alles anders in der Kathedrale der Winde. Jeder hier war in einer wirklich seltsamen Stimmung. Einerseits waren alle froh darüber, dass ich wusste, wer mein Windvater war. Andererseits schien jeder Hüter jeden Moment etwas Furchtbares zu erwarten, einen Angriff, ein Unglück, das Ende der Welt oder irgendwie so was. Außerdem hatte ich mal wieder das ungute Gefühl, dass man mir etwas verschwieg. Selbst Pablo war ungewöhnlich zurückhaltend. Es wirkte fast so, als würde er mir aus dem Weg gehen und deshalb lange Spaziergänge mit seinem Wüstenluchs unternehmen.

Unser Unterricht war noch härter, noch länger und noch anstrengender, unsere Pausen praktisch nicht mehr vorhanden. Doch es gab auch Vorteile: Wir mussten uns ab sofort nicht mehr um den Abwasch kümmern.

Dafür wurden wir mit jedem Tag besser in dem, was wir taten. Wir kämpften besser, wir tauchten länger, im Windreiten machte sogar ich so langsam Fortschritte. Zudem schlossen sich nach und nach auch die grauen Flecken auf meiner inneren Landkarte. Ich war zwar weit davon entfernt, alles zu wissen, bekam aber mehr und mehr Fragen beantwortet.

Im Windkampf war ich ein echtes Naturtalent, mein Verständnis von den Windsystemen Europas und ihrer Entstehung wuchs und wuchs, Alfredos Geschichtsunterricht erwies sich als wirklich unterhaltsame Märchenstunde, die mich mehr als einmal mit einem flauen Gefühl im Magen an Santiago denken ließ.

In jeder Stunde schleppte Alfredo ein uraltes Buch an. Kleine, in Papier gebundene und riesige, in Leder gehüllte, doch sein Lieblingsbuch war ein dünner Band, der in puren Wind gebunden war. Niemand außer ihm durfte es anfassen. »Unbezahlbar und absolut einzigartig«, hauchte er jedes Mal ehrfürchtig, wenn er es auspackte.

Wir erfuhren davon, dass die Winde älter waren als jeder Götterglaube. Und dass die meisten Götter dieser Welt eigentlich Winde waren. Sie waren immer schon da gewesen. Einfach immer.

Mein liebstes Buch war das große in Leder gehüllte, weil es jede Menge Geschichten über Mistral und seine fiesen Untergebenen enthielt. Ich erfuhr von den Kalifen des Windes, furchtbaren Typen ohne Gesichter, die seine Aufträge ausführten. Der Legende nach bewohnten sie die wandelnde Festung und verbreiteten überall, wo sie auftauchten, Angst und Schrecken. Da konnte keine Gruselgeschichte mithalten!

Tja, und Hüter Schwarzfeder hatte es mit seinem abgefahrenen Unterricht doch tatsächlich geschafft, aus Mathematik ein Fach zu machen, das ich mochte.

Ja, hier in der wohlbehüteten Kathedrale war es wirklich leicht, die Welt draußen zu vergessen. Doch in der war Santiago noch immer ein Gefangener. In der versuchte Mistral noch immer, uns auszulöschen. Was mich eigentlich hätte einschüchtern sollen, machte mich noch entschlossener, noch fleißiger. Es war erstaunlich, was mit einem passierte, wenn man auf Mistrals schwarzer Liste ganz oben stand.

»Lola, du bist die Nächste.« Alfredo riss mich aus meinen Gedanken. Er blickte mich ein wenig sorgenvoll an. »Na los, rein mit dir.«

»Was? Oh, ja, natürlich.«

Esteban schlich mit gesenktem Kopf an mir vorbei.

Ich stand auf, öffnete die Tür zu Malissa Al-Quains Büro und trat ein.

Es war das erste Mal, dass ich diesen Raum betrat – und wie bei so ziemlich jedem der unendlichen vielen Räume hier war ich überwältigt.

Fenster vom Boden bis zur Decke, die einen unglaublichen Nachthimmel zeigten, obwohl es gerade eben noch sonnig gewesen war. Große Vogelkäfige mit den farbenfrohsten Insekten und Vögeln, die ich jemals gesehen hatte. Ein kleiner Wasserfall an der Wand, hinter dem verschwommen ein Dschungel zu erkennen war. Ein riesiger Kronleuchter, viel dunkles Holz und ein paar grüne Glaslampen.

»Lola, Kind des Levante.« Hüterin Al-Quain stand am Fenster, die Arme hinter dem Rücken verschränkt. »Alles Gute zum Geburtstag!«

Das war jetzt nicht wahr, oder? Ich hatte tatsächlich meinen Geburtstag vergessen! »Äh, danke!«

»Wie geht es dir?«

»Gut. Denke ich.« Ich zögerte. Bei ihr fühlte sich alles immer so an wie bei einer Prüfung. »Moment, sollte es das überhaupt?«

Sie lachte kurz. »Aber natürlich. So oft es geht.« Sie wandte sich zu mir um und nahm hinter ihrem großen Tisch Platz. Mit einer Handbewegung bedeutete sie mir, mich zu setzen. »Niemand kann schließlich mit Sicherheit sagen, wie lange das so bleiben wird.«

Ich wartete ab. Sie würde schon noch sagen, weshalb sie uns alle einzeln zu sich rief und uns danach verbot, miteinander zu sprechen.

»Du machst Fortschritte, sagen deine Lehrer.«

Ich schürzte die Lippen. »Ich hab immer das Gefühl, es könnte schneller gehen.«

»Oh, das.« Sie zwinkerte mir zu. »Mach dir darüber keine Sorgen. Es geht weder zu schnell noch zu langsam. Dafür wissen wir zu sorgen.« Ein Schatten huschte über ihr Gesicht. »Noch.«

»Hüterin?«

Sie zwang sich zu einem Lächeln. »Entschuldige. Manchmal geht selbst hier alles zu schnell. Also, du hast sicherlich noch eine Menge Fragen, oder? Fragen, die bislang niemand beantwortet hat?«

»Sie meinen, wieso Hüter Schwarzfeder immer ein Huhn mit in den Unterricht bringt?«

Sie lachte kurz und hielt sich dann vornehm die Hand vor den Mund. »Ich fürchte, das kann nur er dir beantworten.«

»War einen Versuch wert. Dann werden Sie mir wahrscheinlich auch nicht sagen können, weshalb er in diesem kleinen Zelt im Hof übernachtet, wenn es hier doch so herrliche Schlafsäle gibt.«

Sie schüttelte den Kopf und ihre Augen funkelten vergnügt dabei. »Aber was ist mit dir, Lola? Gibt es da vielleicht etwas, sagen wir, *wirklich Wichtiges*, das du wissen willst?«

Da gab es natürlich sehr viel, doch in letzter Zeit hatte ich tatsächlich auch einiges erfahren. Mehr als ich jemals über mich gewusst hatte, um genau zu sein. Ich war eine Tochter des Levante, jenes warmen Windes aus dem Osten, der meine Stadt und mein Zuhause so sehr prägte. Ich war im Ostwind zu Hause, war ein Teil von ihm. Deshalb hatte ich mich mein ganzes Leben so wohlgefühlt im Wind. So geborgen. Schön, wenn man zur Abwechslung auch mal Erklärungen erhielt. Blöd war nur, dass ich mit jeder Erklärung mehr feststellte, wie mächtig Mistral war. Und wie sehr er uns hasste.

»Wie … wie ist er so? Mein Windvater, meine ich.«

»Er ist sehr mächtig«, sagte sie nach einer kurzen Stille. »Gütig und gerecht, aber er kann auch ziemlich aufbrausend sein. Windstärke acht ist für ihn kein allzu großes Problem.«

»Warum hat er sich nie gemeldet?«

»Niemand tut das. Niemand darf das. Die Winde haben sich verpflichtet, sich aus euren Leben herauszuhalten.«

»Das heißt, sie werden auch nicht mit uns gegen Mistral kämpfen?«

Die Hüterin schüttelte den Kopf.

»Ganz schön praktisch für sie, lassen uns einfach die ganze Arbeit machen«, brummte ich, bevor ich mich stoppen konnte. Herrje, ich klang wie ein bockiges Kind. »Ich meine …«

»Schon in Ordnung«, sagte sie sanft. »Ich kann dich verstehen. Es ist nur …« Sie seufzte. »Jeder Wind möchte natürlich, dass sein Kind ein Kind des Windes wird. Aber die Windgeborenen müssen das aus freien Stücken entscheiden. Und vor ihrem 13. Geburtstag. Viele Erwachsene werden deswegen nie erfahren, dass sie eigentlich Kinder des Windes sind. Niemand weiß genau, wie viele ihre Macht längst verloren haben. Dabei würden wir sie jetzt brauchen. Jeden Einzelnen von ihnen.«

Ich dachte einen Augenblick darüber nach. Noch war ich mir nicht sicher, ob das eher Fluch oder Segen war, dass ich ein Kind des Windes war.

»Diese Macht, von der Sie sprechen … woher kommt sie?«

»Sie war immer schon da«, sagte sie leise und blickte wieder aus dem Fenster. »Und wirkt doch anders in jedem von euch.«

»Meinen Sie unsere besonderen Fähigkeiten?«

»Auch. Doch was die angeht, seid ihr auf euch gestellt. Niemand außer euch selbst kann sie trainieren.«

»Woher soll ich denn wissen, was meine Fähigkeit ist?«

»Du wirst es herausfinden, Lola. Da bin ich mir sehr, sehr sicher.«

Sie stand auf, ging um ihren Schreibtisch herum und blieb an einem hängenden Vogelkäfig stehen. Eine riesige Gottesanbeterin blickte sie reglos an, die Vorderbeine in die Höhe gereckt. »Levante ist ein besonderer Wind, musst du wissen. Gut, im Grunde sind natürlich alle Winde besonders, sollte ich jetzt wohl sagen, aber ich möchte dir nichts vormachen. Levante ist eine Nummer für sich. Er ist sehr einflussreich und stark, fast so stark wie Mistral, aber auch …« Sie zögerte und für einen Moment verdunkelten sich ihre Augen.

»Aber auch … was?«

Sie sah aus dem Fenster, die Arme vor der Brust gekreuzt. »Er hat einen eigenen Kopf. Das dürfte dich jetzt nicht sonderlich wundern, den hast du nämlich von ihm. Es ist nur, dass Levante in der Vergangenheit nicht immer wusste, auf welcher Seite er stehen soll.«

»Wie meinen Sie das?«

»Mistral … er hat schon mehrfach versucht, Unruhe zu stiften. Bislang trieb er es nicht so weit wie dieses Mal, wir hatten allerdings bereits früher Ärger mit ihm und seinen Ansichten.«

»Sie meinen, dass er es auf uns abgesehen hat?«

»Er verachtet die anderen Winde dafür, dass die gemeinsame Sache mit den Menschen machen. Für ihn werden die Winde von den Menschen nur ausgenutzt. Seit es uns Menschen gibt, sagt er, haben wir die Winde ausgebeutet. Wir lassen unsere Segelschiffe von ihnen antreiben, fangen sie mit Windrädern ein. Früher war seine Sichtweise unangenehm und manchmal vielleicht auch ein bisschen brisant, aber wir hätten nie gedacht, dass er so weit gehen würde. Dass er tatsächlich in den Krieg ziehen will.«

»Was hat das mit Levante zu tun?«

Es bereitete der Hüterin sichtlich Unbehagen, darüber zu sprechen. »Nun …«, fuhr sie fort. »Levante, er hat sich schon mehr als einmal auf Mistrals Seite gestellt. Das liegt in seiner Natur, der Levante-Wind folgt dem Mistral auf seinem Weg. Das war schon immer so, sicher, doch nun …«

»… denken Sie, dass er es wieder tun könnte.« Etwas durchzuckte mich. »Dass *ich* es tun könnte.«

Sie nickte zerknirscht. »Nimm mir das nicht übel, Lola. Es ist nur leider nicht auszuschließen. Du weißt es vielleicht noch nicht, aber du bist sehr wichtig. Für uns, aber auch für Mistral. Er kennt deine Macht und wird alles versuchen, dich auf seine Seite zu ziehen.«

Mich überlief ein gewaltiger Schauer, als ich an meinen Traum dachte. Der Traum der ersten Nacht, der Traum, den es laut Alfredo eigentlich gar nicht geben dürfte. In diesem Traum war ich Mistral durch eine Ruine gefolgt. Er hatte sich zu mir umgesehen und mich einfach nur angestarrt, während er an den Überresten von Häusern und Palästen vorübergegangen war. Irgendwann hatte er gelächelt. Und ich hatte mich gut dabei gefühlt.

Ich kann mich erinnern, schweißgebadet aufgewacht zu sein, hatte den Traum aber bald wieder vergessen. Jetzt war er wieder da.

Malissa Al-Quain sah mich nachdenklich an.

»Ich habe geträu…«, begann ich, doch sie nickte nur.

»Ich weiß, Lola. Ich weiß. Lass dich bitte nicht davon beunruhigen. Immerhin bist du hier. Als erstes Kind des Levante, von dem wir sicher wissen. Das ist ein gutes Zeichen.«

»Ist es das?«

Sie lächelte. »Ihr seid vielleicht nur zu fünft, Lola, aber …«

»Hat Mistral eigentlich auch ein Kind?«, unterbrach ich sie.

»Niemand weiß das. Es ist nicht auszuschließen, würde aber gegen alles sprechen, wofür er steht. Gerade ihr Windgeborenen wart es ja, die ihn dazu gebracht haben, nun ja, die Welt an sich reißen zu wollen. Wenn das geschieht …«

»Ich weiß«, sagte ich nickend. »Das Ende der Welt.« Mir kam ein Gedanke. »Wieso kämpfen Sie nicht mit uns?«

»Lola …«, begann sie und senkte dann den Kopf. »Ich wünschte, wir könnten.«

»Ich wünschte, wir müssten nicht«, gab ich leise zurück.

32

Die Sache mit den Katzen

»Maria und Mario, raus aus der Speisekammer!«

Hüter Schwarzfeder stürmte erbost und mit hochrotem Kopf aus dem Raum und ließ sein glucksendes Huhn allein bei uns zurück. Es schaute uns kritisch an. Seit Hüterin Lachapelle kürzlich diesen krassen Zusammenstoß mit einer sehr großen, sehr alten und vor allem sehr schweren Blumenvase gehabt hatte, hatte er vorübergehend den Unterricht im Windreiten übernommen. Niemand hatte den Zwillingen etwas beweisen können, doch ich schwöre, dass ich gesehen habe, wie sie die baumhohe Vase unbemerkt in ihre Flugbahn geschoben hatten.

Maria und Mario nutzten die neue Situation schonungslos aus. So schnell hatte ich noch niemanden die Schwachstellen des gesamten Lehrkörpers aufdecken sehen. Es war wirklich eine ganze Menge kriminelle Energie bei den Zwillingen festzustellen. Wahrscheinlich war es nur eine Frage der Zeit, bis sie mal wirklich in Schwierigkeiten geraten würden. Ausmachen würde es ihnen natürlich nichts.

Das Huhn sah uns jetzt ziemlich panisch an und gluckste fragend. Ohne sein Herrchen schien es ziemlich verunsichert.

Ein Windstoß fegte durch den Raum. Kichernd standen Maria und Mario vor uns, Gesicht und Hände über und über mit Schokolade verschmiert.

»Sehr lustig«, wetterte Hüter Schwarzfeder, als er in den Übungsraum zurückkehrte. »Wie oft muss ich euch noch sagen, dass das Windreiten nur in bestimmten Bereichen der Kathedrale erlaubt ist? Zudem dürfte es euch gar nicht möglich sein, einfach so in die Speisekammer zu gelangen.«

Von wegen! Maria und Mario waren der Wahnsinn im Windreiten. Sie konnten schneller, weiter und leiser reiten als wir alle zusammen. Selbst ihre Falken, so schien es, hatten Schwierigkeiten, mit diesem Tempo mitzuhalten.

Wenn man mal den Dreh raus hatte, war es gar nicht schwer. Und machte tierischen Spaß! Alles, was wir zum Windreiten brauchten, war schon in uns. Wichtig war nur, es zu finden. Zu »wecken«, wie Hüterin Lachapelle immer gesagt hatte. Also, bevor ihr diese Vase in die Quere gekommen war.

»Lola Martinez.« Wenn Schwarzfeder meinen Namen aussprach, klang das immer wie MaRRRRtineßßß. Schon ein wenig übertrieben. »Hol uns doch allen mal eine Runde Mangos aus dem Garten.«

Schwarzfeder dachte sich immer kleine Tests wie diese aus, wenn wir Windreiten sollten. Einmal musste ich ihm sogar Futter für sein Huhn bringen oder seinen Anzug aus der Reinigung in einem der verwinkelten Kellergeschosse holen.

Ich nickte, trat vor und schloss die Augen. Das war eigentlich gar nicht nötig, half mir aber bei der Konzentration. Ich atmete tief ein, aus, wieder tief ein. Ich stellte mir den Garten vor und dazu den kürzesten Weg.

Ich horchte auf den Wind in mir. Das gelang mir mittlerweile spielend. Ja, da war er, sausend und brausend. Wie eine Brandung in meinem Körper. Ich atmete aus.

Die Welt um mich herum verschwamm und schoss an mir vorbei wie vor dem Fenster eines sehr schnellen Zugs. Zack, schon stand ich im Garten unter dem Baum mit den herrlichsten Mangos, pflückte eine

Handvoll, stellte mir den Trainingsraum vor, atmete aus und schoss wieder zurück zu den anderen.

Schwarzfeder drückte auf eine altmodische Stoppuhr. »Elf Sekunden, nicht schlecht«, meinte er anerkennend und nahm eine der Früchte entgegen. Er machte sich nie die Mühe, eine Frucht zu schälen, sondern biss einfach hinein. Sein Huhn bekam auch immer was ab, pickte aber mehr oder weniger lustlos auf dem weichen Fruchtfleisch herum.

»Was machen eure Tauchübungen?«, fragte er mit vollem Mund.

»Ganz okay«, meinte Mario gelangweilt und winkte ab. »150 Sekunden oder so.«

Schwarzfeder starrte ihn ungläubig an. »Wie bitte?«

»Ach, das ist doch gar nix. Fragen sie mal meine Schwester.«

»168 Sekunden«, meinte Maria und strahlte.

Schwarzfeder wirkte, als hätte man ihm gerade gesagt, dass sich sein Huhn in einen hungrigen Tyrannosaurus Rex verwandelt hatte. »Das ist unmöglich«, keuchte er.

Die beiden grinsten sich an. »Für euch vielleicht«, sagten sie aus einem Mund, fassten sich an den Händen und waren schon wieder verschwunden.

Schwarzfeder wollte gerade zu einem scharfen Kommentar ansetzen, als es im Nebenzimmer ganz fürchterlich polterte.

Der Hüter sah uns alarmiert an, legte den Finger auf seine dünnen Lippen und bedeutete uns mit dem Kopf, ihm zu folgen. Der Lärm war eindeutig aus dem Büro von Hüterin Elisabeth gekommen, der spurlos verschwundenen Hüterin der Totemtiere. Auch jetzt klang vorwurfsvolles Blöken und aufgeregtes Geschnatter aus dem Raum.

Ich hatte mich schon lange gefragt, wie es darin wohl aussehen würde, und war ziemlich aufgeregt, als Schwarzfeder mit seinem üblichen dramatischen Getue die Tür aufriss und mit wehendem Umhang in den Raum stürmte.

Wir folgten ihm in einen Raum, wie ich ihn noch nie zuvor gesehen hatte. Auch die Zwillinge waren mittlerweile zurückgekehrt und standen staunend (und stumm!) in der Tür. Hüterin Elisabeth bewohnte eines der Erkerzimmer der Kathedrale – mit großen schmalen Fenstern, Balkon und einem großen Kronleuchter. Das war natürlich nicht das Besondere.

Das Besondere war, dass jeder Quadratzentimeter von Tieren bevölkert war. Katzen, Hunde, Schildkröten, Mäuse, Papageien, Kanarienvögel, Schafe, Spinnen, Adler, ein Pony, aber auch ein Alligator, ein Lama, fette Kröten, Flughunde, ein handliches kleines Nilpferd und unendlich viele Tiere mehr, von denen ich ziemlich viele noch nie gesehen hatte. Und das alles in einem Raum, der so groß war wie unser Schlafsaal.

Inmitten dieses wiehernden, zischenden, zwitschernden, bellenden, quakenden Wahnsinns saß die verschollene Hüterin Elisabeth auf dem Boden und blickte uns verwirrt durch eine sehr dicke Brille an. »Was machen Sie denn hier, Schwarzfeder?«, fragte sie. »Und wer sind diese Kinder?«

»Hüterin Elisabeth! Wo um alles in der Welt haben Sie gesteckt?«

»Gesteckt? Ich?« Sie rappelte sich auf und strich sich ihr geblümtes Kleid glatt. Ihre grauen Haare hätten es eigentlich nötiger gehabt. Sie sahen aus wie ein Vogelnest. »Ich wüsste wirklich nicht, was Sie das angeht. Bin ich etwa zu spät zum Tee? Oder was soll dieser ganze Aufzug hier?«

»Zum Tee?«, rief Schwarzfeder und riss die Augen auf. »Zum *Tee*? Sie waren zwei Jahre verschwunden!«

Die Hüterin setzte an, um etwas zu sagen, überlegte es sich dann aber anders. »Hm«, machte sie nach einer Weile. »Hm. Höchst interessant.«

Damit schien die Sache für sie gegessen, denn sie wandte sich mit dem besten Großmutter-Lächeln an uns. »Und wer seid ihr jungen Besucher?«

»Das«, verkündete Schwarzfeder, »sind die Kinder des Windes. Aber wie …«

»Ist das wahr?« Sie ignorierte den Hüter und klatschte begeistert in die Hände. Dicke Ringe prangten daran, die beim Aufeinanderschlagen läuteten wie ein Amboss, der von einem Hammer bearbeitet wird. »Dann bin ich ja genau zur richtigen Zeit zurückgekehrt, was?«

Schwarzfeder sah mal wieder so aus, als würde er gleich explodieren. »Zur richtigen Zeit? Wir dachten, Sie wären für immer verschollen!«

Hüterin Elisabeth tätschelte ihm die Schulter. »Nun stellen Sie sich mal nicht so an, Schwarzfeder. Außerdem haben wir Wichtigeres zu tun, als uns mit der Vergangenheit aufzuhalten, habe ich nicht recht?«

Für jemand, der gerade festgestellt hatte, zwei Jahre lang verschollen gewesen zu sein, steckte Hüterin Elisabeth das alles bemerkenswert gut weg.

»Also, wen haben wir denn da?«

»Maria und Mario«, quakten die beiden. »Oder M und M, wie sie wollen. Kinder des Tramontana.«

»Und der Schreck jedes Lehrers«, zischte Schwarzfeder leise.

Hüterin Elisabeth nickte. »Und du?«

Esteban rückte sich seine Brille zurück. »Esteban, ein Kind des Scirocco. Habe ich natürlich selbst herausgefunden.«

»Natürlich hast du das, Junge. Ah, Pablo, schön, dich wiederzusehen.«

Pablo nickte knapp. Wie kam es nur, dass ihn hier alle kannten? Wie oft war er schon hier gewesen? Ich sah ihn an, doch er wich meinem Blick aus. Das tat er nicht das erste Mal, seit wir wussten, zu wem ich gehörte. Er wandte sich einigen Leguanen zu und unterhielt sich übermäßig angeregt mit ihnen.

»Und du bist …«

»Lola«, antwortete ich. »Tochter des …«

»… Levante«, vollendete Hüterin Elisabeth den Satz. »Offensichtlich.« Sie ging langsam um mich herum und musterte mich. Wie ich es hasste, wenn Erwachsene das taten! »Ich hätte ja nicht gedacht, dass das passiert«, flüsterte sie, dann hellte sich ihre Miene schlagartig auf. »Das dürfte spannend werden! Und wo ihr schon mal hier seid: Wie sieht's mit euren Totemtieren aus?«

»Falke!«, tönte es aus Marios und Marias Mund. Wie auf ein Zeichen hob ein Falke von der Gardinenstange über den Fenstern ab, flatterte durch den Raum und ließ sich auf Marias ausgestrecktem Arm nieder. Die anderen beiden Falken, die auf einem Ast unter der hohen Decke Platz genommen hatten, schimpften eifersüchtig.

Pablo hielt sich gespielt schockiert die Hand vor den Mund. »Ich muss doch sehr bitten! Das ist eine sehr unverschämte Ausdrucksweise für einen Falken!«

»Echte Profis, wie ich sehe«, lobte Hüterin Elisabeth die beiden. Sie klatschte in die Hände und der Falke löste sich in Luft auf.

»Ihr dachtet doch nicht ernsthaft, dass ich all diese armen Geschöpfe in diesem winzigen Zimmer einsperre«, sagte sie, als sie unsere erstaunten Gesichter sah. »Das hier sind lediglich Avatare. Illusionen, sozusagen.«

Na, wenn das so war! Ich machte einige Schritte in den Raum hinein und ging vor dem Alligator auf die Knie. So einen wollte ich schon immer mal anfassen.

Als ich meine Hand nach seinem Maul ausstreckte, zog mich die Hüterin unsanft von ihm weg. »Sehr *bissige* Illusionen«, zischte sie und ich lief knallrot an. »Also gut, Lola, dann erzähl mir doch mal, welches dein Totemtier ist.«

»Die Katze«, sagte ich sofort und wartete darauf, dass eine Katze hier aus dem Raum auf mich zugelaufen kam wie bei mir zu Hause in Tarifa. Ein Gedanke durchzuckte mich. Wer fütterte sie eigentlich, jetzt, da ich so lange nicht da war?

Nichts tat sich. Eine Katze lag träge am Ofen, eine andere leckte sich die Pfote. Äh, was sollte das denn jetzt?

»Und du bist dir ganz sicher?«

»Natürlich bin ich mir sicher«, meinte ich und stellte mit einem faulen Gefühl im Magen fest, dass ich es gar nicht war.

Die Hüterin schürzte die Lippen, wie es sonst nur Lehrer konnten. »Nun, es sieht zumindest nicht danach aus«, meinte sie und stemmte die Fäuste in die Hüften. »Manchmal sind wir sehr sicher und liegen trotzdem daneben.«

»Aber ich war mir mehr als …«, setzte ich wieder an, als Pablo mir ins Wort fiel, einfach »Wüstenluchs« sagte und kurz darauf eines der wunderschönen Tiere im Arm hielt. Auch Kahina ließ es sich nicht nehmen, eifersüchtig abzuziehen.

»Ausgezeichnet, Pablo. Und du, Esteban?«

»Ich weiß, das klingt komisch, aber es ist ein Delfin.«

»Festhalten und ganz normal weiteratmen!«, rief Hüterin Elisabeth noch, dann brach eine gewaltige Welle über uns herein und flutete den ganzen Raum. Wir konnten tatsächlich atmen, als wäre das Wasser nicht hier. Und wahrscheinlich war es das ebenso wenig wie der Delfin, der jetzt um Esteban herumschwamm und ihn verspielt anstupste.

Dann war der Spuk vorbei und wir standen wieder trocken in Hüterin Elisabeths magischem Tierpark.

Sie kam auf mich zu und tätschelte mir die Schulter. »Das wird schon, Liebes«, sagte sie mit dem geduldigen Tonfall einer Kindergärtnerin. »Aber vergiss nicht: Erst wenn du dein Totemtier kennst …«

»… kann ich meine vollen Fähigkeiten nutzen«, schnappte ich und stürmte mit hochrotem Kopf aus dem Raum.

33

Die Kathedrale wird angegriffen

Selbst die gigantisch große Schokotorte, die es zu meinem Geburtstag gab, konnte mich am Abend nicht aufheitern. Ich meine, klar, sie war geformt wie ein Wirbelsturm und sah mit dem ganzen Zuckerguss schon ziemlich cool aus, aber ich hatte einfach zu viel im Kopf, das mich ablenkte.

Ich war ein Kind des Windes und dennoch eine Gefahr für alle, Pablo und die anderen mieden mich wahrscheinlich genau deswegen und ich wusste jetzt anscheinend doch nicht, welches mein verdammtes Totemtier war. Da reichte eine Schokotorte als Ausgleich nicht ganz aus.

Ich verließ den Speisesaal viel früher als sonst. Ich wollte allein sein. Und in der Kathedrale der Winde war es aus irgendeinem Grund ziemlich schwer, das zu sein. Obwohl laut Alfredo kaum 20 Hüter hier rumhingen, war irgendwie immer jemand in einem Gang, auf einem Balkon oder auf der Toilette. Auch jetzt, als ich den endlos langen Flur hinunterlief, der zu unserem Schlafsaal führte, hörte ich Stimmen.

Ich erkannte sie sofort.

Ich verlangsamte meine Schritte und blieb im Schutz der großen Statuen stehen. Jeder der Winde hatte eine, sogar die von Mistral stand noch neben den anderen und starrte ernst ins Nichts. Als einer der Begründer der Kathedrale war das wahrscheinlich sein gutes Recht.

»Aber das sind doch noch Kinder!«, zischte Alfredo.

Ich huschte leise noch einige Statuen weiter vor und presste mich dann in eine Lücke zwischen den zwei hoch aufragenden Steinfiguren. Echt verrückt: Es waren Levante und Poniente!

»Ich weiß, aber das spielt keine Rolle.« Die zweite Stimme gehörte Malissa Al-Quain.

»Und ob es eine Rolle spielt! Wir dürfen sie nicht ins Verderben rennen lassen. Und eigentlich weißt du das auch.«

Ein Schweigen trat ein, das irgendwann von einem lang gezogenen Seufzen abgelöst wurde. »Du kennst die Regeln, Alfredo. Du kennst sie genau so gut wie ich. Immerhin hast du einige von ihnen selbst aufgestellt.«

»Dann habe ich eben einen Fehler gemacht!«

Die Hüterin machte ein Geräusch, als wäre sie vollkommen schockiert über das, was Alfredo gesagt hatte. »Was sagst du denn da?«, stieß sie hervor. »Weißt du, was du da sagst?«

»Natürlich. Das ist es ja. Wir können doch ein paar viel zu junge Menschen nicht einfach sich selbst überlassen!«

»Es sind nicht wir, die das entschieden haben.« Jetzt klang sie fast flehentlich.

»Nein, das nicht. Aber wir können entscheiden, was als Nächstes passiert. Und jetzt habe ich Wichtigeres zu tun, als mich mit dir zu streiten.«

Seine watschelnden Schritte kamen in meine Richtung und ich drückte mich noch tiefer in die Schatten.

»Warte.«

Die Schritte verstummten. »Was?«, fragte er langsam.

»Was, wenn sie sich gegen uns stellt?«

Ich hielt den Atem an.

»Wer?«

»Du weißt, wer.«

Mein Herz sank in meine Kniekehlen. Sie sprachen über mich!

»Das wird nicht passieren.«

»Und da bist du dir sicher?«

Eine lange Pause entstand. »Nein, das bin ich nicht.«

Autsch!

»Ich bleibe dennoch dabei. Es ist unverantwortlich! Und du weißt, dass ich recht habe.«

Kurz darauf rauschte er an mir vorbei, ohne mich zu bemerken.

Ich hörte, wie die oberste Hüterin geräuschvoll ausatmete. »Natürlich weiß ich das«, sagte sie leise, als Alfredo schon verschwunden war. »Das macht es ja so schwer.«

Dann verließ sie den Korridor in die andere Richtung.

Die dachten ernsthaft, dass ich sie verraten würde!

Mit weichen Knien schlich ich zurück in den Schlafsaal. Etwas schnürte mir die Kehle zu, und ich konnte nicht mal genau sagen, was es war. Gründe gab es leider genug. Pablo … ich musste endlich mal wieder in Ruhe mit Pablo sprechen!

Ich hatte Glück: Als ich in den Schlafsaal kam, war Pablo mit Kahina allein. Er lag auf seinem Bett, die Hände hinter dem Kopf verschränkt, und starrte an die verzierte Decke. Der Wüstenluchs lag zusammengerollt neben ihm und musterte mich müde. Von Esteban und den Zwillingen fehlte jede Spur.

Irgendwo donnerte es, aber darüber machte ich mir im Moment keine Gedanken.

Ich atmete tief durch und trat an sein Bett. »Pablo, können wir reden?«

Es dauerte eine Weile, bis er mich anschaute. Wieder ertönte der Donner. »Worüber?«, fragte er kühl.

Ich zeigte von ihm zu mir und starrte ihn an. »Darüber?«

Er setzte sich an die Bettkante und hob entschuldigend die Hände. »Sorry, war nicht so gemeint. Was ist los?«

Ich erzählte ihm, was ich gerade erlebt hatte und was in Al-Quains Büro vorgefallen war, während der Donner draußen immer lauter wurde.

»Das hättest du mir eigentlich gar nicht sagen dürfen«, sagte er irgendwann und lächelte endlich mal wieder. »Hat sie dir das nicht gesagt?«

»Keine Ahnung«, brummte ich. »Ja, doch, hat sie. Aber es ist mir egal. Ich hab keinen Bock, allein den Kopf hinzuhalten, wenn ihr eh alle denkt, dass ich euch verrate.«

So direkt wollte ich Pablo eigentlich gar nicht damit konfrontieren, aber wenn es jetzt schon mal gesagt war, dann konnte es auch nicht schaden.

»Was sagst du da?«

»Jetzt tu nicht so, als würdest du das ganz anders sehen!«

Er erwiderte nichts darauf und sah mich einfach nur an.

Ich kniete mich vor ihn. »Pablo«, begann ich und nahm seine Hände in meine. »Ich muss wissen, wem ich vertrauen kann.«

Er lachte kurz auf und sah mich mit dunkler Miene an. »Das würde ich auch gern wissen.«

Ich ließ seine Hände los, als stünden sie unter Strom. »Wie kannst du so etwas sagen?«, brachte ich atemlos hervor.

Kahina war aufgesprungen und musterte mich knurrend.

Pablo sah mich mit einem Blick an, der wirklich wehtat. »Was soll ich denn sonst sagen? Wer sagt mir, dass du wirklich auf unserer Seite stehst?«

»Das meinst du nicht …«, hauchte ich tonlos, doch er drehte mir den Rücken zu.

»Was ich meine, ist meine Sache. Und jetzt lass mich in Ruhe.«

»Pablo!« Meine Augen füllten sich mit Tränen, was mich ziemlich wütend machte. »Du kannst mich nicht erst in diese Scheiße reinziehen und mich jetzt im Stich lassen!«, schrie ich.

Er drehte sich zu mir um. »Ich weiß. Am liebsten würde ich es rück –« Weiter kam er nicht. Die Tür flog krachend auf und Esteban und die Zwillinge stolperten in den Raum. Sie sahen aus, als hätten sie einen Geist gesehen.

Ein jaulender Lärm erhob sich. Es klang wie eine Sirene. Eine schrille, verzweifelte Sirene, die seit 100 Jahren nicht benutzt worden war. Laute Schritte ertönten, irgendwo schrie jemand. Dann schrien deutlich mehr Menschen. Kurz darauf streckte Alfredo seinen knallroten Kopf zur Tür herein. »In den Garten! Sofort!«

Wir tauschten nervöse Blicke und wollten schon aus dem Zimmer stürmen, als Pablo uns zurückrief. »Packt das Nötigste zusammen und vergesst nicht den Proviant«, sagte er dann und seine Stimme war brüchig. »Ich glaube nicht, dass wir bleiben werden.«

Was? Moment, wie bitte? Wir würden die Kathedrale verlassen? Jetzt schon? »Pablo, wie meinst du das?«

»Tut es einfach, okay?«, schnappte er, stopfte ein paar Sachen in seinen Rucksack und sagte nichts mehr. Also machten wir es ihm nach und eilten kurz darauf aus dem Schlafsaal.

Überall auf den Gängen rannten Hüter herum, einer schaute fassungsloser als der andere. Was zum Teufel passierte hier? Selbst die Falken flogen aufgebracht über unseren Köpfen hin und her.

»Wir werden angegriffen! Bei den guten Winden, wir werden angegriffen!«, kreischte die Sängerin der Band, die wir an unserem ersten Tag bei der Probe erlebt hatten.

Angegriffen? Wer griff denn die Kathedrale der Winde an, wenn nicht …?

Mehr als ein Hüter schaute uns missbilligend, ja sogar anklagend an. Außer mir schien das niemandem aufzufallen. Dann wusste ich auch, weshalb: Sie schauten alle nur mich an! Ich beschränkte mich darauf, sie alle kämpferisch anzulächeln, was fast immer zur Folge hatten, dass sie zu Boden starrten und weitereilten.

Als wir in den Garten kamen, war der nicht wiederzuerkennen. Alle Blumentöpfe waren beiseite geräumt, die Beete zertrampelt. Überall standen Hüter in langen Roben, auch Malissa Al-Quain und die meisten unserer Lehrer waren da. Ich sah Schwarzfeder, Elisabeth und Aria unter den Hütern. Immerhin hatten die den Anstand, mir zuzunicken.

»Schnell, kommt her zu uns.« Die oberste Hüterin winkte uns zu sich und wirkte, als würde sie uns alle in die Arme schließen wollen. »Wir haben nicht viel Zeit, also hört ganz genau zu.«

Pablo wollte etwas sagen, doch Al-Quain brachte ihn mit einer sehr direkten Geste zum Schweigen. Die musste ich mir mal merken.

Kurz darauf hörten wir es das erste Mal. Es rumpelte und zischte, es rumorte und dröhnte, als würden wir im Bauch eines großen Schiffes sein, das auseinanderbrach. Das war also der Donner gewesen, den ich schon vorhin gehört hatte! Kahina winselte und suchte zwischen Pablos Beinen Schutz. Ich glaube, er merkte es nicht einmal.

Blitze rissen den Himmel über uns in Stücke, der Donner kam schnell näher. Als der Wind uns erfasste, spürte ich es sofort. Oder sollte ich besser sagen: Spürte ich *ihn* sofort?

Offensichtlich war ich damit nicht allein. Mehrere Hüter warfen erst nervöse Blicke zum Himmel, dann zu mir, dann wieder zum Himmel.

An diesem Punkt verlor ich die Fassung.

Wahrscheinlich war das längst überfällig und noch dazu hochverdient, aber was es auch war: Ich konnte es so oder so nicht aufhalten.

»Zeigt mir doch einfach, wie ich hier rauskomme, dann seid ihr mich los!«, brüllte ich unvermittelt.

Einige zuckten zusammen, einige schauten betreten zur Seite, ein paar starrten mich einfach nur an. Und es war mir so was von egal! »Ihr denkt doch eh alle, dass ich die erste Möglichkeit nutze, um zu Mistral zu rennen.« Bei seinem Namen zuckten fast alle zusammen und ich genoss es sogar ein wenig. Ich hatte keine Angst vor ihm und würde mich auch nicht für ihn rechtfertigen. »Also los, schmeißt mich raus, dann habt ihr endlich, was ihr wollt!«

Dicke Regentropfen prasselten auf uns nieder. Sie waren eine ganze Weile das einzige Geräusch. Dann trat Malissa Al-Quain vor, streckte mir ihre Hand entgegen und blickte mich aus ihren gütigen Augen an. »Du bist eine von uns, Lola. Ich glaube an dich.« Sie stellte sich vor mich und drehte sich zu den Hütern um. »Jeder, der das nicht tut, verlässt augenblicklich diesen Garten!«

Gemurmel erhob sich und einige Momente lang wusste ich nicht, was passieren würde. Dann streckte mir ein Hüter nach dem anderen respektvoll eine Hand entgegen und machte einen Schritt zur Seite, damit ich in die Menge treten konnte. Ein kurzer Seitenblick auf Pablo. Er wich meinem Blick aus, aber er blieb im Garten.

»Wir waren eh immer auf deiner Seite«, raunte mir Maria zu und grinste. Die Zwillinge würden sich wohl selbst vom Weltuntergang nicht die gute Laune verderben lassen!

»Nachdem das geklärt wäre«, sagte die oberste Hüterin lang gezogen, »können wir uns ja vielleicht wieder darauf konzentrieren, *dass wir angegriffen werden!*« Die letzten Worte hatte sie sehr laut gesagt – mit der Folge, dass alle stramm standen wie es wahrscheinlich beim Militär der Fall war. Sogar Kahina spitzte die Ohren!

»Die Kalifen der Winde haben uns gefunden. Wie sie das fertiggebracht haben, ist für den Moment egal. Sie haben uns gefunden und wir müssen uns bereit machen. Noch halten die Schutzwinde um die Kathedrale, doch sie sind nicht allmächtig. Leider. Gegen die wandelnde Festung werden sie nicht ewig bestehen können.«

»Wie haben sie uns nur gefunden?«, wollte eine Hüterin wissen, die ich oft in der Küche gesehen hatte. »Das ist eigentlich unmöglich, oder nicht?«

»Eigentlich, ja.« Al-Quain lächelte traurig. »Aber es gibt immer ein erstes Mal. Also müssen wir handeln. Alfredo, such dir ein paar Leute und geh zum Haupttor. Schwarzfeder, ihr postiert euch an den Fenstern. Der Rest bleibt bei mir und errichtet einen Schutzwind um unsere Windgeborenen.«

»Was-was passiert jetzt mit uns?«, wagte ich, zu unterbrechen.

Alfredo kam auf mich zugewackelt. »Ihr müsst verschwinden. So schnell wie möglich. Wenn die Kathedrale fällt, dann fallt auch ihr. Seht zu, dass ihr euch in Sicherheit bringt. Geht weg, ganz weit weg von hier. Verlasst die Wüste!«

Pablo war neben mir aufgetaucht. Zum ersten Mal wirkte auch er hilflos. »Und dann?«

Alfredos Schultern sanken. »Und dann wartet ihr, bis er euch findet.«

»Kommt gar nicht infrage!«, ging Mario dazwischen und boxte in die Luft. »Wir werden ihn finden! Und dann geben wir ihm so richtig eine auf die Mütze.«

Alfredo lächelte. »Oder so, Himmelstaucher Mario. Oder so.«

Himmelstaucher, diesen Namen hatten sich die beiden während unserer Ausbildung verdient. Noch nie hatte es solche Windreiter in der Kathedrale gegeben!

Er gab jedem von uns die Hand, um sich zu verabschieden. So langsam dämmerte mir, dass wir uns nicht nur von ihm, sondern auch von der Kathedrale verabschiedeten. Ich hatte mich hier so wohl, so zu Hause gefühlt, dass ich irgendwie gar nicht mehr damit gerechnet hatte, jemals wieder fortzugehen. Und wenn doch, dann ganz bestimmt nicht so plötzlich. Mir schossen die Tränen in die Augen und ich fiel ihm in die Arme.

»Na na«, sagte er sanft und tätschelte mir den Rücken. Dann sah er mich an und grinste verschmitzt. »Ganz schön viel Gefühl für eine Tochter des Levante.«

»Bildet einen Kreis«, rief die oberste Hüterin, als Alfredo und Schwarzfeder verschwunden waren.

Wir wurden von Hütern umringt, die jetzt alle ihre Arme ausstreckten. Hüterin Aria stand neben mir und blickte mich entschlossen an. Dann wandte sie die Augen zum Himmel und streckte ihren rechten Arm mit geballter Faust nach oben. Einer nach dem anderen machte es ihr nach, bis sie alle mit erhobenen Armen im Kreis standen.

Wir waren umringt von Hütern, die alle denselben Punkt am Himmel über uns fixierten. Das Grollen und Poltern war ohrenbetäubend, der Wind riss an uns wie ein unsichtbares Tier, das uns in seine Höhle zerren wollte.

»Bleibt standhaft!«, rief die oberste Hüterin wieder und wieder. »Bleibt standhaft!«

Ein Singsang erhob sich, in den nach und nach alle Hüter mit einstimmten. »Mögen die guten Winde mit uns sein, mögen die guten Winde mit uns sein …«

Langsam, ganz langsam spürte ich es. Das Böse im Wind, das bissige Fauchen, wurde Stück für Stück zurückgedrängt. Der Sturm ließ nach, bald schon befand sich eine Wand aus purem Wind um uns herum. Die sechs Hüter der guten Winde standen im Kreis, die Gesichter hoch konzentriert, die Fäuste geballt. Ich begriff, dass hier gerade alle guten Winde Seite an Seite kämpften. Ich war tief gerührt.

»Ihr müsst fliehen, Pablo!«, rief die oberste Hüterin über das Brausen und den durchdringenden Singsang hinweg. »Haltet euch westlich und ihr trefft auf die Karawane deines Onkels. Er weiß von euch. Und keine Sorge«, fügte sie gleich hinzu, »die anderen werden sich diesmal benehmen.«

Pablo nickte und drehte sich zu uns um. »Egal, was auch passiert: Wir müssen zusammenbleiben, verstanden?«

Wir nickten stumm und Pablo wandte sich zur Seite. Er schob einen großen Topf aus Terrakotta weg und öffnete die Falltür, die darunter zum Vorschein kam.

Ich schwöre, irgendwann würde er mir endlich mal erklären müssen, woher er das alles wusste!

Er setzte ein unglaubwürdiges Lächeln auf. »Also gut, los geht's!«

Die Hüter folgten uns mit den Augen, ohne die Hände herunterzunehmen. Ich wollte lieber gar nicht wissen, was passierte, wenn sie es taten.

»Viel Glück!«, rief Malissa Al-Quain und sah uns traurig an. »Jetzt seid ihr auf euch allein gestellt.«

34

Ein Sündenbock namens Lola

»Wie konnten die uns nur finden?«, rief ich in die Schwärze des Tunnels. Nur ab und an hing eine Fackel an der Wand, ansonsten war alles dunkel. »Alfredo hat doch immer gesagt, die Kathedrale der Winde wird nur von denjenigen gefunden, die sie brauchen.«

Wir eilten durch den Gang, den Falken hinterher, mal wieder auf der Flucht, mal wieder ohne einen Plan, was wir als Nächstes tun sollten. Wie immer eben.

»Ist das nicht offensichtlich?«, fragte Esteban schnaufend. Es war seine erste Wortmeldung seit einiger Zeit.

»Ist es das?«

Pablo antwortete, ohne sich umzudrehen. »Ist es. Deine Taufe hat sie angelockt.«

»Meine was?«

»Deine Taufe.« Jetzt war wieder Esteban dran. »Pablo meint den Moment, in dem dir klar wurde, dass du eine Tochter des Levante bist.«

Ich blieb abrupt stehen und die Zwillinge prallten gegen mich. »Was soll das heißen? Dass ich sie absichtlich hergeführt habe? Dass ich an allem schuld bin?«

Jetzt blieb auch Pablo stehen. »Hör auf, immer alles persönlich zu nehmen. So ist es eben: Sie sind irgendwie verbunden, Mistral und Levante.« Ich wollte schon zu einer sehr scharfen Entgegnung ansetzen, doch er kam mir zuvor. »Nicht so wie wir beide, Lola. Anders. Komm, wir müssen weiter.«

»Wie anders?«, fragte ich. Ich würde nirgendwohin gehen!

»Die beiden haben mal unter einer Decke gesteckt, standen auf einer Seite. Keine Ahnung, irgendwie so was eben. Mistral und Levante standen sich nah genug, dass Mistral spürt, was in dir vorgeht.«

Ich verstand. »Worauf wartet ihr dann noch? Na los, haut ab.«

Esteban und die Zwillinge waren zurückgekommen. »Was ist denn los?«, wollte Mario wissen.

»Lola will die Heldin spielen«, sagte Pablo trocken.

»Quatsch! Ich will nur nicht schuld sein, wenn euch was passiert.«

»Kommt nicht infrage!« Esteban kam auf mich zu. »Wir halten zusammen, ist das klar? Hier wird niemand zurückgelassen!«

»Natürlich nicht!« Pablo streckte seine Hand aus. »Denkt ihr denn, ich würde das tun? Ich habe Lola nur eine Frage beantwortet. Wir müssen alle wissen, womit wir es hier zu tun haben.«

Er atmete einmal tief durch und schaute an mir vorbei. Ich spürte einen Stich. »Können wir dann?«

Ich nickte resigniert.

Stumm zogen wir weiter, in Richtung einer ungewissen Zukunft. Und sehr wahrscheinlich in Richtung der nächsten Katastrophe, an der ich ganz allein schuld war.

Wir waren also mal wieder allein in der Wüste. Und obwohl wir ein wenig Proviant hatten, sah es diesmal noch viel weniger nach einem Spaziergang aus als letztes Mal.

»Sie muss hier irgendwo sein«, rief Pablo ungeduldig, als wir einige Stunden nach Westen gestapft waren. Doch von der Karawane fehlte jede Spur. Seit wir aus einer versteckten Höhle gekrochen waren, hatten wir nicht das geringste Anzeichen von Leben in der Wüste gesehen.

Keine Pflanzen, keine Tiere, erst recht keine Menschen. Nicht mal eine alte Feuerstelle oder so was. Die Erkundungsflüge der Falken blieben ebenso ergebnislos: Wohin sie auch flogen – nirgendwo fand sich ein Lebenszeichen.

Was mit der Kathedrale passiert war, konnten wir nicht sagen. Kein Blick zurück, das hatte uns die oberste Hüterin eingeschärft. Also würden wir uns daran halten.

Es war ehrlich gesagt ein ziemliches Scheißgefühl, diejenige zu sein, die uns jeden Moment in Lebensgefahr bringen konnte. Und obwohl ich den anderen zugute halten musste, dass sie es mich nicht spüren ließen, war es irgendwie immer da.

35

Die wandelnde Festung

Ich wusste nicht, wie lange wir schon durch die Wüste irrten. Dieser Ort schluckte Raum und Zeit. In der flirrenden Hitze sah alles gleich aus, verlor alles an Bedeutung.

Alles verschwamm.

Die Karawane, von der die oberste Hüterin gesprochen hatte, war bislang nicht aufgetaucht. Immerhin: Auch von den Windhunden fehlte momentan jede Spur. Ich wusste, dass das nichts zu bedeuten hatte. In den letzten Tagen hatten sie uns gejagt und mehr als einmal fast erwischt. Jetzt lauerten sie irgendwo da draußen.

Pablo warf mir einen Seitenblick zu. Er und die anderen hatten sich seit dem Angriff auf die Kathedrale der Winde darauf geeinigt, die Vorfälle erst mal zu vergessen.

»Was meinst du, haben wir sie abgeschüttelt?«

Ich schloss die Augen. Konzentrierte mich. Und schnaubte frustriert.

Ich witterte keine Gefahr im Wind. Doch ich wusste längst, dass das gar nichts zu sagen hatte. Unsere Feinde waren ebenso mit den Winden verbunden wie wir.

»Ich hab keine Ahnung«, antwortete ich mit einem Seufzen.

Der Sturm zog ziemlich plötzlich auf. Wieder war es keiner, der mir einen wohligen Schauer über den Rücken tanzen ließ. Keiner, der nach

Abenteuern duftete und von fremden Ländern erzählte. Selbst die Falken verließen die Lüfte und setzten sich auf die Schultern der Zwillinge. Dieser Sturm war böse. Und das konnte nur eines bedeuten.

Spannung knisterte in der Luft, als wir über die gefühlt Tausendste Düne kletterten und fest davon ausgingen, endlich die Küste vor uns zu sehen. Stattdessen blickten wir auf eine schwarze Wand.

Eine schwarze Wand, die rasch näher kam.

Ich hätte es selbst nicht für möglich gehalten, doch in diesem Moment hätte ich mich sogar über den Anblick dieser finsteren Hafenstadt Tanger gefreut.

»Das sind Wolken«, schrie Maria und drückte sich eng an Mario. Sie hatte in letzter Zeit die Gewohnheit entwickelt, das Offensichtliche sofort auszusprechen. Und das möglichst laut.

Es waren tatsächlich Wolken. Wolken, die viel zu schnell auf uns zukamen. Blitze zuckten in ihnen auf, dichter Regen fiel wie ein Vorhang auf den heißen Sand. Es waren mit Abstand die gruseligsten Wolken, die ich je gesehen hatte.

Gegen das, was jetzt aus ihnen herauskroch, waren sie dennoch der reinste Kindergarten. Im ersten Moment sah es so aus wie eine trostlose Stadt voller Hütten und heruntergekommener Häuser, verborgen im dichten Nebel. Dann erkannte ich, dass sie über dem Boden schwebte.

»Was ist das?«, brüllte ich gegen den stärker werdenden Wind an. Sandkörner schlugen uns schmerzhaft ins Gesicht. Es lag etwas in der Luft. Etwas Ungutes.

Ein Seitenblick auf Pablo verriet mir, dass er mal wieder nur zu gut wusste, was da in unsere Richtung schwebte.

»Die wandelnde Festung«, sagte er tonlos und nahm seine aufgerissenen Augen nicht von diesem Monster, als wolle er es hypnotisieren.

Die wandelnde Festung. Von ihr hatte ich in der Kathedrale schon mal gehört. Ihr jetzt tatsächlich gegenüberzustehen, fühlte sich einfach nicht echt an. Als würde man plötzlich merken, dass Geister wirklich existierten.

Ich rief mir die Passage aus dem alten Buch in Erinnerung, das Alfredo im Unterricht immer dabeigehabt hatte: *In der wandelnden Festung zogen die Kalifen des Windes über die Lande und Meere, verwüsteten Oasen, versklavten alles, was in ihre Fänge geriet. Eine Festung, die im Schutz ihres eigenen Gewitters auf der Jagd war.*

»Los, hauen wir ab!« Ich schrie aus Leibeskräften, doch meine Stimme erreichte die anderen kaum. Es donnerte so laut, dass alle anderen Geräusche geschluckt wurden.

Pablo schüttelte nur den Kopf. Er war ganz blass geworden. »Das bringt nichts«, rief er. »Denk dran, was uns Schwarzfeder gesagt hat. Wenn wir jetzt windreiten, werden wir sofort in die Festung gesaugt.«

»Und was sollen wir dann tun? Warten, bis dieses … dieses *Ding* hier ist?«

Er schwieg. Ich kannte ihn längst gut genug, um zu wissen, dass er mir etwas verheimlichte.

»Pablo?«

Die wandelnde Festung kam näher und näher. Endlich drehte sich Pablo zu mir um. Er sah mich ernst an. »Ich weiß, du hörst das nicht gern, aber diesmal haben wir wirklich keine Wahl.«

Falsch. Trotzig reckte ich das Kinn vor und ballte die Fäuste.

»Wir haben immer eine Wahl«, sagte ich. Und lief auf die wandelnde Festung zu.

Ich hörte, wie Pablo und die anderen hinter mir irgendetwas riefen. Doch es war mir egal. Ich konnte nicht davonlaufen? Gut, dann lief ich eben darauf zu. Das hier war mein Leben, und da traf immer noch ich die Entscheidungen!

Die wandelnde Festung war riesig. Wie ein verwahrloster Slum baute sie sich vor mir auf, ein Flickenteppich aus verschiedenen Gebäuden,

Hütten, Zelten, einsturzgefährdeten Türmen und Brücken. Allzu viel von Ordnung hielt man dort oben anscheinend nicht.

Jetzt sah ich Bewegung auf den Brücken. Einige rote Roben wuselten da oben herum.

Mein Herz rutschte ein wenig tiefer.

Die Kalifen des Windes.

Niemand wusste, wie viele Diener des Mistral es gab. Sie sahen ja alle gleich schrecklich aus! Man sagte, wer einmal in ihre ausradierten Gesichter blickte, würde diesen Anblick nie wieder vergessen. Wenn er nicht sofort den Verstand verlor.

Ich wusste nicht, was besser war. Aber ich war auf bestem Wege, es herauszufinden.

»Was wollt ihr von uns?«, schrie ich gegen den Sturm an.

»Dich«, ertönte eine leise Stimme ganz dicht an meinem Ohr. Dann stand Teresa plötzlich direkt vor mir. Einfach so. Wie in einer Zaubershow, nur ohne den Rauch und das »Puff!«.

Sie hatte die Arme ausgebreitet und ließ langsam Sand aus ihren Händen rieseln. Ihre roten Haare wehten im Wind wie Algen im Wasser.

»Hallo, Lola«, sagte sie und lächelte spöttisch. Trotz des Donners konnte ich jedes Wort klar und deutlich verstehen. »Was läuft so?«

»Teresa? Was machst du hier?«

»Oh, du meinst, warum ich nicht mit euch durch die Wüste ziehe wie eine Horde Bettler?«

»Ich kann ja verstehen, dass du wütend bist, weil ich einfach so aufgekreuzt bin«, begann ich vorsichtig, »aber ich habe dir doch nichts getan!«

Sie sah mich merkwürdig an. Noch immer rieselte Sand aus ihren Händen. »Getan?«, fragte sie leise. »Hat der Baum dem Blitz etwas getan, von dem er verbrannt wird?«

Äh. Wie bitte?

Sie kam langsam auf mich zu. Ein seltsamer Glanz lag in ihren Augen. »Hat das Schiff dem Strudel etwas getan, von dem es in die Tiefe gezogen wird?«

Das klang alles gar nicht gut. »Teresa … Was machst du hier bei diesem … diesem Ding?«

»Du kapierst es immer noch nicht, hm?« Sie breitete wieder die Arme aus, erhob sich sanft und schwebte einige Zentimeter über dem Boden. Viel zu spät bemerkte ich, was sie vorhatte.

»Dann zeige ich es dir!«

Unzählige Male hatte ich den Windkampf geübt. Doch es war eben nie mehr als das gewesen: eine Übung.

Teresas Windstoß traf mich hart und wirbelte mich durch die Luft. Ich wusste nicht, wie mir geschah, wusste nicht, wo oben oder unten war. Ich wurde hin und her gerissen wie eine Plastiktüte in einem Sturm und konnte keine einzige Abwehrübung ausführen. Eine tolle Windgeborene war ich!

Meine Gedanken rasten. Teresa war auf der Seite des Mistral? Aber warum nur?

Meine Ohren waren erfüllt vom Tosen des Windes und von Teresas Gelächter.

Dann war alles ganz still. Mir war kotzübel und schwindlig, doch wenigstens drehte sich die Welt nicht mehr wild um die eigene Achse.

Eine Verbesserung war das nicht. Wie auch immer das geschehen konnte: Ich befand mich auf der wandelnden Festung. Und das war noch nicht mal das Schlimmste: Als ich den Blick hob, starrte ich direkt in die gesichtslosen Fratzen der Kalifen des Windes.

Ich schrie laut auf und versuchte panisch, auf den feuchten Planken von ihnen wegzukrabbeln. Zwecklos. Sie hatten mich längst umringt.

Die Kalifen schlossen den Kreis enger, schoben ihre leeren Köpfe nach vorne, säuselten ekelerregend. Dann streckten sie wie bei einem Ritual gleichzeitig ihre langen Hände nach mir aus …

»Weg von ihr!«, befahl Teresa den Kalifen mit schneidender Stimme. Sie zuckten wie vom Donner gerührt zurück. »Sie gehört mir.«

Teresa schwebte auf mich zu. Wo war sie so plötzlich hergekommen? Und wieso gehorchten ihr diese schrecklichen Gestalten?

Mühsam rappelte ich mich auf. Mein Kopf dröhnte und mir war schlecht. Ich ignorierte es, schloss die Augen, hörte in mich hinein. Und konzentrierte mich ganz und gar auf den Wind in mir.

Er rauschte durch meinen Körper wie Blut. Nur mächtiger. Wilder. Er wartete darauf, freigelassen zu werden.

Ich ließ den Wind die Kontrolle übernehmen. Und schwebte.

»Was willst du von mir?«, fragte ich erneut und hoffte, dass sie die Angst in meiner Stimme nicht hörte.

Sie verdrehte die Augen und schnalzte abfällig mit der Zunge. »Was denkst du denn, was das hier ist?«

»Eine ziemlich bescheuerte Aktion?«

»Immer noch so eine große Klappe.« Sie schüttelte den Kopf. »Die wird dir vergehen, wenn mein Vater mit dir fertig ist.«

Ihr Vater? Moment mal. Ihr … *Vater*?

Endlich dämmerte es mir.

Aber natürlich. Wieso sonst machte sie gemeinsame Sache mit den Kalifen des Windes? Wieso sonst duldeten sie sie, ja, gehorchten ihr sogar?

»Das … ist unmöglich.«

Teresa kicherte und strich sich in Ruhe die Haare glatt. Dann wurde ihre Stimme wieder scharf wie eine Klinge. »Du wirst früh genug feststellen, dass für mich gar nichts unmöglich ist!«

Diesmal war ich besser darauf vorbereitet. Dennoch unterschätzte ich die Wucht, mit der mich ihr Windstoß traf. Ich wurde von einer unsichtbaren Macht nach hinten gefegt, prallte schmerzhaft gegen eine Wand. Dann hatte ich mich gefangen, positionierte mich, breitete meine Arme aus, öffnete die Handflächen. Und ließ den Wind aus mir sprechen. Ruckartig riss ich die Hände nach vorn, aber Teresa wich meinem Windstoß so gemächlich aus, als würde sie einer vom Himmel trudelnden Feder aus dem Weg gehen.

Shit. Das würde nicht einfach werden.

Der nächste Windstoß ging peinlich weit daneben wie damals im Sportunterricht, als ich im Basketball einen Zuschauer anstelle des Korbs getroffen hatte.

Noch einer und noch einer. Wieder duckte sich Teresa unter einem Windstoß hinweg, wieder schickte sie mich mit einem Volltreffer zu Boden. Als ich mich aufrappelte und mühsam versuchte, die nötige Ruhe für den nächsten Angriff zu finden, traf mich etwas hart von hinten.

Super. Windreiten beherrschte sie also auch besser als ich.

Ich schloss einen Moment lang die Augen, übergab dem Wind meine Sinne. Er flüsterte mir zu, dass sich Teresa von hinten an mich heranpirschte. Was für eine feige Kuh!

Ich wartete, bis sie ganz nah war. Wartete …

Ich machte einen Satz nach oben, bekam eine verhältnismäßig flüssige Drehung in der Luft hin, stand plötzlich hinter ihr und holte sie mit einem passabel gezielten Windstoß von den Beinen.

Treffer! Freuen konnte ich mich darüber nur kurz: Wo Teresa eben noch gelegen hatte, starrte ich ins Leere.

Etwas traf mich verdammt hart in den Rücken. Ich wollte mich wegrollen, doch ich bekam meine Hände nicht frei. Im nächsten Moment stieß ich mit einer ziemlich harten Mauer zusammen. Etwas knackte und ich spürte, wie Blut aus meiner Nase schoss. Irgendwas drückte mich mit aller Macht gegen den feuchten Stein und presste meine Arme zusammen wie ein Schraubstock.

Das ging alles so fürchterlich schnell, ich hatte nicht mal die leiseste Chance, mich zu wehren.

»Spürst du, wie der Wind aus dir strömt?«

Das war wieder Teresas Stimme, ganz dicht an meinem Ohr.

Ich hatte Mühe, meinen Mund zu öffnen, bekam kaum Luft und wand mich wie Tier in der Falle. Vergeblich.

Das Gewitter wütete immer noch. Über uns zuckten Blitze. Regen peitschte mir von der Seite ins Gesicht.

»Was willst du?«, brachte ich mühsam hervor. Es klang eher wie *Waff wiff fuu.*

»Was ich will?« Das Tosen des Sturms war erneut angeschwollen, doch ihre Stimme schwebte darüber, als würde sie von unsichtbaren Lautsprechern verstärkt werden. »Das, was wir alle wollen: Macht, Anerkennung. Vor allem aber will ich, dass jeder Einzelne von euch alles verliert, was er besitzt.« Ich spürte einen bohrenden Schmerz im Rücken und biss mir auf die Lippe, um nicht aufzuschreien. »Alles!«

Ich versuchte aus Leibeskräften, mich zu wehren, mich gegen sie zustemmen. Keine Chance.

Sie lachte. »Denkst du, du kannst etwas gegen mich ausrichten? Ausgerechnet du? Wieso gibst du nicht einfach auf? Es wird ganz schnell gehen, das verspreche ich.«

Als ob! Ich überließ dem Wind in mir mehr Kontrolle, als ich es jemals gewagt hatte, drückte Teresa ein kleines Stückchen zurück.

»Das kannst du dir abschminken«, brachte ich zwischen zusammengepressten Zähnen hervor. »Das kann *er* sich abschminken!«

»Und wer soll mich aufhalten?« Sie erhöhte den Druck wieder, was mir fast die Luft zum Atmen nahm. »Du etwa?« Sie lachte schrill. »Wenn dich dein alter Fischer jetzt nur so sehen könnte. Das Letzte, was ich von ihm hörte, waren seien Schreie, als er fortgebracht wurde. Oh, und all das Blut …«

Siedend heißer Zorn kochte in mir hoch. Wie konnte sie es wagen? »Kein Wort mehr über ihn!«, brachte ich mühsam hervor.

»Oh, du hörst es sicher nicht gern, aber man sagt, die Höhlen unter Gibraltar wären erfüllt von seinen Schreien. Sogar die Affen machen sich über ihn her.« Sie kicherte geschmacklos. »So ist das, wenn man sich mit der falschen Seite einlässt. Mit den Schwachen.«

Wollte sie mich provozieren? Unwahrscheinlich. Sie hatte ja keinen Grund dazu. Mein Hals schnürte sich zusammen. Wenn es wahr war, was sie sagte …

Teresa spürte meine Reaktion. »Levante hat sich für die falsche Seite entschieden, Lola. Das werden zunächst deine Freunde bezahlen. Und dann bist du dran.«

Irgendetwas in mir riss entzwei. Ich wusste nicht, dass es überhaupt da gewesen war, bis es auseinanderbrach.

Etwas Gewaltiges stieg aus der Tiefe hervor, aus einer Dunkelheit, die ich bislang nicht mal geahnt hatte.

Und ich? Ich konnte nichts tun, als mit anzusehen, wie ich die Kontrolle über meinen eigenen Körper verlor.

Ich sah, wie sich Teresas Miene von Belustigung in Schock wandelte. Die Kalifen des Windes wichen unsicher zurück, hoben ihre Hände wie zum Schutz an ihre gesichtslosen Köpfe.

Ein Strudel dunkler Wolken stülpte sich über die wandelnde Festung.

Dann ging alles ganz schnell. Ich wurde in die Luft geschleudert, spürte, wie Windstöße aus meinen Händen, Augen, Ohren, aus meinem Mund schossen.

Irgendjemand schrie. Oder war ich das?

Ich war der Wind und der Wind war ich.

Alles vernebelte, alles lag unter einem dichten Schleier. Dann wurde es schwarz. Und ganz, ganz still.

Konnte ich die Augen öffnen? Wollte ich die Augen öffnen? Was würde ich sehen?

Lebte ich noch? Und wollte ich das überhaupt?

Ich blieb erst mal ganz ruhig liegen und konzentrierte mich auf meinen Körper. Schien alles normal zu sein. Bis auf die große Menge Sand in meinem Mund, die ich jetzt lauthals erbrach.

»Sie lebt!« Das war Estebans Stimme, wenn mich nicht alles täuschte. »Nach meinen Berechnungen ist das ziemlich unwahrscheinlich.«

Okay, es war *eindeutig* Estebans Stimme.

Ich beschloss nun doch, die Augen zu öffnen. Und presste sie sofort wieder zusammen. Viel zu hell!

Ich schirmte die Augen mit einer Hand ab und blinzelte mühsam in das gnadenlos weiße Licht der Wüste. War die Sonne immer schon so … so *sonnig* gewesen?

Keine Spur von Teresa, keine Spur von der wandelnden Festung, keine Spur von irgendeinem Gewitter.

»Pablo?« Ich richtete mich mühsam auf, stützte mich im heißen Sand ab. Was war nur geschehen? »Pablo, wo bist du?«

Als niemand antwortete, sah ich mich um. Da standen sie, einige Meter entfernt von mir. Und blickten mich an. Ich kannte diesen Gesichtsausdruck.

Sie hatten Angst vor mir. Und ich wusste noch nicht einmal, weshalb.

36

Und jetzt auch noch Windriesen!

Wow, war die Stimmung danach im Keller! Ach was, das reichte nicht. Sie war noch ein paar Meter unter dem tiefsten Keller.

Nach dem Vorfall mit der wandelnden Festung sprachen wir fast gar nicht mehr. Ich glaube, so wenig hatte ich mein ganzes Leben lang noch nicht geredet.

Ja, irgendwie hatte ich uns gerettet, aber irgendwie hatte ich es trotzdem geschafft, alles falsch zu machen. Ein echter Lola-Klassiker!

Und da war noch was. Etwas sehr Beunruhigendes.

Die anderen … sie hatten Teresa nicht gesehen.

Ich schon. Teresa hatte uns verraten. Sie war die sagenumwobene Tochter des Mistral – doch so richtig glaubte mir das niemand. Santiago war nach Gibraltar verschleppt worden, doch ich hatte keine Beweise. Wahrscheinlich hatte ich mich einmal zu oft kritisch über sie geäußert, hatte einmal zu häufig die Augenbraue hochgezogen, wenn es um sie ging. Tja, und das hat man dann davon.

Wir marschierten weiter, mutlos, ziellos. Selbst den Zwillingen war die gute Laune ausgegangen.

Obwohl wir nicht mehr in der Kathedrale waren, war mein Zeitgefühl völlig im Eimer. Ich hatte Schwierigkeiten, die Tageszeit zu bestimmen, und konnte schon bald nicht mehr sagen, wann wir die Kathedrale verlassen hatten.

Wir wussten nicht, was wir tun sollten. Doch niemand traute sich, es laut auszusprechen. Wir waren verloren, gestrandet in dieser endlosen Wüste. Ich konnte gar nicht sagen, wie mir Sand mittlerweile auf die Nerven ging!

Irgendwie war ich also fast froh, als wir von den Windriesen angegriffen wurden.

Erst passierte nichts. Und dann passierte alles auf einmal. Die Wüste vor uns, sie veränderte sich vom einen auf den anderen Augenblick. Die Dünen schossen vor uns in die Höhe wie bei einem dieser Geysire. Überall um uns herum gab es Fontänen aus Sand, die den Himmel bedeckten und die Sonne verdunkelten.

Es wurde dunkel. Sehr, sehr dunkel.

Dann kamen sie.

Wir hatten nicht mal Zeit, um noch irgendwas zu sagen oder uns in irgendeiner Form vorzubereiten. Aber na ja, auf einen Windriesen kann man sich eh nicht vorbereiten.

Er kommt. Und nimmt alles mit sich.

Einer erschien aus dem Nichts der Wüste und baute sich direkt vor mir auf. Er war meinetwegen da. Das wusste ich, das spürte ich. Es fällt mir schwer zu beschreiben, wie er aussah. Ob er überhaupt irgendwie aussah, denn eigentlich war er unsichtbar. Er zeichnete sich nur in den Fontänen aus Sand ab, die um uns herumzuckten wie außer Kontrolle geratene Gartenschläuche.

Der Windriese war groß. Sehr groß, groß wie ein Kirchturm. Er sah entfernt menschlich aus – entfernt, weil sein Körper, seine Arme und Beine, sein Kopf und sein Hals einfach nur schief und krumm wirkten.

Der Windriese brüllte und mir fegten Sandkörner ins Gesicht. Es war laut. Sehr laut. Der Sand stach mir ins Gesicht. Ich merkte es nicht mal. Benommen nahm ich nur noch wahr, dass es den anderen genauso ging. Alle standen wir da wie angewurzelt. Eine tolle Gruppe von Abenteurern gaben wir ab! Ich war wie gelähmt, ich glaube, ich schrie nicht mal, als ich von ihm gepackt und hoch in die Luft gerissen wurde.

Ich war seltsam gelassen. Wahrscheinlich, weil ich felsenfest davon überzeugt war, dass es das gewesen war. Ich wurde hin und her geschleudert wie eine Puppe. In einem Moment dachte ich, dass er mich auf den Mond schießen würde, im anderen, dass er mich tief in die Erde rammen würde.

Dann gingen die anderen Windriesen auf ihn los. Ein schrecklicher Kampf entbrannte, bei dem das Tosen auf eine Lautstärke anschwoll, die meine Trommelfelle fast zum Platzen brachte. Ich wurde durch die Luft geschleudert wie ein Spielzeug. Mal bekam mich der eine Riese zu fassen, mal der andere. Ich verstand schnell: Sie stritten sich darum, wer mich vernichten durfte. Und ich konnte nichts dagegen tun.

Irgendwann war ich davon überzeugt, dass er mich jetzt sofort einfach in Stücke reißen würde. Doch er tat es nicht. Stattdessen nahm er mich mit sich und trug mich davon. Weg von den anderen, weg von der Wüste.

Bald merkte ich nichts mehr. Und das war in diesem Fall nicht mal schlecht.

37

Eine Heimkehr, die keine ist

Als ich wieder zu mir kam, fühlte sich mein ganzer Körper so an wie ein einziger riesengroßer blauer Fleck. Sah wahrscheinlich auch so aus. Jeder Quadratzentimeter tat mir weh.

Ich stellte fest, dass ich im Wasser lag. Das war zumindest schon mal besser als die trockene Hitze und der Sand der Wüste, entschied ich, als die Ereignisse langsam zurückkamen. Sie hatten allerdings teuflische Kopfschmerzen im Schlepptau, sodass ich erst mal liegen blieb und stöhnte.

Dann stellte ich fest, dass es auch hier Sand gab. Und noch etwas anderes. Etwas, das jetzt von mir wegschwamm. Ich richtete mich prustend auf und ruderte wild mit den Armen. Okay, okay, keine Panik. Ich war nah am Strand und konnte schon stehen.

Vor mir schwamm ein kleiner Delfin und blickte mich neugierig an.

Ich schüttelte wie benommen den Kopf, bereute es wegen der Kopfschmerzen augenblicklich, und starrte ihn für einige weitere stumme Augenblicke an. Verschwommen tauchten Bilder an die Oberfläche meines Bewusstseins. Bilder von einem Windriesen, der in sich zusammenfiel wie eine Sandburg, die von einer Welle überspült wird. Von einem Sturz aus dem Himmel. Von einem Delfin, der mich mitnahm und mich vor dem Ertrinken rettete. Konnte es sein, dass … »Mister Spock?«, fragte ich und kam mir ein bisschen seltsam dabei vor.

Doch der Delfin schnatterte vergnügt, klatschte in seine Flossen – und schwamm blitzschnell davon.

Das alles hier hörte einfach nicht auf, super seltsam zu sein!

Langsam kam meine Erinnerung wieder. Die Kathedrale, die wandelnde Festung, der Windriese … Wir wurden getrennt. Ich hatte keine Ahnung, wo die anderen waren. Ob es ihnen gut ging. Ob sie überlebt hatten!

Ich rappelte mich auf, blickte mich das erste Mal richtig um. Und traute meinen Augen nicht. Im ersten Moment dachte ich, dass das ein Traum sein musste.

Nee, kein Traum. Ich lag wirklich am Strand von Tarifa!

Da hinten links sausten ein paar Kite-Surfer über die Wellen, rechts erhob sich der Leuchtturm. So also fühlten sich Schiffbrüchige, die nach Jahren wieder in ihrer Heimat ankommen und endlich wieder festen Boden unter den Füßen haben.

Ich wartete, bis der Schwindel nachgelassen hatte. Mir war kotzübel und ich hatte dennoch gewaltigen Hunger. Das war ja vielleicht mal kein ganz schlechtes Zeichen.

So richtig wusste ich nicht, wie ich hierhergekommen war oder was ich jetzt tun sollte. Aber fürs Erste klang mein Bett mal nach einem ziemlich guten Plan.

Ich setzte mich stolpernd in Bewegung. Es fühlte sich an, als hätte ich gerade erst Laufen gelernt. Dieser Windriese hatte mir ordentlich zugesetzt, aber aus irgendeinem Grund hatte er mich gehen lassen. Absichtlich war das bestimmt nicht passiert. Ich hatte gespürt, wie sehr er mich hasste. Wie sehr er mich in der Luft zerfetzen wollte.

Ich sah die Stadtmauer von Tarifa. Hunde fegten bellend über den Strand, Menschen gingen spazieren, als wäre nichts passiert. Aber vielleicht war es das ja auch gar nicht. Von Mistrals riesiger Wolke fehlte zumindest jede Spur.

Ich lief am Strand entlang. Es war windig, aber nicht kalt. An einem der kleinen Zeitungskioske kurz vor der Altstadt blieb ich stehen.

Eine Überschrift fiel mir ins Auge. »Merkwürdige Wolken über Gibraltar – Affen unruhig!«

Gibraltar, Gibraltar … irgendwas in mir rührte sich. Mein Kopf dröhnte, als sich ein Bild seinen Weg an die Oberfläche bahnte.

Ja! Das war's! Teresa hatte irgendwas von Gibraltar erzählt! Wie war das noch gleich gewesen? Irgendwas … irgendwas mit Santiago! Mein Gedächtnis war vollkommen durcheinandergeraten.

Erst jetzt fiel mir das Datum auf der Zeitung auf. Demnach war es keine drei Wochen her, dass ich Tarifa mit dem Fischerboot verlassen hatte! Für mich fühlte es sich an, als wären seither Jahre vergangen …

Ein seltsam vertrautes Schnauben holte mich zurück in die Wirklichkeit. Der Kioskbesitzer blickte starr an mir vorbei. Als ich seinem Blick folgte, sah ich direkt in die sanften Augen von Calimero. Calimero, dieses wunderbare Pferd, das mich gerettet hatte!

Er legte den Kopf ein wenig schief und stampfte mit dem Vorderhuf. Dann schnaubte er wieder. »Calimero«, sagte ich erstaunt und kraulte ihn hinter den Ohren. »Was machst du denn hier?«

Er hob und senkte den Kopf, als würde er tatsächlich antworten. War natürlich Quatsch, oder?

»Ich freu mich ja auch, dich zu sehen, aber ich muss wirklich nach Hause.« Nach Hause … das klang so gut, dass ich am liebsten gleich losgerannt wäre.

Calimero wieherte. Irgendwie schien er nicht einverstanden.

Ich führte ihn ein paar Meter weg von dem Kiosk und seinem nervösen Besitzer, der Pferde wohl nicht zu seinen Stammkunden zählte.

Unter einigen Orangenbäumen tätschelte ich Calimero am Hals. Was für ein schönes Pferd! »Na los, zurück mit dir in den Stall. Ich komm dich auch besuchen. Wenn ich drei Tage geschlafen habe oder so.«

Ich wandte mich zum Gehen, doch Calimero folgte mir auf Schritt und Tritt. Er überholte mich sogar, um mich in die entgegengesetzte Richtung zu drängen. Ich kannte mich ja wirklich wenig mit Pferden aus, aber das hier war bestimmt nicht normal.

Irgendwann in der *Calle Guzmán el Bueno* wieherte Calimero plötzlich total laut und stieg sehr zum Schrecken einiger anderer Menschen auf seine Hinterbeine. Dann schnaubte er genervt und galoppierte einfach aus der Gasse raus.

Und aus einer Eingebung heraus rannte ich ihm sofort hinterher. Bald hatte ich ihn eingeholt.

Natürlich nicht, weil ich plötzlich so schnell rennen konnte wie ein Pferd. Sondern weil Calimero wollte, dass ich ihn einhole.

Er wartete tänzelnd am Strand und warf den Kopf schnaubend nach hinten, als er mich sah. »Ja ja, ich hab kapiert. Ich soll aufsteigen, richtig?«

Es sah wieder so aus, als würde er nicken.

Ich schwang mich auf Calimeros Rücken, was mir diesmal erstaunlich gut gelang, und hatte gerade noch Zeit, mich an seiner Mähne festzukrallen, bevor er losschoss.

Diesen Ritt konnte ich sogar von Anfang an genießen. Der Wind in den Haaren, der Strand, das Licht … es war schon ein ziemlich gutes Gefühl, auf einem galoppierenden Pferd zu sitzen und die Verbindung zu ihm zu fühlen. Denn irgendwie gab es da was zwischen uns. Ich stutzte. War es am Ende möglich, dass Hüterin Elisabeth doch recht hatte? Dass aus irgendeinem Grund doch nicht die Katze mein Totemtier war?

»Was meinst du, Calimero?«, rief ich über das Brausen hinweg. »Bist du mein Totemtier?«

Er schnaubte und beschleunigte. Na gut, das konnte man jetzt so oder so sehen.

Ich wusste schon, wohin er mich bringen würde, als wir losgeritten waren. Lucia und Olivia standen beide vor ihrem Hof. Ihre Röcke und Haare flatterten im Wind und sie sahen ziemlich besorgt aus.

»Schlechte Nachrichten?«, fragte ich Calimero.

Calimero verfiel in einen lockeren Trab und ließ sich von Lucia in Empfang nehmen. »Brav, Calimero«, flüsterte sie. »Auf dich ist Verlass.«

Olivia hielt mir ihre Hand hin, doch ich schwang mich ohne fremde Hilfe von Calimeros Rücken, was die beiden dazu brachte, sich verschwörerisch zuzuzwinkern. Dann fielen sie über mich her wie meine anstrengenden Tanten bei einer großen Geburtstagsfeier. Sie drückten mich, fuhren mir durchs Haar, klopften mir auf die Schulter, strichen mir über die Wange, das volle Programm. Dabei redeten sie die ganze Zeit gleichzeitig und wild durcheinander und schafften es irgendwie auch noch, mich ins Haus zu schieben.

Oder was davon übrig war. Der Stall sah aus, als hätte ein Tornado eine große Party mit all seinen stürmischen Freunden geschmissen. Das Haus hatten sie dabei anscheinend als Nachtlager benutzt. Es war ein Wunder, dass es noch stand. Überall lagen Balken und Scherben, entwurzelte Palmen und Stroh.

Die Pferde schien das nicht zu stören. Seelenruhig mampfend standen sie in ihren zerstörten Boxen. Lucia und Olivia strahlten dieselbe Ruhe aus. Gut, sie sahen nicht mehr ganz so perfekt und eher ein wenig müde und zerzaust aus. Das war aber auch schon alles.

»Mistral hat ganze Arbeit geleistet«, stellte Olivia fest, als wir ins Wohnzimmer kamen. Die Decke fehlte und in der hinteren Wand klaffte ein großes Loch. Überall standen kleine Olivenbäumchen in Töpfen. »Aber das kümmert uns nicht. Für jeden Olivenbaum, den er rausgerissen hat, habe ich längst drei neue gepflanzt.« Sie schnaubte verächtlich. »Wäre ja noch schöner! So, jetzt aber erst mal in die Wanne mit dir. Wir haben dir schon Wasser eingelassen.«

Das klang selbst dann noch großartig, als ich das Bad sah – oder das, was davon übrig war. Wie durch ein Wunder war die freistehende Badewanne das Einzige, was den Sturm überstanden hatte. Ein Dach gab es nicht mehr, die Fensterläden konnte man nicht mehr verschließen. Nach dem, was ich durchgemacht hatte, kam es mir dennoch vor wie der Wellness-Bereich in einem eleganten Hotel.

Als ich in ein Handtuch gewickelt zurück ins Wohnzimmer kam, zeigte Lucia auf die Überreste eines Sofas. »Setz dich.« Ich räumte wieder einige Oliven aus dem Weg, was Olivia zu einem schuldbewussten Grinsen veranlasste, dann setzten sich die zwei neben mich.

»Mistral ist wie alle alten Männer«, begann Lucia. »Engstirnig, überheblich und eitel.«

Olivia ließ ein paar Oliven in ihr Glas plumpsen und rührte gedankenverloren darin herum. »Du hast aufdringlich, unhöflich und aufbrausend vergessen.«

Lucia lächelte. »Natürlich. Hier war ganz schön was los, als du weg warst, Lola.«

»Tut … tut mir leid, dass euer Hof verwüstet wurde.«

»Pff!« Olivia winkte ab. »Das war nicht das erste Mal und das wird auch nicht das letzte Mal gewesen sein.« Sie legte mir die Hand auf den Arm. »Das hat man eben davon, wenn man sich eine Seite aussucht.«

»Olivia hat recht«, fuhr Lucia fort. »Mach dir um uns zwei Mädels keine Sorgen. Wir wissen, was wir tun. Viel wichtiger ist doch, wie es dir ergangen ist. Was ist passiert? Wie bist du hierhergekommen?«

Ich erzählte und konnte schon bald gar nicht mehr aufhören. Irgendwann merkte ich, wie mir Tränen über die Wangen liefen. Erst konnte ich es nicht stoppen, dann wollte ich es gar nicht mehr. Es tat so gut, mal alles rauszulassen. Meine Ängste, meine Zweifel, einfach alles eben.

»Armes Kind«, meinte Olivia und ich sah, dass auch ihre Augen glitzerten. »Schrecklich, was du durchstehen musst.«

Lucia sah das etwas pragmatischer. Sie leerte ihren Brandy, warf ihre Haare zurück und nahm meine beiden Hände in ihre. »Deshalb ist es gut, dass du zu uns gekommen bist.«

Ich stutzte. »Na ja, es hat nicht viel gefehlt und die ganze Sache wäre eine Entführung gewesen!«

»Okay, okay, stimmt. Dennoch ist es wichtig: Du wirst beobachtet, Lola. Jetzt, wo die Winde wissen, zu wem du gehörst, kannst du keinen Schritt mehr unbemerkt tun. Es ist überhaupt ein Wunder, dass du unbeschadet zu uns gekommen bist.«

»Aber der Windriese … der hätte mich doch niemals gehen lassen, oder?«

Die beiden pressten die Lippen zusammen und schüttelten den Kopf. »Uns ist noch nie zu Ohren gekommen, dass jemand eine Begegnung mit einem Windriesen überlebt hat«, sagte Olivia leise und sah zu Boden.

Ich starrte die beiden an. »Soll das heißen, die anderen …«

»Das soll gar nichts heißen«, sagte Lucia schnell. »Höchstens, dass wir keine Zeit verlieren dürfen.«

»Das dürfen wir ja anscheinend nie«, motzte ich.

Die beiden schauten sich schuldbewusst an. »Wissen wir«, beruhigte mich Olivia. »Ist aber nicht zu ändern. Mistral hat bei seinem kleinen Besuch hier gezeigt, was er kann.«

»Und das ist bei Weitem noch nicht so stark, wie er noch werden kann«, führte Lucia den Gedanken fort. »Mistral ist gerade erst dabei, seine Macht aufzubauen. Er holt Atem, wenn du so willst.«

»Und wenn es erst mal so weit ist, haben wir keine Chance mehr?«

Die beiden nickten.

»Aber jetzt haben wir noch eine Chance?«

Die beiden nickten wieder, wenn auch um einiges zögerlicher.

»Gut, meinetwegen … aber ich habe absolut keine Ahnung, wie wir … wie ich gegen ihn kämpfen soll!«

Olivia setzte eine bedauernde Miene auf und kaute gedankenverloren auf einer Olive. »Da können wir dir auch nicht helfen, Lola. Wir wissen nur, dass er mit jedem Tag stärker wird. Mit jedem Hüter, den er in seine Gewalt bringt, mit jedem Wind, den er unter seine Knechtschaft zwingt, mit jedem Windgeborenen, der seine Macht verliert.«

Ich seufzte. »Was auch immer. Also kann ich erst mal nicht nach Hause?«

Lucia sah mich merkwürdig an. »Nun, das kommt ganz darauf an, wie man es sieht …«

»Wie meinst du das?«

Sie tauschten einen ernsten Blick und nickten unmerklich. »Normalerweise ist das nicht üblich. Aber normalerweise wird die Welt auch nicht von einem verrücktspielenden Wind bedroht. Also ist es wohl das Beste, wenn du deinen Windvater kennenlernst. Aber zuerst suchen wir dir ein paar schicke Klamotten, was meinst du?«

Ich stand am Rand des zerstörten Pferdehofs und blickte aufs Meer. Ich trug eine ziemlich coole Strickjacke, ein enges weißes Shirt, kurze Jeans und Indianer-Stiefel.

Afrika blieb meinem Blick heute verborgen. Ich horchte in mich hinein. Horchte auf irgendein Zeichen von Pablo und den anderen.

Alles blieb still.

Hatte ich sie für immer verloren? Natürlich gab es mehr als genug Gründe, sauer auf Pablo zu sein. Es war nur: Mir fiel gerade einfach kein guter ein. Er fehlte mir. Esteban und die Zwillinge fehlten mir. Meine Eltern fehlten mir, Santiago fehlte mir. Und es sah nicht so aus, als würde ich einen von ihnen in nächster Zeit wiedersehen.

Ich spürte, wie Lucia auf mich zukam. Meine Fähigkeiten hatten sich in der Kathedrale echt ziemlich verbessert. »Geht es meinen Eltern gut?«, fragte ich sie, ohne mich umzudrehen.

»Den Umständen entsprechend. Sie haben die Stadt verlassen. Wir … wir haben dafür gesorgt, dass sie an einen sicheren Ort kommen.«

»Eins verstehe ich immer noch nicht«, meinte ich und drehte mich zu ihr um. »Wieso haben sie Santiago entführt und nicht meine Eltern?«

Lucia sah aufs Meer hinaus. »Man kann sagen, was man will, aber selbst Mistral hält sich zumindest noch an die Grundregeln.«

»Grundregeln?«

»Deine Eltern haben mit der Sache nichts zu tun. Santiago war dein Hüter. Er hat gewissermaßen die Verantwortung deiner Eltern übernommen. Und trägt jetzt die Konsequenzen.«

Ich lachte bitter. »Und wofür? Am Ende denken ja doch alle, dass ich mich auf Mistrals Seite stelle.«

Der Wind frischte auf.

»Sieh mich an und hör mir jetzt gut zu, Lola«, sagte Lucia laut und deutlich und umfasste meine Schultern mit ihren Händen. »Vergiss, was es in irgendwelchen alten Schriften heißt, vergiss, was die Leute über Levante und Mistral sagen, vergiss, was das mit dir zu tun haben könnte.«

»Nicht gerade einfach.«

»Aber deswegen umso wichtiger. Ja, du bist eine Tochter des Levante, ja, er ist ein Teil von dir und ja, Levante war nicht immer leicht einzuschätzen. Aber vergiss niemals: Du bist du. Und niemand anderes. Du triffst deine Entscheidungen. Du entscheidest, welchen Weg du gehen möchtest. Das kann dir niemand nehmen.«

»Das heißt …«

Sie lächelte sanft. »Das heißt, dass wir nichts zu befürchten haben, solange du du selbst bleibst und an dich glaubst.«

Das klang besser als alles, was ich in letzter Zeit gehört hatte.

Olivia kam mit Calimero aus dem Stall. Ich fühlte eine seltsame Wärme, als ich ihn auf mich zutrotten sah. Ich atmete tief durch, nickte dann aber entschlossen. »Weiter geht's?«, fragte ich und griff nach seinen Zügeln.

Lucia und Olivia antworteten gleichzeitig. »Weiter geht's!«

»Nur eins noch«, schickte ich hinterher, als ich schon auf Calimero saß und losgetrabt war. »Es würde nichts bringen, wenn ich einfach hierbleibe und mich verstecke, oder?« Ich schämte mich nicht mal, das auszusprechen.

»Nein, mein Kind«, sagte Olivia. »Er würde dich finden.«

»Dachte ich's mir doch.«

Schweigend ritt ich davon.

38

Levante

Mir war vorher nie aufgefallen, wie viele Windräder es bei uns an der Küste gab. Sie standen einfach überall und drehten sich langsam, auf jeder Kuppe und in jedem Tal. Klar, irgendwie stimmte es schon, dass der Mensch den Wind ausbeutete. Aber dafür gleich in den Krieg ziehen?

Calimero trug mich durch einen Pinienwald ins Hochland. Bald war das Meer nur noch ein silberner Streifen in der Ferne.

Wir ritten vorbei an Olivenbäumen, Kühen und Schafen, auf gewundenen Pfaden führte er uns immer höher in die Berge. Erst konnte ich absolut kein Muster, keine Richtung in seinem Weg erkennen. Dann spürte ich es. Der Wind. Calimero folgte dem Wind. Allerdings lief er gegen den Wind – wie bei einem Bach, dessen Quelle man sucht. Und genau das taten wir ja auch: Wir suchten den Ursprung des Levante.

Ich hatte mir längst angewöhnt, Calimero zu vertrauen. Er schien zu wissen, wo es langging, und das reichte mir. Ich hatte doch tatsächlich eine Verbindung zu einem Pferd aufgebaut! Und nicht nur das: Irgendwie kommunizierten wir miteinander. Nicht mit Worten, sondern mit Berührungen. Und mit Gedanken, soweit ich das bewerten konnte.

Recht schnell wurde die Gegend richtig einsam. Gut, das hier war die windgepeitschte *Costa de la Luz,* da war das Hinterland eh nicht das blühende Leben; aber jetzt begegneten uns nicht mal mehr Kühe oder Schafe. Das Einzige, das über unsere Köpfe hinwegzog, waren Vögel.

Merkwürdig viele Vögel. Sie kamen aus dem Osten und flogen in Scharen in die andere Richtung. Das klingt vielleicht komisch, aber es sah so aus, als würden sie vor irgendwas fliehen.

Ich dachte an diese armen Menschen, die über das Mittelmeer kamen … Was war nur mit der Welt los, dass alle immer nur fliehen mussten?

Calimero galoppierte einen kleinen Hang hinauf. Wir waren jetzt nah am Ursprung des Windes, das spürte ich. Vor uns, auf einer ausgetrockneten Weide, stand ein kleines Häuschen. Es war vollkommen von vertrockneten Sträuchern überwuchert, aus einem Fenster wuchs ein Baum, die anderen waren vernagelt. Einige dürre Ziegen blökten gelangweilt auf der Weide vor dem Haus, aber besonders zufrieden sahen sie nicht aus. Auf dem Dach des Hauses bemerkte ich ein bewohntes Storchennest.

Wir würden doch nicht etwa an diesem merkwürdigen Ort anhalten? Sah ganz so aus, als würde hier ein grummeliger alter Bauer wohnen, der keine große Lust auf Besucher hatte.

Mit einem erbärmlichen Quietschen schwang die windschiefe Tür des Hauses auf. Und im Grunde hätte ich den alten Mann, der gebückt aus der Tür ins Freie trat, nicht besser beschreiben können als mit den Worten »grummeliger alter Bauer«. Ungepflegt, bärtig und ungefähr so gut gelaunt wie ein Eisbär in der Wüste – er war das genaue Gegenteil von Hüter Alfredo!

Wäre da nicht der Wind gewesen, der direkt aus der Hütte zu wehen schien und mich beruhigte, hätte ich wahrscheinlich sofort das Weite gesucht.

Der Greis machte ein paar langsame Schritte und blieb dann stehen. Calimero machte keine Anstalten, sich vom Fleck zu bewegen. Er schnaubte nur mal wieder sein vergnügtes Schnauben und brachte mich dazu, abzusteigen. Er schien das tatsächlich zu genießen!

Langsam ging ich auf den seltsamen alten Mann in seinem zerschlissenen Bademantel zu. Sein Gesicht war faltig und struppig, das ja. Aber seine Augen waren gütig. Eigentlich sah er gar nicht mal so unsympathisch aus.

Der Wind, der mich mit einem Mal umwehte, flüsterte mir etwas zu. Ich stoppte, als wäre ich gegen eine Wand gelaufen. Ein stilles Lächeln blitzte im Gesicht von Levante auf. »Du weißt es«, stellte er leise fest und seine Stimme klang ganz weich und volltönend. »Du weißt, wer ich bin, mein Kind. Willst du nicht reinkommen? Ich mache uns einen Tee.«

Es war das erste Mal, dass mir ein Wind einen Tee kochte. Wirklich anders als bei einem Menschen war das nicht – abgesehen davon, dass er in aller Ruhe an einem kleinen Küchentisch saß, während sich der Tee von selbst machte.

Schubladen, Schränke und Wasserhähne öffneten sich, ohne dass er sich bewegte. Und am Ende standen zwei dampfende Tassen Tee zwischen uns auf dem Tisch.

»Ich habe dich erwartet«, sagte er irgendwann. Seine Stimme schien zwar aus seinem Mund zu kommen, zur selben Zeit durchwehte sie mich aber von Kopf bis Fuß. Das irritierte mich so sehr, dass ich prompt alles vergaß, was ich ihm eigentlich an den Kopf werfen wollte.

Ich schwieg erst mal und starrte ihn nur an. Das war er also, mein Windvater. Wie alt er wohl war? Klar, er sah aus wie ein alter Mann, aber so ein Wind, der war ja bestimmt viel älter. Älter als alles andere auf der Welt. Oder?

»Du hast allen Grund, wütend auf mich zu sein, Lola. Aber ich habe das nicht gewollt. Ich hätte nie gedacht, dass es so weit kommt. Dass … er so weit gehen würde.« Er blickte aus dem Fenster und mit einem Mal wurde es merklich kälter. »Über Gibraltar braut sich etwas zusammen.

Irgendwas geht in den Höhlen unter dem Felsen vor sich.« Er sah mich an. »Etwas Böses.«

»Mistral«, sagte ich leise.

»Ich habe versucht, mit ihm zu reden. Wirklich, das habe ich. Mehr als einmal. Ich dachte, vielleicht hört er auf mich.«

»Klar, so als alte Freunde«, rutschte mir heraus.

Er schloss die Augen und seufzte. »Das erzählen sie also immer noch über mich in der Kathedrale.«

»Sie denken, dass ich mich auf seine Seite stellen könnte.«

»Narren!«, schimpfte er und die Fensterläden klapperten so laut, dass mir fast die Teetasse aus der Hand fiel. »Du von allen Menschen? Das ist lächerlich!«

»Und wieso?«

»Als wüsstest du das nicht selbst.« Er stand auf und tigerte nervös im Raum herum. »Du bist die Güte in Person, Lola. Und falls du es nicht gemerkt hast: Du hast dich noch nie für irgendeine Sache einspannen lassen.«

Jetzt, da er es sagte, merkte ich, dass es stimmte. Das hatte mir schon oft Probleme eingebracht, aber ich war immer schon schwer von Dingen zu überzeugen gewesen, die ich anders sah. Man könnte es auch einfach Dickköpfigkeit nennen.

Die Frage war nur: Woher wusste mein Windvater das?

Levante schien zu wissen, was mir im Kopf rumging. »Wir lassen euch keinen Augenblick aus den Augen«, sagte er. »Nur weil wir nicht in euer Leben eingreifen sollen, heißt das nicht, dass wir euch nicht beobachten.«

»Ein wenig Hilfe hätte nicht geschadet, als ich die Straße von Gibraltar überqueren wollte oder fast von einem Windriesen in Stücke gerissen worden wäre«, sagte ich bitter. Und stellte gleich darauf fest, wie dämlich ich gewesen war.

»Ich wollte nicht …«, begann ich entschuldigend und schwieg dann wieder, weil mir plötzlich etwas klar wurde. Natürlich! Wie konnte ich nur so dumm gewesen sein? Wie war das gleich bei der Überfahrt im Fischerboot gewesen? Ich hatte diese Stimme gehört, dieses Kommando. Dann war da plötzlich dieses Loch in der Welle gewesen, durch das wir sicher fahren konnten. Und dann die Sache mit dem Windriesen. Ziemlich unwahrscheinlich, dass er es sich einfach anders überlegt hatte und mich entkommen ließ. Oder?

»Oh …«, machte ich und wich seinem Blick aus.

Er legte seine runzlige Hand auf meine. »Mach dir keine Gedanken, Lola. Ich hätte genauso reagiert.«

Ich wusste nicht, was ich sagen sollte. Die ganze Zeit über hatte ich geglaubt, dass ich allein in dieser Sache war, dass ich niemanden hatte, der hinter mir stand. Und jetzt erfuhr ich, dass Levante mich gerettet hatte. Zweimal! Obwohl er es nicht durfte.

Mir stiegen die Tränen in die Augen, aber Levante schnaubte nur. »Aber, aber! Ich lass mein Mädchen doch nicht in der Gewalt eines dieser unausstehlichen Windriesen. Konnte diese Nervensägen noch nie leiden …«

Mir wurde warm ums Herz. Ich fühlte mich entschlossen, ich fühlte mich stark. Und vor allem fühlte ich mich bereit, Mistral zu begegnen.

Ich war Lola Martinez, Tochter des Levante. Und ich würde alles dafür tun, um Mistral zu besiegen. »Was muss ich tun?«, fragte ich mit fester Stimme.

»Das ist meine Tochter!«, polterte Levante los und schlug mit der Faust begeistert auf den Tisch, dass die Gläser hüpften. »Du musst nach Gibraltar. Wir vermuten, dass er sich in den Höhlen verschanzt und seinen großen Angriff plant.«

»Was erwartet mich dort?« Ich kannte Gibraltar, war schon ein paarmal mit meinen Eltern dort gewesen. Im Grunde war es nur ein riesiger

Felsen, auf dem Affen wohnten. Oh, und irgendwie gehörte er zu England, was bedeutete, dass man dort auch vollkommen verwirrend auf der falschen Straßenseite Auto fuhr und überall mieses Fish and Chips essen konnte. Legenden erzählten von gewaltigen Höhlen unter dem Berg, die sich unter dem Meeresboden bis nach Afrika zogen.

»Das weiß niemand. Aber ich gehe davon aus, dass du deine Freunde dort finden wirst.«

Mein Puls beschleunigte sich. »Sind sie am Leben?«

»Aber sicher sind sie das. Wie ich schon sagte: Wir lassen euch nicht aus den Augen! Da ist nur eine Sache, Lola.« Er beugte sich vor und senkte seine Stimme auf ein Flüstern. »Wir sind nicht die Einzigen. Du hast dich zu erkennen gegeben. Das macht dich stärker, aber auch angreifbarer. Wenn du windreitest, werden sie dich sofort entdecken. Und diesmal werden sie alles tun, um dich aufzuhalten. Alles.«

Draußen vor dem Fenster wieherte es und ich grinste. Plötzlich war alles so klar. »Ich denke, ich habe das perfekte Transportmittel dabei.«

39

Die Affen von Gibraltar

Ich ritt durch Tarifa wie ein echtes Cowgirl.

Ich wusste nicht, was auf mich zukam, und ich wusste nicht, was mit mir passieren würde. Ich wusste nur, dass ich es tun musste. Ich musste alles versuchen, um Mistral aufzuhalten.

Noch eine kalte Limo am Kiosk, dann waren wir raus aus der Stadt. Halt, das stimmte nicht ganz. Ich hatte noch ein letztes Mal bei meinen Katzen vorbeigeschaut. Ich liebte Katzen über alles und würde sie auch weiterhin versorgen, wenn das hier alles gut ausging. Aber mein Totemtier, das stand ganz offensichtlich hinter mir und schnaubte.

Wir ritten über Felder und Bäche, über Hügel und durch Wälder. Voller Galopp, die Haare offen. Ich war da, wo ich hingehörte. Hier war mein Platz, das war meine Aufgabe.

Natürlich, in Gibraltar wartete ein Wind auf mich, der mich vernichten wollte. Aber es tat gut, endlich mal nicht vor etwas davonzulaufen. Sondern geradewegs darauf zu. Im Galopp.

Die Kilometer flogen nur so unter uns dahin und nach kaum zwei Stunden sah ich den Fels von Gibraltar aus dem Meer aufragen. Eine gewaltige Wolke hing genau über ihm. Wirklich geheim bleiben wollte Mistral offensichtlich nicht. Auch eine riesige Reklametafel, in der in blinkender Neonschrift *MISTRALS VERSTECK* aufleuchtete, hätte nicht eindeutiger sein können.

Uns kamen ziemlich viele Autos entgegen. In ihnen saßen Menschen, die so aussahen, als wollten sie dringend so weit wie möglich fort. Noch immer zogen Vogelschwärme über uns hinweg, als würden alle Vögel der Welt gleichzeitig in den Süden aufbrechen.

Ich ließ Calimero in einen leichten Trab verfallen und überlegte mir einen Plan. Ich konnte ja nicht einfach nach Gibraltar marschieren, mich höflich nach dem Weg zu den Höhlen erkundigen und mich dann mit Mistral auf einen Kakao treffen.

Ich merkte, wie sehr mir die anderen fehlten. Esteban mit seinem kühlen Kopf, Pablo mit seinem Mut und die Zwillinge mit ihrer endlos guten Laune.

Je näher ich dem Felsen kam, desto größer wurde meine Anspannung. Ich spürte Mistral mit jeder Faser meines Körpers, spürte seine Kraft und seine Wut. Es war, als würden wir gegen eine immer dichter und zäher werdende Wand anlaufen. Schon bald war jeder Schritt ein echter Kraftakt für Calimero.

Die Wolken über den Felsen wurden immer monströser. Sie kreisten um Gibraltar, Blitze zuckten in ihnen auf. Sah nach einem echt fiesen Gewitter aus. Nein, es sah eher aus wie das letzte Gewitter, das diese Welt jemals erleben würde.

Kurz vor der Grenze kam mir ein Polizeiwagen mit Blaulicht entgegen. Der Polizist kurbelte die Scheibe runter und musste sehr laut reden, damit ich ihn in dem aufziehenden Sturm verstand. »Falsche Richtung, junge Dame«, rief er mir zu. »Da reitest du besser nicht weiter.«

»Ich muss nur noch bis zum Stall, der ist gleich da hinten«, schrie ich und zeigte in Richtung Gibraltar. Der Polizist sah mich kritisch an, beugte sich aus dem Fenster, schaute in Richtung Sturm – und fuhr dann kopfschüttelnd weiter. »Immer diese Reiterinnen«, hörte ich ihn noch grummeln.

Sonst begegnete ich niemandem mehr. Es donnerte und grollte, als ich an die Grenze kam und den Felsen direkt vor mir aufragen sah. Mit der riesigen dunklen Wolke darüber sah es echt ein bisschen so aus wie das Ende der Welt. Aber so weit war es noch nicht. Hoffentlich.

Ich stieg ab und tätschelte Calimero den Hals. Er schmiegte sich mit dem Kopf an mich. »Für dich ist die Reise hier zu Ende«, flüsterte ich ihm ins Ohr. »Danke für alles.«

Dann passierte etwas Unglaubliches. Er wollte mich nicht gehen lassen. Ich spürte seine gewaltige Sorge, fühlte überdeutlich, dass er Angst um mich hatte. Er kam ganz nah an mich heran und legte seinen Kopf auf meine Schulter. Ich spürte, dass sein Herz raste und strich ihm über die Stirn. So emotional bin ich normalerweise nicht, aber meine Augen füllten sich mit Tränen. Calimero wollte nicht, dass mir etwas passierte.

»Ich muss das tun«, flüsterte ich mit einem Kloß im Hals. »Das verstehst du, oder?«

Ja, er schien mal wieder sehr genau zu verstehen, was ich sagte, denn er schnaubte noch kurz, trat mit dem Huf auf und trottete dann langsam zurück. Mehrfach drehte er sich zu mir um, in seinen Augen ein Flehen, das mir fast das Herz zerriss. Aber Calimero wusste, dass ich es tun musste. Also gehorchte er.

Es fiel mir nicht leicht, ihn gehen zu lassen, doch ich wollte ihn nicht mitnehmen und in Gefahr bringen. Er hatte mehr als genug für mich getan!

Ich sah ihm eine Weile nach, dann drehte ich mich um, atmete einmal tief durch und lief direkt auf den Felsen zu.

Gibraltar war wie ausgestorben. Eine echte Geisterstadt. Autos waren mit offen stehenden Türen zurückgelassen worden, Fensterläden klapperten im Wind, auf den Tischen vor den Restaurants stand noch jede Menge kaltes Essen. Natürlich Fish and Chips!

Außer mir schienen die einzigen Lebewesen ein paar vereinzelte Affen zu sein, die sich über die Essensreste hermachten. Doch mit jedem Donner, mit jedem Blitz wurden es weniger. Kreischend hüpften sie an mir vorbei und sahen mich an, als hätte ich den Verstand verloren, weil ich noch hier war.

Es begann zu regnen. Sah aber mal wieder ganz so aus, dass es nur hier über dem Felsen regnete. Mistral machte sein eigenes Wetter.

Ich ging langsam die Devil's Tower Road entlang. Toller Name! Ich kannte Gibraltar nur wimmelnd von Touristen und viel zu vielen Menschen, da war das fast angenehm – wenn man übersah, dass man gerade auf dem Weg zu jemandem war, der einen kaltmachen wollte. Klamottengeschäfte, Duty-Free-Shops, Pubs, Hostels und Supermärkte reihten sich aneinander, die Straßen waren voller Postkarten, Getränkebecher und Landkarten für Touristen. Eine flatterte mir direkt vor die Füße. Ich hob sie auf. *St. Michaels Höhle* stand vorne drauf – in 15 Sprachen.

Ich steckte sie ein und marschierte weiter. Konnte ja nicht schaden.

An einem Laden zum Geldwechseln spürte ich das Kribbeln. Mir lief es eiskalt den Rücken hinunter und ich schaltete sofort in Alarmbereitschaft. Irgendetwas näherte sich. Etwas Böses. Es war noch zu weit weg, um mich zu wittern, doch ich spürte es bereits. Für einige wenige Sekundenbruchteile sah ich eine Horde Windhunde vor meinem inneren Auge, wie sie auf der Hauptstraße herumstreunten. Schnüffelten, suchten. Ich schnellte herum. Die Straße war leer.

Seltsam.

Ich verlor keine Zeit und hastete in eine ausgestorbene Hotelhalle. Ich schloss die Glastür, schob eine große Topfpflanze davor und versteckte mich dann hinter einem Aquarium. Einige Fische blickten mich erstaunt an.

»Hi, Lola«, machte es neben mir und ich wäre fast an die Decke gesprungen vor Schreck.

Pablo. Da kniete Pablo neben mir!

Ich starrte ihn an. Keine Ahnung, wie lange. Ich starrte einfach nur.

»Lola, ich«, begann er, doch ich schüttelte nur den Kopf und legte den Finger auf meine Lippen. »Sssch«, machte ich und nickte mit dem Kopf in Richtung Tür.

Ein paar Sekunden später trotteten eine ganze Menge Windhunde am Hotel vorbei. *Bitte geht weiter*, dachte ich. *Bitte geht weiter.*

Als fast alle dieser schrecklichen Viecher am Hotel vorbeigelaufen waren, blieb einer von ihnen stehen. Der Letzte! Natürlich musste es der Letzte sein! Er witterte mit erhobener Schnauze, dann schoss sein Kopf zur Seite. Zu uns.

Wir duckten uns. Jetzt schon in einen Kampf verwickelt zu werden, wäre keine gute Idee.

Es kratzte und schabte an der Tür, der Windhund hechelte heiser. Wir hielten den Atem an. Dann war wieder alles still. Wir saßen eine Weile mit den Rücken am Aquarium und schauten uns nur an. Pablo konnte meinem Blick kaum standhalten und sah überhaupt ziemlich schuldbewusst aus.

Irgendwann riskierte er einen schnellen Blick nach draußen. »Er ist weg«, teilte er mit.

»Gut.«

»Ja, gut.«

Wir schwiegen.

»Ich denke, ich muss mich wirklich bei dir entschuldigen«, sagte er dann. »Ich-ich weiß auch nicht, was mit mir los war.«

»Ihr habt euch ganz schön verrückt machen lassen in der Kathedrale.«

Er machte einen zerknirschten Eindruck. »Hätte nicht passieren dürfen, das weiß ich jetzt.«

»Schwamm drüber, okay?« Als ich es aussprach, merkte ich, dass es stimmte. Ich war ihm gar nicht mehr böse. Es gab ja außerdem deutlich Wichtigeres zu besprechen! »Was machst du überhaupt hier?«

»Alles, was in der Luft lag, deutete darauf hin, oder nicht? Außerdem hast du doch etwas von Gibraltar erzählt.«

»Schön, dass du mir jetzt glaubst«, sagte ich und meinte es auch so. Klang vielleicht verrückt in so einer Situation, aber: Es tat echt gut, dass alles wieder beim Alten war. »Wo sind Esteban und die Zwillinge?«

Pablo sah mich traurig an. Und ich spürte sofort, dass irgendwas passiert war.

40

Der Sturm tobt

Ich konnte es nicht fassen. Die Zwillinge. Die Zwillinge hatten Pablo und Esteban gerettet! Nachdem mich dieser Windriese fortgerissen hatte, musste es mit den anderen Riesen noch ziemlich hässlich zur Sache gegangen sein.

Doch Maria und Mario, diese unglaublichen Draufgänger, mussten es irgendwie geschafft haben, die Windriesen genug abzulenken, um Pablo und Esteban zu befreien. Was dann mit ihnen passierte, konnte Pablo nicht sagen.

»Sie waren überall und nirgendwo«, sagte Pablo. »Im Windreiten waren die ja immer klasse, aber was da abging, habe ich noch nie gesehen. Das war himmelstauchen, nichts anderes.«

»Im Ernst?«

»Absolut! Wo wir alle nur windreiten können, machen die beiden etwas komplett anderes. Sie tauchen schneller, weiter und höher als wir durch die Lüfte. So weit, dass sie theoretisch bis zum Jetstream kommen könnten. Und dann …«

Ich schaute ihn an. »*Und dann*?«

Pablo antwortete zögerlich. »Der Jetstream ist der schnellste Windstrom der Erde. 500 Kilometer pro Stunde, so was in der Art. Wenn du ihm zu nah kommst, wirst du einfach in ihn hineingezogen. Und landest sonst wo.«

»Maria und Mario sind also …?«

»Er schüttelte den Kopf. »Keine Ahnung. Nein. Ja. Vielleicht. Ich weiß es nicht. Ich weiß nur, dass ich den Windriesen entkommen konnte und hier gelandet bin. So wie du. Und hoffentlich auch Esteban.«

Ich atmete tief durch. »Okay. Wir wissen also nicht, wo die anderen sind. Wir wissen aber auch nicht, wo Teresa oder Mistral sind. Richtig?«

»Richtig.«

»Prima.« Ich fuhr mir durch die Haare. »Zeit, es herauszufinden, oder?«

Ein Grinsen huschte über sein Gesicht. »Ich denke schon. Los, wir schauen mal, ob wir hier irgendwas Brauchbares finden.«

Wenig später kamen wir mit Regenschirmen, Taschenlampen und zurückgelassenen Mänteln die breite Hoteltreppe hinunter. Es war erstaunlich, was manche Gäste so alles liegen ließen. Nur ärgerlich, dass wir jetzt gerade keine Verwendung für teure Uhren und Bargeld hatten. Nur ein paar Nüsse und Limos nahmen wir uns mit. Nie wieder ein Abenteuer ohne Verpflegung!

Als wir wieder auf die Straße traten, war die Welt eine andere. Es war schneidend kalt und so dunkel, dass man meinen könnte, es wäre spontan Winter geworden. Ein hinterhältiger Regen stach wie tausend Nadeln auf uns ein. Wir klappten unsere Schirme auf und sahen ihnen kurz darauf nach, wie sie vollkommen verdreht und zerbeult die Straße entlangsegelten. Wir blickten uns an, klappten den Kragen hoch und marschierten los. Eine Erkältung wäre jetzt so ziemlich das Harmloseste, das uns passieren konnte.

Mittlerweile waren nicht mal mehr die frechen Affen unterwegs. Über uns tobte der Sturm, um uns wehten die dunklen Wolken und wir mussten immer wieder Gegenständen ausweichen, die mit ordentlich Tempo durch die Straßen gewirbelt wurden.

»Autsch!« So wie diese nasse Zeitung, die Pablo mit voller Wucht ins Gesicht klatschte. Okay, manchmal muss man auch in völlig unpassenden Situationen lachen.

»Sehr witzig«, brummte Pablo und spuckte Papierfetzen aus. »Das waren nicht gerade gute Nachrichten.«

Ich musste noch lauter lachen, bis wir ein Geräusch aus einem verwüsteten Souvenirladen direkt neben uns hörten. Ich verstummte sofort und wir sahen uns alarmiert an.

Es war einer dieser typischen Läden, bei denen man sich fragte, wer zur Hölle etwas in ihnen kaufte. Aber Touristen hatten ja irgendwie immer ein Talent dafür, möglichst geschmacklose Dinge mit nach Hause zu schleppen.

Kitschige Schneekugeln, hässliche Shirts und überteuerte Porzellanfiguren türmten sich in den Regalen oder lagen auf dem Boden verstreut. Der Kühlschrank summte laut und das Licht flackerte, als wir den Laden vorsichtig betraten.

Das Geräusch war eindeutig aus diesem Geschäft gekommen. Die Kasse war aufgebrochen und offensichtlich geplündert, überall lagen leere Chips-Packungen herum.

»Da hinten«, flüsterte Pablo und zeigte auf eine große Eistruhe, die von einigen fürchterlichen Stierkampf-Postern verdeckt wurde. Wieder polterte es.

Wir schlichen uns vorwärts, Schritt für Schritt. Ich war auf alles vorbereitet. Auf wirklich alles. Allerdings nicht darauf, dass ein vollkommen verzweifelter Esteban hinter der Eistruhe hervorsprang und uns mit etwas bewarf, das sich als Manchego-Käse herausstellte.

Käse!

Im ersten Moment war ich über die Käse-Attacke sogar erstaunter als darüber, Esteban zu sehen. Dann fiel ich ihm um den Hals. »Was machst du hier?«, fragte ich ihn vollkommen atemlos.

»Dasselbe wie ihr, denke ich.« Als er aus seinem Versteck geklettert war und den Rest des Käses fallen gelassen hatte, war er rekordverdächtig schnell wieder ganz der Alte geworden. »Irgendwas hat mich hierhergeführt. Doch als mir die Windhunde auf die Pelle rückten, habe ich mich lieber versteckt. Gute Idee eigentlich – zumindest, bis die Affen kamen. Die konnte ich mir nur mit diesem Käse vom Leib halten.«

Pablo grinste. »Davon hat man in Abenteuern bisher auch noch nichts gehört.«

Esteban putzte seine Brille. »Äh, was das angeht«, begann er, »kann das gern unter uns bleiben, wenn wir das hier heil überstehen.«

Pablo klopfte Esteban auf die Schulter. »Keine Sorge, das bleibt unser Geheimnis.« Seine Miene verdüsterte sich. »Sehen wir aber erst mal zu, *dass* wir es heil überstehen.« Er wandte sich an mich. »Teresa ist die Tochter des Mistral, ja?«

Noch vor Kurzem hatte ich an mir gezweifelt, ob das wirklich alles genau so passiert war auf der wandelnden Festung. Jetzt war ich so sicher wie nie. Ich nickte. »Sie wird alles tun, um uns loszuwerden.«

»Wie stark ist sie?«

»Das auf der wandelnden Festung«, begann ich, »das war nur Glück. Echt krasses Anfängerglück. Ich weiß nicht, ob ich das noch mal haben werde. Sie ist … ziemlich stark. Und hinterhältig.«

»Ganz der Vater«, meinte Pablo trocken. Dann strahlte er. »Ich glaube dennoch nicht, dass das nur Anfängerglück war. Wenn ich eins gelernt habe, dann, dass wir gemeinsam auch nicht so übel sind.«

Ich grinste. »Stimmt. Und sogar Esteban kann mehr, als immer alles besser zu wissen.«

»Sehr witzig. Zeig dem Besserwisser mal deine Karte.«

Esteban wischte die Theke frei. Getränkedosen, Schlüsselanhänger und Kugelschreiber fielen zu Boden, als ich die Landkarte von den Höhlen unter Gibraltar ausbreitete.

»Eine ganze Menge Höhlen«, meinte er fachmännisch und auch Pablo pfiff durch die Zähne.

»Irgendeine Ahnung, wo wir hinmüssen?«

Beide sahen mich an. »Nicht die geringste.« Ich zuckte mit den Schultern. Ich schaute mir die Höhlensysteme an und überlegte. Hatte Teresa noch irgendwas gesagt? Nein, nichts. Nur diese furchtbare Sache mit Santiago und den Affen. Sie ging mir nicht aus dem Kopf.

Eine kleine Notiz neben der St. Michaels Höhle stach mir ins Auge. Oder besser gesagt war da irgendwas in mir, das mir empfahl, mal diesen kleinen Text zu lesen.

Ein Kribbeln überlief mich. Diese Höhle, so sagte die Legende, war durch unterirdische Gänge mit Afrika verbunden. Das passte. Ich wusste nicht genau, warum, aber irgendwie passte das.

»Da!« Ich stach mit dem Finger auf die Karte ein. »Da müssen wir hin.«

»St. Michaels Höhle«, las Esteban. »Über die habe ich schon viel gelesen. Man sagt ...«

»Esteban!«, unterbrach ihn Pablo und rollte mit den Augen.

»Okay, okay.« Esteban hob beschwichtigend die Hände. »Mir liegt ja nur eure Bildung am Herzen.« Er schnappte sich einen Schokoriegel und mampfte ihn in stummer Anklage.

Pablo schüttelte den Kopf und sah mich an. »Wollen wir?«

Ich faltete die Karte zusammen und nickte. »Bringen wir es hinter uns.«

»Äh, Leute«, meinte Esteban mit vollem Mund und kleine Erdnussstückchen flogen davon. »Haben wir denn überhaupt einen Plan?«

Zugegeben, manchmal war Esteban schon ganz hilfreich.

41

In die Höhle

Pläne schmieden war echt nicht unsere Stärke. Gut, wahrscheinlich wäre es wirklich eine relativ miese Idee gewesen, einfach mal so in die Höhe zu klettern und »Hi, wir sind's!« zu rufen. Aber so ein richtiger Plan, der war so … na ja, so kompliziert und aufwendig eben. Zumal wir ja alle nicht wussten, was uns dort unten erwartete.

Genau genommen wussten wir eh sehr wenig. Vor allem nicht, wie wir Mistral besiegen sollten.

»Gehen wir also mal davon aus, dass die Zwillinge und Santiago dort unten gefangen gehalten werden – und wer weiß, wer sonst noch: Wie holen wir sie da raus?«

»Hängt ganz davon ab, was uns da erwartet«, brummte Pablo und schob sich nachdenklich ein paar Nüsse zwischen die Zähne. »Ich meine, wenn dort unten eine Horde von diesen Windhunden, ein paar ausgehungerte Geier, eine Handvoll Kalifen und vielleicht noch ein paar andere nette Überraschungen rumlaufen, kommen wir nicht weit.«

»Ganz zu schweigen von Mistral«, warf Esteban ein und Pablo nickte.

»Mistral wird nicht da sein«, sagte ich leise, aber sehr sicher.

Beide glotzten mich an, als hätte ich mich in einen Affen verwandelt.

»Und das wird er aus welchem Grund nicht?«, fragte Esteban.

Pablo schien dasselbe zu denken.

Ich erzählte ihnen von meiner Begegnung mit Levante. Ich musste sie oft unterbrechen und irgendwann sogar sehr laut und direkt werden, damit sie mir nicht mehr ständig ins Wort fielen. Irgendwann saßen sie nur noch da und schauten mich ungläubig, beeindruckt und vollkommen von den Socken an. Schien eine große Sache zu sein, wie mir langsam klar wurde.

Bevor ich ging, hatte mich Levante noch mal beiseitegenommen und mir etwas anvertraut. Das, erfuhr ich jetzt, war nicht nur extrem außergewöhnlich, sondern eigentlich streng verboten. Super, jetzt kam ich mir noch mieser vor, weil ich immer gedacht hatte, er würde sich einen Dreck um mich scheren.

Er hatte mir anvertraut, dass Mistral zwar große Macht besaß, aber auch ziemlich feige war. Wo es nur ging, ließ er die Drecksarbeit von jemand anderem erledigen. Windhunde, Geier, die Kalifen, Teresa – sogar das Ding, das an Santiagos Stelle getreten war. Das hieß zwar noch lange nicht, dass wir ihn unterschätzen durften. Es hieß aber, dass er uns ebenfalls nicht unterschätzte. Dass er tatsächlich glaubte, wir hätten eine Chance.

Blöd nur, dass wir trotzdem nicht wussten, wie genau diese Chance aussah.

»Genug geplant«, sagte Pablo also irgendwann, leerte seine Cola und sprang von der Theke.

Esteban runzelte die Stirn. »Äh, haben wir jetzt überhaupt irgendetwas geplant?«

»Nö, aber das bringt eh nichts.« Er ging reihum und setzte uns alberne Mützen auf die Köpfe. »Kommt, wir spielen Touristen und schauen uns einfach mal in der Höhle um. Wird schon schiefgehen.«

Fast ging es schief, bevor wir die Höhle überhaupt erreicht hatten. Wir liefen relativ nachlässig durch die Straße, ziemlich sicher, dass sich bei diesem Wetter selbst ein Windhund nur sehr widerwillig vor die Tür wagen würde – und wurden fast von einer Horde Affen überrascht, die wild kreischend aus dem Nichts auftauchte und auf den großen Höhleneingang zustürmte.

»Runter von der Straße«, zischte Pablo.

Ohne nachzudenken, hechteten wir hinter einigen Sherry-Fässern in Deckung. Sie rochen ziemlich säuerlich, waren aber immerhin ein gutes Versteck.

Schnatternd und schimpfend zog die Affenbande an uns vorüber.

»Was sagen sie?«, fragte ich Pablo.

Er hörte eine Weile zu und grinste dann. »Sie nehmen den Haupteingang in die Höhle, weil die anderen Eingänge von Windhunden bewacht werden. Sieht ganz so aus, als würden selbst die Affen diese Viecher nicht leiden können.«

Esteban sah nicht überzeugt aus. »Und wieso bewachen sie ausgerechnet den Haupteingang nicht?«

»Vielleicht weil niemand erwarten würde, dass wir den offensichtlichen Weg nehmen?«, vermutete ich, ohne wirklich sicher zu sein.

Pablo rappelte sich auf. »Besser als nichts«, meinte er nur, klopfte sich ab und setzte sich wieder in Bewegung. »Ich hoffe nur, ich habe sie richtig verstanden.«

Zuerst fiel mir auf, wie wunderschön die Höhle war. Dann erst wurde mir ihre Größe bewusst. Sie war gewaltig! Riesige Stalagmiten hingen von der Decke herab, größer als ein Haus und wahrscheinlich unendlich viele Jahre alt. Grob geschätzt.

Es war kalt. Kalt und glitschig. Aber das Seltsame war: Besonders windig war es nicht. Klar, ein leichter Hauch begrüßte uns, als wir die Höhle betraten. Wir hatten uns aber durchaus auf etwas mehr … Power eingestellt.

»Nicht alles ist immer so, wie es scheint«, mahnte Esteban, als wir uns den Weg an dem verlassenen Kassenhäuschen vorbei bahnten und mit dem Abstieg begannen. Natürlich hatte er recht, aber: Die Wege waren breit und beleuchtet, überall standen Hinweisschilder. Wir kamen uns fast lächerlich vor, dass wir so vorsichtig vorgingen und jeden Schritt mit Bedacht wählten.

Alles lief gut und wir beglückwünschten uns schon zu unserem cleveren Vorgehen. Kurz darauf gingen alle Lichter aus.

Dann kam der Wind. Und zwar so heftig, dass er mich von den Füßen fegte, als wäre eine Kanonenkugel auf mich abgefeuert worden. Ich taumelte vorwärts, stürzte, wurde vom Sturm mitgerissen wie ein Blatt Papier. Ich wollte mich festkrallen, fand Halt, riss mir die Finger auf, wurde weitergerissen, bis ich mit einem Felsen zusammenprallte. Alle Luft wurde aus meinen Lungen gepresst und für einige Momente lag ich nur japsend da, unfähig, zu atmen, zu schreien oder mich über meine eigene Dummheit zu ärgern.

Als der Wind nachgelassen hatte, wagte ich es, aufzustehen. Meine Knie waren weich und das Atmen tat weh, außerdem fühlte sich mein rechter Arm unangenehm taub an. Beste Voraussetzungen für einen schönen Windkampf.

Ich kramte die Taschenlampe hervor, die ich im Hotel eingesteckt hatte. Ich war in irgendeinem Seitentunnel der Höhle, es war deutlich enger und stockdunkel. »Pablo? Esteban?«, rief ich. Es grollte und ich presste mir sofort beide Hände vor den Mund. Eine tolle Abenteurerin war ich! Bei der allerersten Gelegenheit machte ich auf mich aufmerksam oder sorgte dafür, dass die Höhle einstürzte.

Ich tat ein paar Schritte in diese, dann in jene Richtung. Ich hatte keine Ahnung, wo ich war. Überall zweigten Gänge ab. Ich schloss die Augen und konzentrierte mich.

Da, dieser Gang. Irgendwas an der Luft dort sagte mir, dass ich ihn nehmen sollte. Und ich hatte mittlerweile gelernt, auf diesen Instinkt zu vertrauen.

Nach ein paar Minuten hörte ich die Stimmen. Erst ganz schwach und wie durch eine dicke Wand, dann immer deutlicher. »Lola!« Ich erstarrte. Horchte in die Dunkelheit. »Lola!«

Maria und Mario!

Ich eilte weiter, die Taschenlampe flackerte über Steinwände voller merkwürdiger Zeichnungen. Ich achtete nicht darauf und rannte weiter. »Maria? Mario?« Jetzt traute ich mich wieder, zu schreien.

»Hier! Hier sind wir!«

Sie klangen jetzt ganz nah. Ich bog um eine Ecke, schlitterte, rutschte fast aus und kam gerade noch so vor einer alten Holztür zum Stehen. Dahinter mussten sie sein!

»Wo?«, rief ich.

Ihre Stimmen klangen ganz nah, aber gedämpft. Da, eine Tür! »Hier drin!«, ertönte es dumpf.

Okay, alles klar. Ich versuchte, meinen Atem wieder unter Kontrolle zu bringen. Sobald er sich beruhigt hatte, streckte ich beide Arme aus, schloss die Augen – und brach die Tür auseinander, als wäre sie aus Pappe. Dahinter entdeckte ich Maria und Mario. Sie saßen mit dem Rücken aneinander, Hände und Füße gefesselt.

Ich eilte zu ihnen, zog das Messer aus der Tasche, durchschnitt ihre Fesseln. Sie strahlten, standen auf und nahmen sich gegenseitig den Knebel ab.

Irgendwas ratterte in mir, aber ich wusste nicht sofort, was es war. Zu spät fiel es mir auf. Die Knebel. Wie konnten sie mit denen meinen Namen rufen?

Sie bauten sich vor mir auf. Und veränderten sich. Wuchsen auseinander, bekamen Buckel, ihre Gesichter verzogen sich auf grässliche Weise. Bis da gar keine Gesichter mehr waren.

Ich wich zurück, wollte die Arme hochreißen, um ihnen eine zu verpassen, doch sie waren schneller. Wie Giftschlangen schnellten die gesichtslosen Kreaturen vor, fesselten mich und ketteten mich an einem Ring an die Steinwand.

Einer von ihnen kam auf mich zu, beugte seine Fratze ganz dicht an mein Gesicht heran. Der Gestank raubte mir fast den Verstand. Erst als der andere ihn von mir wegzog und die beiden leise säuselnd davonschlichen, wagte ich es, wieder zu atmen.

Und da merkte ich es: Es wurde nass an meinen Füßen. Nass und immer nasser. Das Rauschen schwoll an. Wie konnte das passieren? Immerhin hatte ich die Tür doch gerade erst aus den …

»Ach du …«, zischte ich. Die Tür war wieder an Ort und Stelle! Und das eiskalte Wasser stieg. Sehr schnell.

Ich zerrte und rüttelte an meinem Ring. Vergeblich.

Windreiten kam nicht infrage. Da würde ich wahrscheinlich irgendwo ohne Hände ankommen. Wenn überhaupt. Ein Windstoß, ohne die Hände zu bewegen, stand ebenso außer Frage. Bestandsaufnahme beendet. Es sah richtig schlecht für mich aus.

»Hallo?«, rief ich, während ich mich über meine eigene Unvorsichtigkeit ärgerte. »Ist da jemand?«

Wo waren Pablo und Esteban? Hoffentlich waren sie nicht genauso bescheuert gewesen wie ich.

Ich rüttelte wieder an diesem verdammten Eisenring. Und merkte, dass ich mit meiner Hand fast hindurchkam. Ich zog und zog, bis ich das Gefühl hatte, meine Hände würden einfach brechen. Ich schloss die Augen und merkte nach einiger Zeit, dass ich irgendwas flüsterte. Was, wusste ich nicht. Aber es half und ich bekam eine Hand frei. Ich wartete gar nicht erst darauf, bis der Schmerz nachgelassen hatte. Ich stand bis zur Hüfte im Wasser und konnte meine Beine kaum noch spüren.

Ich hob die befreite Hand über den Eisenring und ließ sie mit aller

Kraft herunterschießen. Der Eisenring brach aus der Wand und ich wurde vom Rückstoß meines Windschlags nach hinten ins Wasser geschleudert.

Als ich prustend wieder auftauchte, traute ich meinen Augen kaum. Die Kammer war mittlerweile so voll, dass die Tür unter Wasser war. Das wurde ja immer besser! Ich kämpfte die Panik hinunter, holte tief Luft und tauchte. Gut, dass wir das geübt hatten!

Um ein Haar hätte es dennoch nicht gereicht. Ich bekam zwar die Tür auf, doch auch der Gang dahinter stand komplett unter Wasser. Einmal endete mein Fluchtversuch vor einer massiven Steinwand, einmal in einem überfluteten Stollen. Mit letzter Kraft fand ich einen Tunnel, der bergauf führte und mich wenig später durch die Wasseroberfläche brechen ließ.

Hustend, spuckend und zitternd blieb ich auf dem nassen Stein liegen und wartete, dass die tanzenden Sterne vor meinen Augen verschwanden. Es war eiskalt.

Jemand klatschte langsam in die Hände.

Triefend hob ich den Kopf. Und sah Teresa direkt in die Augen.

42

Am Abgrund

Mein erster Reflex war, die Hand zu heben und sie mit einem Windstoß auf Abstand zu halten. Doch ich war zu langsam. Sie stellte sich mit ihren Stiefeln direkt auf meine Hände.

Ich musste einen Aufschrei unterdrücken, hatte aber sowieso noch genug Wasser in mir, dass ich erst mal nur hustete und röchelte.

»Armes Ding«, säuselte sie dann und schaute mit ihren mitleidlosen Augen auf mich herab. »So durchnässt, frierend und ohne Freunde …«

»W-w-warum machst du das?«, fragte ich sie, als ich wieder einigermaßen sprechen konnte. Ich zitterte und meine Zähne schlugen hart aufeinander. Beruhige dich, Lola! »W-was bringt dir das alles?«

»Du hast ja keine Ahnung, wie es sich anfühlt, nie dazuzugehören. Immer anders zu sein. Allein, die bescheuerte Außenseiterin, mit der niemand rumhängen will.«

Ich schaute sie ungläubig an. »Ist das dein Ernst?«, fragte ich sie entgeistert. »Ich weiß sehr genau, was du meinst! Deswegen bin ich ja so froh, die Windgeborenen gefunden zu haben. Euch! Ihr seid so wie ich. Und ihr nehmt mich so, wie ich bin.«

Teresa wirkte unsicher. Sie wollte etwas sagen, blieb dann aber stumm.

Meine Chance! »In der Schule war ich immer nur der Freak«, fuhr ich fort. »Niemand wollte neben mir sitzen, im Sport wurde ich als

Letzte gewählt, nie gab es Geburtstagseinladungen. Und manchmal …« Ich musste kurz innehalten, weil ich spürte, wie mir tatsächlich die Tränen in die Augen stiegen. »Und manchmal«, fuhr ich dann gezwungen ruhig fort, »wenn wieder irgendwas Komisches mit mir passierte, glaubte ich ihnen. Dann glaubte ich, dass ich nur ein verdammter Freak bin. Jemand, den man einfach nicht lieben kann.«

Teresa stieg nicht von meinen Händen herunter, doch sie verlagerte ihr Gewicht ein wenig. Sie sagte nichts, aber ich konnte sehen, dass es in ihr arbeitete wie verrückt.

»Du bist wie wir, Teresa.«

Sie lachte kurz auf. »Und genau da irrst du dich. Nein. Nein, das bin ich nicht. Schön wär's, aber ich bin anders. Schon wieder. Selbst hier, unter den Kindern des Windes, den Freaks, bin ich anders.«

»Wie meinst du das?«

»Ich bin Mistrals Tochter«, sagte sie traurig. »Für mich gibt es nur diesen Weg.«

»Es gibt immer mehr als einen Weg, Teresa. Es gibt …«

»Zu spät.«

Schlurfende Schritte erklangen.

»Bringt sie weg«, hörte ich Teresa noch sagen.

Ich setzte alles auf eine Karte. Sobald sie ihren Schuh weit genug von meinen Fingern genommen hatte, riss ich meine Hand an mich, um sie im selben Moment wieder kurz nach vorn zucken zu lassen. Teresa stolperte, rutschte auf dem nassen Boden aus und fiel hin. Ich kämpfte mich auf die Beine, legte beide Handflächen aufeinander und bewegte sie dann mit einem Ruck auseinander. Das Wasser stieg auf und bildete einen Wirbel um mich herum.

»Wo sind die anderen?«, verlange ich zu wissen.

»Hier und da«, gab sie trotzig, aber nicht mehr ganz so siegessicher zurück.

»Santiago auch?«

Sie lachte und ich begriff, wie dumm ich gewesen war. Eine Falle. Ich war in eine Falle getappt wie eine Maus, die den Käse gerochen hatte.

Verschwommen sah ich Teresa, wie sie mich durch das Wasser beobachtete. Ich ging auf sie zu und das Wasser folgte mir. War schon praktisch, wenn man den Wind kontrollierte. Wenn man das erst mal raus hatte, konnte man mit ihm so ziemlich alles kontrollieren.

Teresa wich zurück. Ich brauchte schnell einen Plan! Ich brauchte … zu spät. Als sich ihr Gesichtsausdruck von Verunsicherung in Schadenfreude wandelte, wusste ich, dass ich etwas übersehen hatte.

Das schreckliche Säuseln wurde lauter. Von allen Seiten näherten sich gebückte Gestalten. Sie liefen durch das schäumende Wasser, als wäre es nicht mehr als eine angenehme Dusche.

Etwas traf mich hart am Hinterkopf.

Dann wurde alles dunkel.

Als es wieder hell wurde, waren wir endlich alle wieder vereint. Ein Happy End sah dennoch anders aus: Wir standen nebeneinander auf kleinen Felsen, die aus dem Wasser aufragten. Unsere Hände waren auf dem Rücken gefesselt und um uns herum toste das Meer.

Ich konnte es nicht sehen, doch die Brandung hinter mir war so laut, dass wir vor einem der großen Eingänge stehen mussten, die direkt vom Meer in die Höhle hineinführten.

Links neben mir stand Pablo, neben ihm Esteban. Die Zwillinge teilten sich einen Felsen rechts neben mir. Immerhin: Sie sahen alle mehr oder weniger unverletzt aus.

»Alles okay bei euch?«, rief ich, sobald ich wieder denken konnte.

Mario zwang sich zu einem Lächeln. »Könnte schlimmer sein.«

Ich musste ihn ziemlich baff angeschaut haben, denn er schickte gleich noch ein »Hier gibt's zumindest keine Haie« hinterher.

Es war offiziell: Denen konnte man den Optimismus nicht austreiben.

Mir schon eher. Vor uns stand Teresa am Höhleneingang. Der Wind zerzauste ihr Kleid und ihre Haare wehten filmreif. Sie war umringt von jeder Menge abscheulicher Kalifen des Windes.

»Da sind wir also«, rief sie über das Tosen hinweg.

»Pablo«, zischte ich. Er sah mich an. »Warum windreiten wir nicht?«

Er deutete mit dem Kopf nach oben. »Viel zu gefährlich.«

Oh. Klar. Die riesige Wolke über uns. Mist!

Hm … Zum Springen war es zu weit, außerdem waren diese Kalifen überall. Und auch wenn wir lang die Luft anhalten konnten: Ohne Hände würden wir nicht schwimmen können.

»Wer sich gegen Mistral stellt, hat sich für die falsche Seite entschieden«, fuhr Teresa fort. »Für die Seite des Untergangs. Die Winde der Welt müssen weichen. Für den einen. Für Mistral.«

Die gesichtslosen Kalifen wiederholten Teresas Worte wie ein böses Gebet. »Die Winde der Welt müssen weichen. Die Winde der Welt müssen weichen. Für den einen. Für Mistral.«

»Hier und heute beginnt es«, verkündete Teresa. »Und das wird nur der Anfang sein.«

»Du bist eine echt blöde Kuh, weißt du das?«, rief Maria dazwischen und ich hielt den Atem an. Teresa ließ sich nichts anmerken und ging langsam vom Felsen hinunter. Was hatte sie vor? Was hatte sie nur mit uns vor? Und noch viel wichtiger: Was konnten wir tun, um das zu verhindern?

Dann lief sie einfach durch die Luft zu dem Felsen, auf dem die Zwillinge standen, und verpasste Maria eine schallende Ohrfeige, die ihren Kopf zur Seite schleuderte. Der Knall hallte in der Höhle wider, als hätte jemand eine Pistole abgefeuert.

»Lass sie in Ruhe«, brüllte ich und wollte schon einen Satz auf sie zu machen, als ich es merkte. Ich konnte mich nicht bewegen. Egal, ob ich mich nach vorn, hinten oder zur Seite wenden würde: Es fühlte sich an, als würde ich von der Luft abgestoßen und an Ort und Stelle festgehalten wie ein Magnet.

Das machte es natürlich ein winziges bisschen schwerer. Okay, so langsam wurde es Zeit für einen richtig coolen Plan. Eine Eingebung, eine Vision, einen kühnen Retter in letzter Sekunde?

Nichts passierte.

»Das hätte ich nie von dir gedacht«, rief Pablo. »Nach allem, was wir durchgemacht haben.«

»*Wir*?« Teresa sah ihn mit großen Augen an. »Oh nein, es gab niemals ein Wir. Es gab immer nur dich und Lola. Zum Kotzen war das.«

Ich sah Pablo fragend an, doch der schüttelte nur den Kopf. »Ich weiß nicht, was du meinst, Teresa.«

»Natürlich nicht. Ihr alle wisst es nicht. Deswegen steht ihr dort auf den Felsen und ich hier. Ihr habt euch für die Seite der Unwürdigen entschieden. Für die Verräterwinde.«

Das hatte ich noch nie verstanden. Irgendjemand, der fand, er sei besser als jemand anders – und das nur, weil er anders aussah, anders dachte, eine andere Hautfarbe hatte oder mehr Geld verdiente. Wir alle atmeten. Wir alle bluteten. Auch Teresa.

»Und wo ist dein Mistral?«, fragte ich so ruhig wie möglich. »Lässt er dich wieder die Drecksarbeit machen?«

Bäm! Ich schien einen wunden Punkt getroffen zu haben, denn Teresas Gesicht entgleiste für einen kurzen Augenblick. Dann hatte auch ich mir eine saftige Ohrfeige abgeholt, die meine Ohren zum Sausen und meine Wange zum Glühen brachte. Das »feige Kuh!« konnte ich mir dennoch nicht verkneifen. Es brachte mir die zweite Ohrfeige ein.

»Fängt langsam an, Spaß zu machen«, flötete Teresa und schüttelte ihre Hand aus. Sie wollte gerade zu Esteban, als es über uns donnerte, als würde der Himmel zerbrechen und auf uns herabstürzen.

Teresa wich mit erhobenen Händen zurück. »Okay, okay, schon verstanden.« Sie machte ein enttäuschtes Gesicht. »Keine Spielchen mehr. Wirklich schade. Aber was soll's, fangen wir an.«

Ihr Tonfall gefiel mir ganz und gar nicht. Und was danach passierte, noch viel weniger. Der Wind frischte auf. Er wurde so stark, dass sich sogar die abstoßenden Kalifen irgendwo festklammern mussten. Nur Teresa stand stocksteif da, die Arme flach am Körper, den Blick nach oben gerichtet. Richtig gruselig.

Ich wollte eigentlich gar nicht wissen, was da oben los war, aber natürlich konnte ich mal wieder nicht widerstehen. Aus der Wolke über uns schälten sich fünf lange Röhren, die aussahen wie Tentakel. Für jeden von uns eine. Erst als sie ein ganzes Stückchen näher gekommen waren, erkannte ich, dass sie aus Wind bestanden. Es waren Wirbel, kleine Tornados. Und sie zogen schon jetzt ziemlich kräftig an uns.

»Eure Mitfahrgelegenheit ist da«, schrie Teresa über das Brausen hinweg. »Schnallt euch besser an. Könnte eine wilde Fahrt werden.«

»Pablo?«, schrie ich, als sich die Dinger suchend und tastend in unsere Richtung bewegten. »Was ist das?«

»Windwürmer!«, rief Pablo zurück. »Wenn die uns zu fassen kriegen, ist es aus.«

Teresa sah uns mit glänzenden Augen an und schüttelte langsam den Kopf. »Nicht *wenn*, du Dummerchen. *Sobald.*«

Die Windwürmer kamen immer näher. Ich spürte, wie sich meine Haare aufstellten. Sie zogen an meiner Kleidung und an meinem Körper. Ich schloss die Augen und hörte auf den Wind in mir. Anfangs fiel mir das nicht leicht, doch nach und nach beruhigte ich mich.

Ich war nicht allein.

Ich öffnete die Augen und nahm alles gestochen scharf wahr. Das Tosen war etwas leiser geworden und Teresas Stimme drang wie aus weiter Ferne zu mir.

»Niemand wird euch retten«, hörte ich sie sagen und sie klang seltsam langsam. Als hätte man die Geschwindigkeit heruntergedreht.

Dann hörte ich die Zwillinge in meinem Kopf. Ich wusste nicht, warum ich so sicher war, dass sie nur in meinem Kopf sprachen. Vielleicht, weil sie flüsterten?

»Rührt euch nicht von der Stelle«, zischten sie gleichzeitig. »Bleibt einfach auf dem Stein stehen. Wir machen das schon.«

Ich drehte meinen Kopf zu ihnen und sah gerade noch, wie sie sich entschlossen zunickten. Dann waren sie verschwunden.

Die Welt nahm wieder Geschwindigkeit auf und das Tosen kehrte zurück. Wir standen zu dritt auf den Felsen und sahen uns fassungslos an. Teresa schien unsere Fassungslosigkeit zu teilen. Wie gelähmt stand sie da. Windreiten unter dieser Wolke, das würden doch nicht mal Maria und Mario schaffen!

Warum hatten sie das getan?

Gerade als ich einfach aufgeben wollte, merkte ich es. Meine Fesseln. Sie hatten sich gelöst. »Nichts anmerken lassen«, hörte ich eine leise Stimme an meinem Ohr.

Was waren das nur für Profis!

Ein kurzer Seitenblick auf Pablo und Esteban verriet mir, dass auch sie verstanden hatten. Ich schaute hoch. Die Windwürmer waren jetzt direkt über uns.

»Pech für die Kleinen!«, rief Teresa und kicherte. »Aber andererseits: Eigentlich eher Pech für euch, denn für die beiden ist es schon vorbei. Ich …«

Sie kam nicht weiter. Wie von einer unsichtbaren Faust getroffen wurde sie nach hinten geschleudert und prallte gegen einen Felsen.

»Jetzt!«, riefen die Zwillinge.

Ich riss die Arme hoch und ließ den Wind in mir sprechen. Pablo und Esteban taten dasselbe. Es hatte sich wohl einiges aufgestaut, denn die Windwürmer zuckten hin und her und zogen sich dann wild um sich schlagend zurück. Aus irgendeinem Versteck stoben die Falken laut kreischend hervor und nahmen einen Kalifen nach dem anderen mit ihren scharfen Krallen ins Visier.

»Los, runter von den Felsen«, rief Pablo. Das ließ ich mir nicht zweimal sagen. Ein Satz und wir standen wieder auf dem Höhlenboden.

Teresa hatte sich leider schnell von diesem Schreck erholt. Sie sprang auf und bewegte sich gebückt auf uns zu. Aus den Augenwinkeln sah ich, dass uns die Kalifen umringten.

Wind schoss durch meine Adern wie Elektrizität. Ich war hellwach. Sie wollte einen Kampf? Den konnte sie haben!

Pablo zu meiner linken, Esteban zu meiner rechten. Wir rückten vor wie so eine coole Superheldentruppe und ich fühlte mich das erste Mal so richtig mächtig.

Die Kalifen waren das kleinste Problem, wie wir schnell merkten. Sahen zwar fies aus, hatten aber nicht viel drauf. Esteban schickte zwei von ihnen in die Luft, Pablo drei. Ich übernahm ebenfalls einen, ließ aber Teresa die ganze Zeit nicht aus den Augen.

Sehr bald gab es nur noch uns und Teresa. Die Zwillinge waren wieder an unsere Seite zurückgekehrt und strahlten bis über beide Ohren.

»Ihr seid richtige Himmelstaucher«, meinte Pablo ehrfürchtig und die beiden grinsten noch breiter.

Teresa wich zurück, einigermaßen verunsichert. »Ihr wisst nicht, was ihr da tut«, spuckte sie aus, machte aber einen Schritt zurück in die Höhle.

»Lass uns einfach in Frieden und verschwinde«, sagte Pablo mit fester Stimme. Er sprach mir aus der Seele. Ich wollte Teresa nichts tun. Wenn es sich vermeiden ließ.

Ließ es nicht. Sie schickte Pablo mit einem gezielten Windstoß zu Boden. Er keuchte und sackte in sich zusammen.

Blöde Gans! Ich riss meine Arme hoch, um sie durch die Höhlendecke zu pusten, doch sie war verschwunden.

»Lola!«, hörte ich Mario noch rufen. Es war aber schon zu spät. Teresa hatte sich von hinten an mich herangeschlichen. Ihre Finger umklammerten meinen Hals. Nicht gerade ein eleganter Windkampf, aber leider ziemlich effektiv. Ich würgte und schlug um mich, aber sie ließ nicht locker. Im selben Moment fühlte ich etwas Böses und Altes in den Raum treten.

Teresa tauchte vor mir zwischen den Felsen auf. Im ersten Moment dachte ich, das wäre Einbildung, weil vielleicht nicht mehr genug Sauerstoff in mein Gehirn fließen konnte. Dann spürte ich, dass das an meiner Kehle gar keine Hände waren.

Mistral. Es war Mistral, der sich um meinen Hals schloss und immer enger zudrückte.

»Nur weil eure Windväter zu feige sind, einzugreifen, heißt das noch lange nicht, dass meiner das auch ist«, meinte Teresa und strich sich die Haare mit einer beiläufigen Bewegung glatt.

Dann lief sie weg, ohne sich noch ein weiteres Mal umzudrehen. Die Welt verschwamm vor meinen Augen.

Einfach … es wäre so einfach, jetzt aufzugeben. Sich nicht mehr zu wehren. Einfach fallen zu lassen.

Verdammt noch mal, weg mit diesen fremden Gedanken! Ich klatschte in meine Hände und riss sie auseinander. Der Druck ließ sofort nach und ich rollte mich zur Seite. Als ich wieder stand, sank mein Herz in die Knie. Zwar waren Pablo und die anderen mittlerweile auch wieder auf den Beinen. Doch das, was sich vor uns aufgebaut hatte, raubte uns jede Hoffnung.

Wir standen einfach nur da, nebeneinander, die Arme schlaff, die Münder offen.

Mistral. Mistral war gekommen. Und wenn wir jemals geglaubt hatten, eine Chance zu haben, dann war dieser Glaube spätestens jetzt ganz offiziell tot. Wer waren wir schon?

»Lasst ihn nicht hinein!«, hörte ich Estebans Stimme.

Aber klar! Dieser Mistkerl war in unseren Köpfen. Er wollte uns mutlos machen, damit wir gar nicht erst auf die Idee kamen, zu kämpfen. Wild wie ein Feuer zuckte die Hoffnung in mir auf. Das hier war noch nicht vorbei!

Mistral sank vor uns nieder wie eine graue Mauer, die alles Licht aussperrte. Es ging eine Bosheit von ihm aus, die ich in dieser Form noch nie gespürt hatte. In meinen Ohren knackte es und mir wurde schwindlig.

Der Boden bebte.

Nein, halt. Das Beben kam aus mir.

Jede Faser meines Körpers sagte mir, dass mich Mistral zerfetzen wollte. Ich hatte das Gefühl, dass das fast schon ausreichte, um mich fertigzumachen. Meine Knie wurden weich und ich zitterte.

Krachend brachen einige Felsbrocken ab und fielen ins Meer. Junge, war der wütend. Ehrlich, mit so jemandem konnte man nicht vernünftig reden!

»Was ist der Plan?«, rief ich.

Pablos Mundwinkel zuckten nach oben. »Wie immer, würde ich sagen: Planlos und mit mehr Glück als Verstand!«

Ich musste trotz allem grinsen und machte mich bereit. Bereit für einen Kampf, von dem ich nicht wusste, ob ich ihn überleben würde.

43

Wie Bruder und Schwester

Wenn du gegen einen Wind kämpfst, dann hat das nichts mit einem fairen Kampf zu tun.

Mistral behandelte uns wie Spielzeug, wehte uns um, bis uns Hören und Sehen verging. Er war stark, unglaublich stark sogar. Doch er kämpfte zusätzlich unfair, hinterhältig und gemein.

Er war nirgendwo zu sehen, schoss aber immer wieder zwischen uns hindurch, zog uns die Füße weg oder verpasste uns kleine fiese Windstöße, die nach einiger Zeit ganz schön benommen machten.

Diesmal kapierte ich schnell, was hier abging. Er spielte mit uns. Wahrscheinlich so wie eine Löwin mit ihrer Beute spielt, weil sie weiß, dass die Jagd eh schon vorbei ist.

Wir stolperten relativ orientierungslos durch die Höhle, blockten Windböen ab und setzten ihm alles entgegen, was wir gelernt hatten. Irgendwie, so schien es mir, war das nicht sonderlich viel.

Dabei hatte Mistral noch nicht mal angefangen. Und als er es tat, dachte ich, die Welt bräche einfach auseinander.

Es donnerte so laut, dass ich mir die Ohren zuhalten musste. Dann stürzten große Felsbrocken von oben herab. Niemand von uns wurde getroffen, weil wir wenigstens das Windreiten mittlerweile einigermaßen beherrschten. Aber immer nur auszuweichen, würde uns am Ende auch nichts nützen. Zumal ich spürte, dass ich schwächer wurde.

»Was machen wir?«, rief ich Pablo zu. Er sah alles andere als zufrieden aus.

Er schüttelte den Kopf. »Keine Ahnung!«

Esteban stieß uns zur Seite, als einige Tropfsteine auf die Stelle herabkrachten, an der wir gerade noch gestanden hatten. »Keine Ursache«, meinte er trocken, rückte sich die Brille zurecht und duckte sich schon wieder zur Seite weg, um einem Windstoß auszuweichen. Irgendwo schwirrten die Zwillinge herum, zu schnell, um erwischt zu werden, aber allein nicht stark genug, Mistral ernsthaft zu schaden.

Wind donnerte von oben auf uns herab wie ein Wasserfall. Er drückte uns zu Boden, presste uns die Luft aus den Lungen, bis unsere Welt nur noch aus Tosen, Brausen und einem lähmenden Erstickungsgefühl bestand.

Als die Erkenntnis endlich zu mir durchdrang, musste ich fast über mich lachen. Wieso hatte ich nicht früher daran gedacht?

»Kommt alle her!«, rief ich und streckte meine Arme aus. »Stellt euch zu mir.«

Es dauerte keine zwei Sekunden, da standen wir fünf in Reih und Glied, Hand in Hand, und blickten in den Sturm.

Er veränderte sich. Zuckte, schlug hin und her wie etwas sehr Wildes, das man gegen seinen Willen in einen Käfig gesteckt hatte. Dann krochen Gestalten aus dem Sturm heraus.

Ich begriff, dass das hier gar nicht Mistral sein konnte, gegen den wir kämpften. Oh, dieser Sturm war schon von Mistral geschickt worden, keine Frage. Er war ein Teil von ihm. Doch er ließ mal wieder jemand anderen die Arbeit machen.

Die Gestalten kamen langsam auf uns zu. Sie hatten keine Gesichter und sahen doch anders aus als die Kalifen des Windes. Grauer, älter. Toter, wenn man das so sagen konnte.

Als der Kampf begann, spürte ich erstmals ein unsichtbares Band zwischen uns. Etwas, das uns vereinte und stärker machte. Ich konzentrierte mich ganz und gar darauf, ließ den Wind das Steuer übernehmen.

Wir rückten vor. Angepeitscht von diesem Gefühl der Gemeinschaft und so entschlossen wie noch nie. Diese krummen Gestalten hatten einiges drauf, aber wir waren stärker. Wir fegten sie zur Seite, schleuderten sie nach hinten, ließen sie gegen Felswände prallen und rissen sie von den Füßen. Als ihr Säuseln verstummt war und nur noch das Brausen des Sturmes zu hören war, sahen wir uns verwundert an.

Dann kamen sie wieder. Doppelt so stark wie davor. Sofort gingen wir in Angriffsstellung, ließen den Wind mit aller Macht aus uns herausschießen und legten unsere gesamte Willensstärke in den Angriff.

Diesmal wichen sie nur sehr langsam zurück und hielten eine ganze Menge aus. Mehr als einmal traf es auch einen von uns. Ein Windstoß wirbelte mich einmal um die eigene Achse und ließ mich dann ziemlich schmerzhaft auf dem Boden aufschlagen. Ich kämpfte mich hoch, riss die Arme gerade noch rechtzeitig zum Schutz nach oben, ehe mir eine von diesen gesichtslosen Figuren den Rest geben konnte.

Jetzt war es ein Kampf auf Leben und Tod.

Und ich akzeptierte es.

Wir sammelten uns, doch so langsam fiel es uns richtig schwer, uns zu konzentrieren. Mit vereinter Anstrengung schafften wir es, auch diese Welle abzuwehren und dorthin zu schicken, wo auch immer sie hergekommen war.

Eine Pause … ich brauchte dringend eine Pause! Ich bekam kaum noch Luft und meine Arme waren schwer wie Blei. Ich sank kraftlos auf dem Boden zusammen, als der Sturm abermals etwas ausspuckte.

Diesmal war es Teresa.

Sie sah anders aus. Wilder und böser. Aber auch mächtiger.

Hinter ihr fiel der Sturm in sich zusammen wie eine Vogelscheuche, aus der man plötzlich das ganze Stroh gezogen hatte.

Eine unheimliche Stille senkte sich auf uns herab.

»Es wird enden«, sagte Teresa leise und blickte jeden von uns gierig an. »Hier und jetzt.«

»Willst du wirklich immer noch die Befehle von jemandem ausführen, der sich selbst zu fein ist, um einzugreifen?«

»Mistral ist hier«, sagte Teresa einfach nur. Selbst ich merkte sofort, dass sie es nicht glaubte, aber sie sagte es dennoch. »Mistral ist hier. In mir.«

Ich sah, dass sich der Sturm jetzt um den gesamten Felsen geschlungen hatte wie eine Schlange um ihre Beute. Er nahm Fahrt auf, wirbelte schneller und schneller um Gibraltar herum.

Egal wie das hier ausging: Wir konnte das nicht gewinnen.

Grimmig presse ich die Lippen zusammen. Die anderen schienen zu derselben Erkenntnis gelangt zu sein. Und irgendwie war das sogar befreiend.

Wir sahen uns an und blickten in die immer gleiche entschlossene Miene. Wir würden alles versuchen, alles geben, was wir hatten. Ob es reichte oder nicht: Wir würden kämpfen.

Jeder wusste ganz genau, was er zu tun hatte. Wir hatten das nicht abgesprochen oder so. Wir wussten es eben einfach.

Teresa kam mit einem spöttischen Lächeln auf den Lippen auf uns zu, die Arme leicht angewinkelt. Es knisterte und zuckte, als kleine Blitze zwischen ihren Händen aufleuchteten.

»Los!«, schrie ich plötzlich. Die Zwillinge und Esteban verschwanden augenblicklich, doch Teresa holte sie mit beiläufigen Bewegungen unsanft zurück. Blitze zuckten um ihre Körper und sie zappelten schreiend auf dem Boden herum.

Es war so schnell gegangen, dass ich einen Moment lang unachtsam gewesen war. Mehr brauchte Teresa nicht, um sich auf mich zu stürzen und mir mit Blitzen das Gesicht zu verbrennen.

Das war Blitzmagie, wenn mich nicht alles täuschte. Wieso beherrschte sie Blitzmagie?

»Falsche Seite, falls du es immer noch nicht gemerkt hast«, spuckte sie aus und drückte mir mit beiden Händen den Hals zu. Schon tanzten wieder Sterne vor meinen Augen und ich hätte fast über mich selbst lachen müssen, wäre das hier nicht alles so verdammt traurig gewesen.

Als Teresas Druck plötzlich nachließ und mich Pablo auf die Beine riss, spürte ich einen gewaltigen Schwall neue Energie durch meinen Körper strömen. Ich sah auf seine Hand in meiner herab.

Und verstand.

Levante und Poniente. Wie Bruder und Schwester.

Teresa rappelte sich gerade wieder auf, doch diesmal waren wir schneller. Wir fassten uns an den Händen. Und rissen unsere Fäuste nach oben.

Ich dachte, ich würde zerbrechen. So viel Kraft, so viel Energie, so viel Wind hatte ich noch nie in mir gespürt. Wir wurden fast selbst von den Beinen gerissen und konnten uns nur gegenseitig aufrecht halten.

Für Teresa galt das nicht. Sie wurde in einem Wirbelsturm nach oben gewirbelt und machtlos im Kreis geschleudert.

Wir breiteten unsere Handflächen langsam und gleichzeitig aus.

Was in diesem Moment durch mit hindurchströmte, würde ich nie vergessen. Macht, Liebe, Angst, Sorge, Stolz, Zugehörigkeit … alles, ich fühlte alles gleichzeitig.

Der Sturm um Gibraltar bäumte sich auf, wollte zurückschlagen.

Doch gegen Levante und Poniente kam er nicht an.

Er riss entzwei, geriet ins Schlingern und dann außer Kontrolle. Wie ein fallen gelassener Wasserschlauch zuckte er hin und her, unkontrolliert, aber immer noch gefährlich. Schon brachen Felssplitter aus der Wand, schon sausten scharfkantige Steine an uns vorbei. Raus. Wir mussten sofort raus hier!

Wir ließen uns los und eilten zu Esteban und den Zwillingen. Sie lagen benommen am Boden, doch es ging ihnen einigermaßen gut. Als wir sie wieder bei Sinnen hatten, eilten wir ohne einen Blick zurück aus der Halle.

Bevor es in eine der Höhlen ging, die zum Ausgang führten, blieb ich stehen und sah mich um. Teresa lag am Boden, die langen Haare vor dem Gesicht. Ihr Rücken bebte und mir wurde klar, dass sie weinte.

»Teresa!«, rief ich, ohne genau zu wissen, warum ich das tat.

Sie sah mich stumm aus ihren verheulten Augen an.

»Komm mit! Hier wird gleich alles einstürzen!«

Sie verzog die Lippen zu einem traurigen Lächeln, dann stand sie langsam auf und für einen Moment dachte ich, sie würde sich uns anschließen. Dann wandte sie uns den Rücken zu und streckte die Arme aus.

»Teresa! Nein!« Ich wollte schon zurück in die Halle stürmen, als mich Pablo zurückhielt.

»Wenn wir jetzt nicht gehen, gehen wir nie wieder!«, schrie er in den Sturm.

»Aber …«

»Sie hat ihre Entscheidung getroffen.«

Wortlos und wie taub ließ ich mich davonziehen. Und als ich das grässliche Krachen und Rumpeln hinter uns hörte, konnte ich die Tränen nicht zurückhalten.

44

Abschied der Winde

Wenn das ein Sieg war, dann fühlte er sich nicht danach an. Wir traten bedrückt aus den Höhlen in den Abend und schwiegen.

Der Sturm hatte sich gelegt, die Wolken am Himmel rissen auf. Sonnenstrahlen gossen rötlich-goldenes Licht über den Felsen. Wir hatten es geschafft. Wir hatten Mistral tatsächlich besiegt. Und doch war niemand von uns in Feierstimmung.

»Ziemlich starke Nummer von euch«, meinte Esteban leise und rieb sich den verbrannten Arm.

Wir alle hatten einiges abbekommen, aber zum Glück war niemand schwer verletzt. Das heißt … niemand bis auf Teresa.

Ich lächelte schwach. »Ich wünschte, es wäre nicht nötig gewesen.«

»Das wird Mistral zumindest zeigen, mit wem er es zu tun hat.«

Ich dachte nach. »Aber es wird nicht reichen, hab ich recht?«

Das Schweigen war Antwort genug.

Wir liefen die menschenleere Hauptstraße entlang. So ganz ohne Wind war es sogar noch gespenstischer. Jetzt gerade hätte ich echt nichts gegen ein paar laute Touristen in albernen Klamotten gehabt.

Das war es also.

Das war unser Abenteuer.

Und jetzt?

Wir kamen an dem Hotel vorbei, an dem ich Pablo wiedergefunden hatte. Wir sahen uns an und ich grinste. »Die haben doch bestimmt nichts dagegen, wenn wir mal die Suite testen.«

Am nächsten Morgen ging es uns deutlich besser. Könnte natürlich auch an all den von Süßigkeiten gelegen haben, die wir verputzten, doch wir fanden, dass ein Siegermahl durchaus angemessen war.

Das mit Teresa war wirklich schlimm, keine Frage, aber sie hatte sich für eine Seite entschieden. Und wir … wir hatten diese Sache doch tatsächlich heil überstanden!

»Also, was machen wir jetzt?«, wollte ich wissen. Die Sonne schien an einem wolkenlosen Himmel und ein neugieriger Affe glotzte durch die Scheibe auf unsere Berge von Süßigkeiten.

Esteban ließ sich wieder ins Kissen sinken und verschränkte die Arme hinter dem Kopf. »Ich mach erst mal Urlaub!«, meinte er genüsslich.

Die Zwillinge wollten zurück nach Tanger, um dort weiterhin ein Auge auf alles zu haben, wie sie es ausdrückten. Wahrscheinlich würden sie sich auch wieder die eine oder andere Sache »ausleihen«.

Pablo hatte andere Pläne. »Ich will nach Griechenland«, verkündete er. »Nach unserer Rückkehr aus der Sahara hörte ich das Gerücht, dass es dort zwei Windgeborene geben könnte. Ich will sie finden. Es wäre gut, ein wenig Verstärkung zu bekommen. Das hier ist noch nicht vorbei.«

Ich nickte. Das klang wie immer sehr vernünftig und löblich. »Und du, Lola?«, fragte mich Maria mit vollem Mund.

Es fiel mir siedend heiß ein. Santiago! Ich hatte ja immer noch keine Ahnung, wo Santiago war! Wie hatte ich das nur vergessen können?

»Ich, ich«, stammelte ich und sprang auf. »Ich muss sofort zurück nach Hause!«

Ach Mann, jetzt musste ich meine Freunde schon wieder so überstürzt sitzen lassen. Doch ehe ich mir ein schlechtes Gewissen machen konnte, hatte mir Pablo die Hand auf den Arm gelegt.

»Geh nur«, sagte er. »Wir werden uns bald wiedersehen.« Er wandte sich zu den anderen um. »Wir alle. Das hier war gerade mal der Anfang!«

Und so endete es fürs Erste. Wir verabschiedeten uns mit vielen Tränen, aber auch mit einer Menge Gelächter. Und als ich Gibraltar hinter mir zurückließ, wurde mir bewusst, dass ich das erste Mal in meinem Leben richtige Freunde gefunden hatte.

Und nach all dem, was in letzter Zeit passiert war, wunderte ich mich nicht mal, als Calimero plötzlich hinter einer Biegung auftauchte.

Lange bevor ich Tarifa in der Sonne an der Bucht schimmern sah, hatte ich so ein Gefühl. Ich hatte es im Wind gespürt, hatte es in der Art des Raschelns gefühlt, wenn er durch die Äste und Zweige des duftenden Pinienwalds drang.

Am Hafen war eine felsenfeste Gewissheit daraus geworden. Ich stieg ab und rannte die letzten Meter zu der kleinen Hütte. Sardinen. Es roch so herrlich nach gegrillten Sardinen!

»Wie war der Fang?«, rief ich und stieß die Tür auf.

Im nächsten Moment war ich schon in Santiagos Armen vergraben. Mein Gott, hatte ich den alten Mann vermisst! Wir lachten und weinten und weinten und lachten und sogar Santiago plapperte so viel, dass erst mal gar kein Gespräch möglich war.

Er war irgendwann einfach am Strand zu sich gekommen. Er hatte zum Himmel geschaut und gewusst, dass wir Mistral vertrieben hatten. Dann war er zu seiner Hütte zurückgekehrt, hatte die Hinterlassenschaften der Geier weggeputzt, sich ein Boot geliehen und war zum Angeln rausgefahren.

»Was denn sonst, *Coquinera?*«, fragte er, als wir in der Nachmittagssonne vor seiner Hütte saßen und leise Musik hörten. »Was denn sonst?«

45

Mistral

Nach Hause. Ich wollte einfach nur nach Hause. Mama und Papa sehr lang umarmen, sehr heiß duschen, irgendwas sehr Fettiges essen und dann schlafen. So zwei Wochen ungefähr.

Aber daraus wurde erst mal nichts. Sobald ich Santiagos Hütte verließ, spürte ich es. Es gab noch etwas zu erledigen.

Ich ließ die Altstadt, die Katzen, meine Eltern also zunächst rechts liegen und lief den kleinen Hügel hinauf auf die Straße, auf der es all diese kleinen Geschäfte gab. Etwas lenkte meine Schritte und ich hatte mehr als eine leise Ahnung, was dahintersteckte. Oder wer.

Vor einem ziemlich schäbigen Hochhaus blieb ich stehen. Unten beherbergte das Gebäude eine fies aussehende Kneipe mit einem noch fieser aussehenden Wirt. Darüber hatte sich ein billiges Hotel breitgemacht. Das Schild war kaum noch lesbar, vergessene Wäsche wehte vor einigen Fenstern im Wind.

Ich öffnete die fleckige Glastür und trat in die Lobby. Ein Getränkeautomat surrte, ein Ventilator zog quietschend seine Kreise. Ziemlich viele tote Fliegen lagen auf der Rezeption. Sonst war niemand hier. Hinter der Lobby lagen die Aufzüge. Ich drückte den Knopf, wartete, bis ein metallenes Klingeln ertönte, stieg ein und drückte die 7. Keine Ahnung, warum.

Die ruckelnde Fahrt war endlos. Es roch nach Schweiß und Zigarettenrauch, eine echt schlimme Mischung, und das Licht flackerte. Irgendwann kam ich im siebten Stock an. Ein langer verlassener Flur, alte Türen. Am Ende des Gangs, ganz hinten links, stand eine Tür offen. Fahles Licht fiel auf den Gang hinaus.

Ich ging mit festem Schritt auf die Tür zu. Er wusste längst, dass ich hier war, da wollte ich mir keine Blöße geben. Vor der Tür hielt ich kurz inne, überlegte zu warten, anzuklopfen vielleicht. Aber dann stieß ich sie einfach auf und trat zu Mistral ins Zimmer.

»Ich wusste, dass du kommst.«

Auf den ersten Blick erkannte ich gar nichts. Es war dunkel, die Fensterläden waren geschlossen, doch von der Straße drang ein wenig Licht ins Zimmer. Staub tanzte darin. Es stank wie damals in Santiagos Hütte. Nur die Geier fehlten.

Bett, Tisch, Sessel, ein kleiner uralter Fernseher. Mistral saß im Sessel. Oder besser gesagt: Er war im Sessel zusammengesunken. Eine Marionette, der man die Fäden abgeschnitten hatte. Er wirkte alt, sehr alt, wirkte irgendwie noch älter als Levante. Doch selbst jetzt ging noch etwas von ihm aus, das mich sehr vorsichtig sein ließ.

»Was willst du hier?«, fragte ich und war froh, dass man mir meine Nervosität nicht anhörte. Ich hatte keine Ahnung, was er hier machte, und war auf nichts vorbereitet. Wenn das hier eine Falle war, hatte ich richtig schlechte Karten.

»Hör auf damit!«, schickte ich ziemlich schroff hinterher. Er versuchte wieder, in meine Gedanken zu kommen. Mich zu verunsichern. »Verschwinde aus meinem Kopf!«

Er nickte und hob beschwichtigend die Hände. »Schon gut, schon gut.« Meine Gedanken klärten sich, die Zweifel schmolzen sofort dahin. »Du bist stark geworden, Lola.«

»Was willst du hier?«, fragte ich wieder, diesmal deutlich bestimmter. Ich hatte ihn besiegt. Zur Not konnte ich es wieder tun.

Er bedeutete mir, näher zu kommen, doch ich rührte mich nicht vom Fleck. Dann seufzte er. »Es ist noch nicht vorbei, Lola. Du weißt es längst, habe ich nicht recht? Es wird nie vorbei sein.«

»Bist du gekommen, um mir das zu sagen?«, fragte ich kühl, doch ich spürte, dass meine Hände schweißnass waren.

»Nein.« Er stand auf und füllte den ganzen Raum mit seiner ganzen schrecklichen Präsenz. War er wirklich so schwach, wie er wirkte? Der Gestank wurde immer schlimmer und irgendwo hörte ich Geier schreien. »Ich bin gekommen, damit du es beenden kannst.«

Ich starrte ihn an, einen alten Mann, der sich kaum aufrecht halten konnte. Und verstand rein gar nichts.

»Du hast mich besiegt, Lola. Aber ich bin immer noch hier. Erweise dich als würdig und bringe es zu Ende. Endgültig.«

Er machte einen Schritt auf mich zu und ich ärgerte mich, dass ich einen nach hinten machte. »Bleib, wo du bist!«, zischte ich und hob meine Hände. Der Wind schwoll an in mir, aber diesmal wirkte es so, als wolle er mich beruhigen.

Er machte noch einen Schritt auf mich zu. »Und wenn nicht?« Noch einen. »Was wird passieren, wenn du zu feige bist, mich zu vernichten?« Er legte den Kopf schief und sah mit einem Mal gar nicht mehr so alt und schwach aus. In mir dröhnte es. »Ich sage es dir. Ich werde zurückkommen. Stärker als du es dir vorstellen kannst. Und dann werde ich jeden töten, den du liebst.«

Jedes seiner Worte fachte meine Wut an. Jedes seiner Worte ließ mich etwas mehr vergessen, weshalb ich die Ruhe bewahren musste. Ja, warum überhaupt? Wäre es nicht das Richtige, Mistral ein für alle Mal zu vernichten?

Ein fauliger Geschmack breitete sich in meinem Mund aus und das Dröhnen schwoll an.

Er musste mir angesehen haben, was ich dachte, denn ein böses Lächeln breitete sich auf seinem runzligen Gesicht aus. »Jaaa … so langsam verstehst du es. Du wirst niemals sicher sein, solange es mich gibt. Deine Eltern werden niemals sicher sein. Pablo und eure lächerliche Kinderarmee werden niemals sicher sein. Willst du am Ende verantwortlich sein für ihren Tod?«

Ich zitterte vor Zorn. Ich wusste nicht, warum, aber ich hatte plötzlich das Bedürfnis, ihm wehzutun. »Hör auf damit!«, sagte ich betont ruhig. Es fiel mir immer schwerer, mich unter Kontrolle zu halten. War die Welt nicht ein besserer Ort ohne Mistral?

»Diesmal hast du gewonnen, Lola. Wer sagt dir, dass du das nächste Mal wieder gewinnen wirst? Du bist doch kein Feigling, oder?«

Ich atmete schwer und ging langsam auf ihn zu. Ich streckte meine Arme leicht zur Seite, die Handflächen Mistral zugewandt. Ein gut gezielter Windschlag und ich könnte ihn aus dem Fenster stoßen. Sieben Stockwerke, nicht übel für den Anfang. Ein Hochgefühl stieg in mir auf. Ich fühlte mich stark, überlegen, mächtig.

Jetzt war es Mistral, der zurückwich. In meinen Kopf schwoll ein schrilles Kreischen an. Wie Möwen, nur lauter und fieser. Ich ließ ihn nicht aus den Augen, atmete, holte Luft. Ich würde es tun. Ich würde diejenige sein, die Mistral vernichtet. Ich spürte, wie sich ein Grinsen auf meine Lippen legte. Das waren gar keine Möwen in meinem Kopf. Das waren Geier. Sie feuerten mich an. Sie waren auf meiner Seite. Ich, Lola Martinez, war die Herrin über die Geier! Sie würden fortan mir gehorchen!

Wieso war mir dieser Geruch hier vorhin überhaupt so eklig vorgekommen? Da war gar nichts Ekliges. Das hier war mein Geruch. Der Geruch von Leid, von Tod, von Schmerz. Ich breitete die Hände aus. Ich holte Luft. Ich würde Mistral töten. Hier und jetzt.

Draußen heulte der Wind auf.

Ich würde das hier zu Ende bringen. Und dann würde ich herrschen.

Ich allein! Ich schloss die Augen, atmete ein. Wenn ich ausatmen würde, würde ich Mistral töten.

Ein Lufthauch wehte mir um die Nase.

Für einen Moment wurde mir schummrig vor Augen. Ich schüttelte den Kopf. Gestank, was war das für ein stechender Gestank? Ich blickte auf, nahm den Raum das erste Mal wieder wahr seit … ja, seit wann eigentlich? Mistral wirkte jetzt verwirrt, angespannt.

»Bring es zu Ende!«, zischte er, allzu sicher klang er allerdings nicht mehr.

Verdammt, was war das gerade gewesen? Es war, als hätte jemand anderes die Kontrolle über mich übernommen. Jemand, der mir aus irgendeinem schicksalhaften Grund verbunden war. Jemand …

Aber natürlich!

Mistral, Levante, da gab es eine Verbindung. Die Verbindung, die Pablo so sehr fürchtete.

Und ich war kurz davor gewesen, alles zu zerstören. Wie konnte ich nur so dumm gewesen sein? Noch eine Sekunde länger und ich hätte Mistral vernichtet.

Mein Herz raste. Hätte ich das getan, hätte ich das Gleichgewicht der Winde zerstört. Ich begriff. Das war genau das, was er vorhatte!

Alles fiel von mir ab. Das Dröhnen verschwand, die Geier verstummten. Endlich fühlte ich den Wind wieder in mir.

»Es ist doch schon zu Ende«, sagte ich nur und wandte mich zum Gehen. Ich hörte, wie sich Mistral schlaff in den Sessel plumpsen ließ. Alle Kraft hatte ihn verlassen.

»Diese Schlacht mögt ihr verloren haben«, sagte er noch, leise und mit brüchiger Stimme. Ich drehte mich nicht um. »Doch der Krieg, der hat gerade erst begonnen.«

Ich lief ohne ein weiteres Wort davon.

Epilog

Es war schon ein wenig gespenstisch, wie schnell sich alles normalisierte. Wie schnell ich mich wieder daran gewöhnte, ein ganz normales Mädchen in einem ganz normalen Städtchen an der Küste zu sein.

Na ja. Fast. Ich spürte Pablo und die anderen jetzt eigentlich durchgehend. Es war nicht so, dass wir wirklich miteinander reden konnten, aber wir wussten, wie wir drauf waren und wie es bei uns lief.

Gut, und dann war da natürlich noch die Sache mit der Schule. Ich weiß nicht genau, was passiert war, aber irgendwie musste sich meine Ausstrahlung verändert haben. Vielleicht hatten sie auch einfach nur Schiss vor mir, aber das war mir egal. Drei Party-Einladungen in einer Woche, das gab es noch nie!

Ich lehnte natürlich alle ab.

Die Katzen von Tarifa waren da schon eine andere Nummer. Sie waren ziemlich beleidigt, weil ich sie so lang allein gelassen hatte. Aber nach einigen gezielten Bestechungsversuchen mit jeder Menge kleiner Snacks und großer Streicheleinheiten verziehen sie mir nach und nach wieder. Die kleine Margarita war am schwersten zu knacken, doch irgendwann stand auch sie wieder maunzend vor meinem Fenster.

Alles war so, wie es vorher war. Nur, dass es sich zum ersten Mal gut anfühlte. Ich wusste, wer ich war. Ich wusste, wo ich hingehörte. Das konnte mir keiner mehr nehmen.

Einige Wochen später kam ich gerade von Lucia und Olivia zurück und lief am Strand entlang. Na gut, eigentlich kam ich von Calimero, aber es musste ja nicht jeder gleich wissen, dass ich mittlerweile absolut pferdeverrückt war.

Ich spürte ihn sofort. Diese Ahnung, dieses Kribbeln, dieses Zucken, das die unmittelbare Zukunft zeigt.

»Pablo!«

Ich stürzte auf ihn zu und umarmte ihn. Es war unser erstes Wiedersehen, seit ich Gibraltar verlassen hatte, und ich merkte gleich, dass etwas passiert war. Schon die letzten Tage hatte ich im Wind gespürt, dass er irgendwie angespannt war. Jetzt war ich sicher. »Was ist passiert?«

Er sah mich mit großen Augen an. »Ich hab sie gefunden, Lola!«

»Wen? Die Windgeborenen?«

Er nickte heftig. »Sie waren zwar nicht in Griechenland, sondern in Ägypten, aber so langsam gewöhne ich mich an das viele Reisen. Schöne Pyramiden übrigens.«

»Und?« Ich schaute ihn mit großen Augen an. »Wissen sie es? Wissen sie, wer sie sind?«

»Scheint so, ja. Sie waren zumindest nicht allzu überrascht, mich zu sehen.« Er schaute mich an und ein Glanz lag in seinen Augen. »Sie sind dabei, Lola! Sie machen mit!«

»Das ist großartig. Äh, das ist es doch, oder?«

»Mehr als du denkst.« Pablo blickte zum Himmel. Am Horizont türmten sich Wolken und der Wind frischte auf. »Wir müssen bereit sein. Im Norden braut sich was zusammen.«

Ich folgte seinem Blick. Mistral war das nicht. Der gab hoffentlich erst mal Ruhe. Das hier war … irgendwas anderes. »Was machen wir jetzt?«, fragte ich, obwohl ich die Antwort schon kannte.

Pablo grinste und ich merkte, dass auch in mir die Vorfreude stieg wie die Flut. »Wir gehen nach Tanger. Maria und Mario haben lange genug

Blödsinn angestellt. Aber diesmal«, sagte er bedeutungsvoll, »reiten wir mit dem Wind.«

»Kein Problem«, sagte ich locker und spürte, wie sich der Wind in mir regte. Ich hakte mich bei ihm unter und ging gemeinsam mit ihm in Richtung Stadt. »Aber erst muss ich noch ein paar Katzen füttern.«

Kinder des Windes

Björn Springorum, geboren 1982 in Calw, würde am liebsten am zweiten Stern rechts abbiegen, im Kleiderschrank eine neue Welt entdecken, durch einen Kaninchenbau ins Wunderland fallen, mit einem Ring unsichtbar werden, nur durch das Lesen eines Buches nach Phantásien reisen oder eine recht wagemutige Partie Quidditch spielen. Weil sich das alles als schwieriger herausstellt als gedacht, schreibt er eben solange seine eigenen Geschichten.
Björn Springorum studierte Englisch und Geschichte, lebt, schreibt und liest in Stuttgart, muss aber mindestens einmal im Jahr an die Atlantikküste Andalusiens. So ein Licht, sagt er, gibt es sonst nirgendwo.

Mehr über unsere Bücher, Autoren und Illustratoren
auf: *www.thienemann.de*

Springorum, Björn:
Kinder des Windes
ISBN 978 3 522 18532 5

Einbandgestaltung: Max Meinzold
Innentypografie: FSM Premedia GmbH & Co. KG
Reproduktion: DIGIZWO GbR, Stuttgart
Druck und Bindung: GGP Media GmbH, Pößneck

FSC www.fsc.org MIX Papier aus verantwortungsvollen Quellen FSC® C014496